Uli Herzog

Mord am Schützensamstag

Über dieses Buch

Voller Vorfreunde macht sich Ludwig Hirschberger, Fall-Analytiker bei der Wiener Kriminalpolizei, auf in seine Geburtsstadt Biberach, einer kleinen, aber wohlhabenden Stadt in Oberschwaben. Die Stadt ist klein, aber das Fest, das er dort besucht, ist groß. Das alljährlich stattfindende Biberacher Schützenfest gehört zu den größten Festen in Süddeutschland. Wichtiger Bestandteil sind die Jahrgänger-Treffen für runde Jahrgänge ab 40 und halbrunde ab 65. Deshalb ist es für Ludwig ein Muss. Anfang des Jahres 50 Jahre alt geworden freut er sich, alte Freunde aus Kindheit und Jugend wieder zu treffen. Doch während der Feier wird der über die Grenzen der Stadt hinaus bekannte Architekt Robert Maurer ermordet. Ludwig selbst gerät ins Fadenkreuz der ermittelnden Kommissarin – und das nicht ohne Grund. Als sich auch noch eine zynische Zeitungsreporterin auf ihn einschießt, wird die Lage prekär.
Erst als LKA und BKA eingreifen, hellt sich die Sache für Ludwig auf: Die Beamten sind überzeugt, dass das Mordopfer durch einen Geheimdienst gemeuchelt wurde, denn die Tötungsart beherrschen nur der CIA, der Mossad und diejenigen, die vom KGB übrig geblieben sind. Doch auch die Geheimdienstexperten können den Mordfall nicht lösen. Er droht, bei den Akten zu landen. Nur Ludwig Hirschberger ermittelt in seinem stillen Kämmerlein in Wien weiter. Er ist von Anfang an überzeugt, dass es sich nicht um eine Geheimdiensttat handelt und führt, allerdings erst zehn Jahre später, den Fall zu einer für alle Beteiligten überraschenden Lösung.

Uli Herzog
stammt aus Biberach und hat als Autor seinen Vornamen Hanns-Ulrich verkürzt. Jahrzehntelang arbeitete er für eine international renommierte Werbeagentur, zunächst als Junior-Kontakter in Ravensburg, später als Geschäftsführer der Niederlassung in Wien. 2001 kehrte er nach Oberschwaben zurück und war bis zu seiner Pensionierung 2012 für einen Zeitungsverlag in Friedrichshafen, Biberach und Ravensburg tätig. »Mord am Schützensamstag« ist sein erster Krimi.

Uli Herzog

Mord am Schützensamstag

Ein Schwaben-Krimi

Oertel+Spörer

Dieser Kriminalroman spielt an realen Schauplätzen. Alle Personen und Handlungen sind frei erfunden (Ausnahmen: siehe Anmerkungen). Sollten sich dennoch Ähnlichkeiten mit lebenden oder verstorbenen Personen ergeben, so sind diese rein zufällig und nicht beabsichtigt.

Postfach 16 42 · 72706 Reutlingen

Titelbild: Thorsten Müller-Salzsieder
Umschlaggestaltung: Oertel + Spörer Verlag,
Bettina Mehmedbegović
Satz: Uhl + Massopust, Aalen
Druck und Bindung: Longo AG, Bozen
Printed in Italy
ISBN 978-3-88627-331-7

Für meine Tochter Mimi

weil sie ihrem Namen alle Ehre macht
und tatsächlich nie ohne Krimi ins Bett geht

Die Jahrgänger-Feier

Na – na na na na – na na na na na na na

You know, I feel alright. I feel pretty good y'all…

Die Stimme von Wilson Pickett überschlug sich. Sein Hit »Land of 1000 dances« aus dem Jahr 1966 hallte aus den Lautsprechern. Ludwig trommelte mit den Fingern auf dem Lenkrad mit.

Die Westautobahn A1 zwischen Wien und Salzburg war an diesem frühsommerlichen Samstagvormittag wie erwartet stark befahren und er stand häufig im Stau.

»Hier ist der Ö3-Verkehrsfunk: Auf der A1, der Westautobahn in Fahrtrichtung Salzburg, zwischen Sattledt und der Ausfahrt Mondsee Stop-and-go-Verkehr.«

Verdammt, das wird mich eine Menge Zeit kosten, dachte sich Ludwig. So schwierig hatte er sich die Fahrt nach Biberach nicht vorgestellt. Er nahm einen Umweg in Kauf, um über die Inntal-Autobahn nach Passau und von dort aus über Deggendorf nach München zu fahren.

What you want baby I got. What you need you know I got it

Zwischenzeitlich hatte der Kassetten-Rekorder auf Aretha Franklins Superhit »Respect« gewechselt. Ludwig stimmte sich mit diesen Hits auf die Zeit ein, die er mit seinen Biberacher Freunden verbracht hatte. Viele von ihnen hatte er seit den 68er-Jahren nicht mehr gesehen. Überhaupt: Der letzte Besuch in seiner Heimatstadt lag mindestens drei Jahre zurück. Eigentlich ein Grund, sich zu schämen.

Yeah baby, when you get home now – R-E-S-P-E-C-T

Ludwig Hirschberger wechselte auf die Inntal-Autobahn und fuhr Passau entgegen. Die erste Stadt in der »Piefkei«, wie seine Kollegen zu frotzeln pflegten. Piefkei leitete sich von »Piefke« ab, jenem Schimpfwort für die Deutschen, das in Wien mit großer Vorliebe benutzt wurde. Piefke, das wusste Ludwig ganz genau, war auch sein Spitzname im gesamten Kommissariat des II. Wiener Gemeindebezirks, der Leopoldstadt, in dem er seinen Dienst versah. Wobei ihn dort kaum einer für einen richtigen Piefke hielt – man nannte ihn nur so, weil er aus Deutschland stammte.

She said: ›There is no reason. And the truth is plain to see.‹

Die Musik war zwischendurch etwas ruhiger geworden, als Procol Harums Ballade »A Whiter Shade of Pale« aus den Lautsprechern tönte. Diese Musik erinnerte ihn immer an seine heftige Romanze mit Gabi, die ihm beinahe das Herz gebrochen hatte. Aber das war 1968 und über 30 Jahre her. Ob sie wohl auch kommen würde?

That her face, at first just ghostly – turned a whiter shade of pale …

Klar würde sie kommen, die meisten würden kommen. Ein 50er-Fest in Biberach, das war eine Pflichtveranstaltung! Dort nicht hinzugehen? Ein No-Go!

Poor boy you must knowowowowow! Poor boy the life is hard to go …

Poor boy, poor boy you might say yeah, yeah, yeah, yeah – life is very hard to stay …

Die Kassette mit dem Namen »Wild Mix« machte ihrem Namen alle Ehre.

»Schützenfest ist, wann der Papa sentimental wird«, pflegte sein zwischenzeitlich 22-jähriger Sohn Marco zu sagen.

»Dann singt er a Kirchenliadl, legt die Hand aufs Herz und hot Tränen in die Augn, der große Herr Kiberer«, ergänzte er feixend.

»Loß eahm schiassn auf seinem Schützenfest, dees ist sein in tiefster Seele verhaftetes, nie vergehendes Heimweh.«

Auch seine Frau Lea beteiligte sich gerne an den ironischen Attacken ihres Sohnes. Klar, Marco war wie seine Mutter ein waschechter »Weaner«.

»Ihr habt doch überhaupt keine Ahnung. Nur wer ein waschechter Biberacher ist, wird verstehen können, was ein Jahrgänger-Treffen beim Schützenfest bedeutet. Und mit schiassn hot des Fest nix zu tun. Es ist kein Fest, bei dem es ums Schießen geht; vielmehr ist es ein Heimatfest mit einer uralten Tradition. Vermutlich ist es als Dank- und Schutzfest nach Beendigung der Pest im 17. Jahrhundert entstanden.«

Um die Wichtigkeit seiner Aussage zu unterstreichen, geriet Ludwig ins Hochdeutsche. Und dann sagte er, was er in solchen Situationen immer zu sagen pflegte:

»Tja, nach einem solchen Moloch von Großstadt hier kannst auch gar kein Heimweh kriegen. Außerdem hab ich auch nur zweimal im Jahr Heimweh: an der Schütza und an Heiligabend, wenn man in Biberach 's Chrischtkendle raalot.«

»Komische Menschen, diese Schwaben«, lachte Marco.

»Bist doch selber ein halber, wie der Mozart!«

Womit Ludwig wieder einmal das letzte Wort hatte.

There is a house in New Orleans – they call the rising sun ...

Eric Burdon und die Animals drangen gerade aus den Boxen, als Ludwig die deutsch-österreichische Grenze bei Passau passierte.

And it's been the ruin of many a poor boy...

Er wechselte kurz auf das Radio und wegen der Verkehrsnachrichten auf den Sender Bayern 3, um danach sofort wieder auf Kassette umzuschalten.

Das Überqueren der Grenze hatte einen unschätzbaren Vorteil: Ab sofort konnte er über den Polizeifunk nicht mehr erreicht werden. Hier war Deutschland, hier konnte man ihn nicht mehr zurückholen, mochte der Fall auch noch so dringend sein. Ab jetzt war Urlaub angesagt. Urlaub von Psychopathen, Entführern und Erpressern. Urlaub von der schwarzen Seite der Großstadt an der schönen blauen Donau. Blau, fand Ludwig, sah die Donau sowieso nirgends aus, weder in seiner oberschwäbischen Heimat noch in Wien, wo er seit über 25 Jahren lebte.

Völlig ahnungslos, welche Katastrophe in seiner Geburtsstadt auf ihn wartete, fuhr er weiter in Richtung Westen.

Nach dem Abitur hatte Ludwig die Polizeischule in seiner Heimatstadt besucht. Die Kaserne befand sich auf dem Lindele, der höchsten Erhebung Biberachs. Schon als Teenager war für Ludwig klar: Er würde Polizist werden.

Ludwig hing seinen Erinnerungen nach und landete in seiner Kinderzeit, in den 50er-Jahren. Damals waren die Schutzmänner Biberachs für ihn moderne Winnetous und Old Shatterhands. Außerdem fand er es unheimlich toll, wenn die Polizei in ihrem dunkelgrünen VW Käfer mit Blaulicht und Martinshorn durch die Stadt raste. Und wie jeder Bub in seinem Alter sah er sich im Fernsehen die Kultserie »Isar 12« an, die den Namen einer Münchner Polizeistreife trug.

Einmal wurde er erwischt, als er bei seinem Freund Werner auf dem Gepäckständer des Fahrrads saß und mit seiner Hohner Melodica das Martinshorn nachspielte. Mehr als »In the mood« und »Tom Dooley« konnte er auf seiner Melodica aber nicht spielen.

Ob Werner wohl in diesem Jahr zur Jahrgänger-Feier kommen würde? Bei der 40er-Feier hatte sein Jugendfreund gefehlt. Depressiv sei er, hatte man ihm vor zehn Jahren erzählt.

So don't worry, cause I'm coming – I'm a soul man…

Das waren unverkennbar Sam and Dave.

Seine Ausbildung konnte Ludwig, wie gesagt, in seiner Heimatstadt Biberach absolvieren. Danach versah er als junger Polizist seinen Dienst in Stuttgart und Murrhardt, einer hübschen klitzekleinen Stadt im Schwäbischen Wald, ehe er auf die Polizeiakademie nach München wechselte.

Give you hope, and be your only boyfriend… I'm a soul man…

Dort lernte er Lea kennen, die als Gast der österreichischen Polizei an dem einjährigen Seminar teilnahm.

Sittin' on the dock of the bay…

Otis Redding, der bei einem Flugzeugabsturz so tragisch ums Leben gekommene »King of Soul«, war der nächste Interpret.

München, die Stadt, in der er seine Lea kennen- und lieben lernte. Lea, die Starke. Lea, die Eigenwillige und manchmal auch Eigensinnige, die lieber die Liebe ihres Lebens hergegeben hätte, als nach Schwaben zu ziehen. Von wegen Heimweh, pflegte Ludwig ihr immer vorzuhalten.

Watching the ships roll in / and then I watch 'em roll away again, yeah / Sittin' on the dock…

Also folgte er Lea in die große Stadt an der Donau und gründete mit ihr eine Familie.

Look like nothing's gonna change…

Beruflich ging's mit seiner Karriere bergauf. Seit jeher besaß Ludwig ein besonders gutes Einfühlungsvermögen.

Schon in der Schule, am Wieland-Gymnasium, überraschte er seine Lehrer, wenn er erstaunlich präzise die Beweggründe für die Untaten der Schüler – und auch die der Lehrer – darlegte.

»Hirschberger, du musst mal Pfarrer werden, dann kannst du den Leuten erzählen, was der liebe Gott gerade denkt.« Ludwig erinnerte sich noch gut an diese unverkennbar ironisch gemeinten Worte seines Klassenlehrers Dr. Hofelder.

»Sie können sich Ihren sarkastischen Neid sparen, Sie werden das nie können«, lautete damals seine recht selbstbewusste, fast überhebliche Antwort.

Manchen war diese Fähigkeit unheimlich, vielleicht bis heute. Ilse Sawazky, die Sexbombe der Klasse, kam Ludwig in den Sinn. Sie hielt ihn damals für einen Hexer und mied jeden Kontakt mit Ludwig, was den allerdings nicht sonderlich grämte, für ihn war Ilse nur entsetzlich dumm.

Klick. Die Kassette sprang aus dem Gerät heraus, Ludwig wechselte sie.

Hey Mister Tambourine Man, play a song for me…

Dieses Lied erinnerte ihn an Elli Pfundstein, seinen unnahbaren Jugendschwarm, als er 14 war. Sie würde er sicher nicht sehen, denn sie war seiner Erinnerung nach ein Jahr jünger und somit nicht bei der Jahrgänger-Feier dabei. Schade zwar, aber er würde genügend andere »Damen seines Herzens« aus den wilden 68ern wiedersehen.

In the jingle jangle morning / I'll come following you…

Eines Tages – Ludwigs Gedanken sprangen zurück in seinen beruflichen Werdegang – bot ihm sein Chef Magister Bruno Sveda an, an einem der ersten Profiler-Kurse teilzunehmen. Er erwies sich als begabt. Unvergesslich der Moment, als ihm ein weiteres Seminar in den USA im National Center for the Analysis of Violent Crime genehmigt wurde.

Black is black, I won't my baby back…

Dort beschäftigten sie sich mit seltsamen Verhaltensmustern, die für die Kriminalpolizei nicht nachvollziehbar waren. Ludwig lernte schnell.

Aber jetzt wollte er Beruf und Polizei für ein paar Tage hinter sich lassen. Er freute sich auf diese 50er-Feier, freute sich darauf, seine alte Clique zu sehen und sich wieder einmal mit ihnen auszutauschen.

Von ein paar seiner Kumpel wusste Ludwig, was sie beruflich machten. Da war zum Beispiel Richard Koch aus Warthausen, Gitarrist der Biberacher Beat-Band »Henrys crazy boys«. Dieser Band hätte Ludwig damals als Heranwachsender ach so gerne auch angehört. Allein, es fehlte ihm am Talent. Tom Salerner, Schlagzeuger der Band, versuchte es einmal mit ihm. Als Sänger. Aber schon nach ein paar Minuten gab er entnervt auf. Nicht einmal das anspruchslose »Poor Boy« von den Lords bekam er hin. So blieb Ludwig nur die Rolle des Fans, abgesehen von einigen organisatorischen Tätigkeiten.

Den Gitarristen Richard Koch sah Ludwig dann im Fernsehen wieder – als Fernsehkorrespondent in Kanada! Zuvor hatte er ihn schon oft auf Bayern 3 gehört mit Berichten aus Quebec, aber dass es sich hierbei um seinen Uralt-Kumpel Richard handelte, realisierte Ludwig erst, als er ihn leibhaftig über den Bildschirm flimmern sah.

Aber all dies passte zu Richard. Ihm war die Welt in Oberschwaben immer schon zu klein, zu beengt gewesen. Er wollte hinaus in die große weite Welt. Er war ein Abenteurer, jede Herausforderung suchend und vor keiner Aufgabe kapitulierend.

Lothar Sattler, hatte er gehört, sei ein ziemlich einflussreicher Kommunalpolitiker geworden. Bobby Maurer hingegen war ein bekannter Architekt. Ludwig traf sich ein paar Mal mit ihm in Wien, als er dort für die Uno in der Uno-City Mitte der 80er-Jahre ein Gebäude errichtete.

Bobby Maurer war schon lange mit Gabi verheiratet, Ludwigs erster, wirklich großer Jugendliebe.

Eines Tages trennte sich Gabi von Ludwig. Ein Jahr darauf war sie mit Bobby zusammen, den sie später heiratete. Die Ehe blieb allerdings kinderlos. Warum sich Gabi damals von ihm getrennt hatte, blieb ihm bis zum heutigen Tage verborgen. Rund 30 Jahre waren vergangen und Ludwig fragte sich immer noch nach dem Warum und Weshalb. Auch wenn dies nach dieser langen Zeit und all ihren Turbulenzen natürlich an Bedeutung verloren hatte.

Doch er erinnerte sich noch ganz genau: Sie nahmen an einer Demonstration gegen Kurt-Georg Kiesinger teil. Auf dem Biberacher Marktplatz. Kiesinger hatte zuvor als Bundeskanzler der Großen Koalition die Notstandsgesetze mit großer Gewalt und der satten Mehrheit der beiden größten Fraktionen im Bundestag durchgesetzt.

Kiesinger hielt einen Auftritt in dieser Stadt wohl für ein Heimspiel. Denn im tiefschwarzen Oberschwaben lag der schwärzeste Wahlkreis Deutschlands: Biberach, eine CDU-Hochburg.

Dass sich in Biberach eine ultralinke Gruppe gebildet hatte, davon ahnte, davon wusste der Kanzler nichts und hätte es wohl für einen Scherz gehalten. »Venceremos« nannte sie sich. Leitfiguren waren »Eckes« Leupolz und seine Freundin. Der entscheidende politische Agitator im Hintergrund war allerdings ein Lehrer des Wieland-Gymnasiums.

Diese Venceremos-Gruppe machte an diesem Tag die Wahlkampfveranstaltung für den Bundeskanzler zur Hölle. Ständig sangen sie:

»Schlaf Biberach schlaf, der Kanzler zählt die Schaf.«

Heutzutage, musste sich Ludwig eingestehen, hätte diese verhältnismäßig kleine Gruppe keine Chance, sich auf dem Marktplatz gegen einen Bundeskanzler durchzusetzen. Die Beschallung würde sie um ein Vielfaches übertönen. Aber damals schrieb man das Jahr 1968 und die schalltechnischen Möglichkeiten steckten noch in den Kinderschuhen.

So kam es, dass die herbeigerufene Polizei die eifrigen Sänger abführte und vorläufig festnahm. Auch Ludwig und Gabi. Natürlich gab es keine Handhabe, die Demonstranten länger festzuhalten, sodass Ludwig seine Gabi am späteren Nachmittag nach Hause begleiten konnte. Sie wohnte in der Nähe des Stadions und des Wieland-Gymnasiums, in dem sie beide im selben Jahr ihr Abitur machten.

Es war das letzte Mal, dass er mit Gabi sprechen durfte. Vom nächsten Morgen an kannte sie Ludwig nicht mehr. Er war wie vor den Kopf gestoßen und litt. Vielleicht bekam er ja jetzt in diesen Tagen Aufschluss über das Warum und Wieso?

Bobby würde bei der Feier natürlich dabei sein, Gabi sicher auch. Obwohl, war sie nicht ein Jahr jünger? Bobby schwieg immer beharrlich, wenn Ludwig ihn nach ihr fragte. Auch noch, als Ludwig längst verheiratet und sein Sohn schon auf der Welt war.

Jene Demonstration war die einzige Episode, die Ludwig als Aktivisten der berühmten 68er ausweisen sollte. Im Gegensatz zu manch einem seiner Freunde.

Als Ludwig gegen 14 Uhr endlich in Biberach ankam, stellte er sein Auto in der Tiefgarage bei der Stadthalle ab und ging schnurstracks in sein gebuchtes Hotel. Es lag strategisch äußerst geschickt, sodass Ludwig zu Fuß alles erreichen konnte. Von der Stadthalle, in der das 50er-Fest heute Abend stattfand, war es nur wenige 100 Meter entfernt.

Er legte sich für eine Stunde aufs Bett, schließlich waren die weit über 500 Kilometer nicht spurlos an ihm vorübergegangen. Immerhin wollte er ja fit sein an diesem Abend, wollte so viel wie möglich mitnehmen.

Alle Jahrgänger des Jahrgangs 1949 sollten sich gegen 16 Uhr auf dem Viehmarktplatz treffen. Erwartungsfroh, aber doch mit etwas gemischten Gefühlen ging er zum Treffpunkt. Doch schon nach wenigen Augenblicken war dieses mulmige Gefühl verschwunden. Überall gab es ein großes Hallo. Sofort schlossen sich alle in den Kreisen zusammen, die sie früher schon gebildet hatten. Es war schon etwas witzig. Sofort erkannte er Lothar Sattler, der – natürlich – den Organisator für seinen Jahrgang gab.

Ludwig meldete sich an, bekam einen Button mit seinem Namen und machte sich auf den Weg zu seinen alten Kumpeln. Überraschenderweise war Elli Pfundstein die erste, die er traf.

»Sag mal, bist du nicht Jahrgang 50?«, fragte Ludwig.

»Danke für das Blümchen, aber wir sind schon derselbe Jahrgang. Das solltest du doch wissen. Wir sind immer in dieselbe Klasse gegangen und sind auch miteinander konfirmiert worden«, antwortete Elli.

»Klar, du hast recht, aber ich neige nun mal dazu, besonders attraktive Frauen etwas jünger zu schätzen. Ich glaube auch nicht, dass meine Frau schon so alt ist, wie sie ist.«

»Du alter Charmeur, immer noch derselbe Süßholzraspler.«

Elli Pfundstein lachte.

»Hast du deinen Mädchennamen behalten oder bist du allein geblieben?«

Diese Frage war Ludwig sofort peinlich.

»Ich war verheiratet, da hieß ich anders. Aber seit acht Jahren bin ich geschieden und habe meinen Mädchennamen wieder angenommen. Bevor du mich weiterfragst, mein Mann hatte eine Jüngere und hat mich verlassen.«

So war sie, das war typisch Elli. Sie hatte eine entwaffnende Offenheit an sich und offenbar nichts davon verloren.

»So ein Vollidiot. So eine Frau wie dich hätte ich nie verlassen.«

Ludwig bemühte sich, empört zu wirken.

»Jetzt trieft's aber gleich«, lästerte Elli, »ich kann mir nicht vorstellen, dass es bei der Polizei in Wien nicht auch die eine oder andere Kollegin gegeben hat, die ihrem Kollegen Ludwig schöne Augen gemacht hat. Wer beruflich zwischen Hellseher und Hexenmeister angesiedelt ist, hat doch Chancen ...«

»Na ja, du bist ja gut informiert«, schmunzelte Ludwig. »Heißt übrigens neudeutsch und ganz nüchtern ›Fall-Analytiker‹.«

»Typisch Lude, immer ein bisschen Understatement, nur ja nicht angeben. Und, gibt es jetzt tolle Frauen bei der Polizei in Wien?«

»Klar, es gab und gibt hübsche Kolleginnen bei der Polizei in Wien, eine davon habe ich sogar geheiratet. Ich habe einen Sohn und bin sehr glücklich. Seither sind Kolleginnen für mich tabu«, meinte Ludwig zu Elli.

In diesem Augenblick kam Werner Schutz hinzu. Werner war in der Jugend ein richtiger Abenteurer gewesen. Für Frauen hatte es da zunächst einmal keinen Platz gegeben, sodass ihm Elli Pfundstein während seiner Jugend ziemlich egal gewesen war. Dennoch war das Hallo jetzt sehr groß, immerhin hatten sich die Klassenkameraden seit Jahrzehnten nicht mehr gesehen.

Nach dem Austausch der üblichen Fragen meinte Elli:

»Du bist ganz sicher Junggeselle geblieben, Werner, stimmt's?«

»Oh nein«, antwortete dieser, »ich bin seit 15 Jahren verheiratet und habe drei Kinder, 14, 13 und elf Jahre alt.«

Werner Schutz erzählte es richtig stolz.

»Und wie bist du zu deiner Frau gekommen?«, fragte Elli neugierig.

»Na ja, eigentlich ist eher sie zu mir gekommen, wenn ich ehrlich bin. Ich war Lehrer im Berufsschulzentrum in Balingen und sie war Referendarin bei mir. Ich hätte es bestimmt beim Beruflichen gelassen, aber Martina hat nicht mehr lockergelassen und so sind wir ein Paar geworden.«

»Potz Blitz, eine bildsaubere Familie hat dich da gefunden«, lachte Elli.

In diesem Moment tauchte im Hintergrund Bobby Maurer auf.

Und obwohl es schon eine kleine Ewigkeit her war, dass Bobby mit Gabi verheiratet war, gab es Ludwig immer noch einen kleinen Stich ins Herz, als er seine Jugendliebe Gabi sah. Außerdem erschrak er. Gabi sah mitgenommen aus. War sie krank? Hatte sie Probleme? Sie wirkte verhärmt. Etwas quälte sie.

Und vor allem: Noch immer ignorierte sie Ludwig. Was immer es damals gewesen sein mochte, das sie dazu bewegt hatte, ihre Beziehung zu beenden, sie hatte Ludwig bis zum heutigen Tage nicht verziehen. Man musste ihr wirklich Schauerliches über ihn erzählt haben damals, dass sie ihm bis zum heutigen Tage nicht vergeben konnte.

Sie hatte ihre Eltern mitgebracht. Im Gegensatz zu ihrer Tochter begrüßten sie ihn. Ihre Tochter Gabi entfernte sich währenddessen und sprach mit Elli Pfundstein und Werner Schutz. Ludwig mochte Gabis Eltern. Und auch sie freuten sich anscheinend, ihn nach so langer Zeit zu sehen.

Die Erinnerung an damals wurde wieder lebendig, Ludwig hing ihr nach.

Als er mit Gabi zusammen war, verbrachte er viel Zeit bei Hutters. Besonders die Süßspeisen Elga Hutters begeisterten ihn. Powidltatschkerln, Apfelstrudel und insbesondere Zwetschkenröster. Köstlichkeiten, die Ludwig später in Wien immer wieder begegneten und an seiner Figur zumindest mitschuldig waren.

Ludwig hatte für Herwig Hutter immer viel Bewunderung übrig. Für den großartigen Sportler und begnadeten Tischtennis-Spieler, der dem nicht unbegabten Ludwig nie eine Chance ließ. Der ihn bei Dauerläufen immer schlecht aussehen ließ, obwohl Hutter damals schon Mitte 40 gewesen sein musste. Klein und drahtig, dabei unglaublich muskulös. Herwig Hutter war Sprinter, Hürdenläufer und Marathonläufer in einer Person. Ein echter Ausdauersportler mit blitzschnellen Reaktionen. Unter dem Training von Gabis Vater verbesserte Ludwig sein Tischtennisspiel derart, dass er im Biberacher Freibad Punkte sammelte, weil er nicht mehr zu schlagen war.

Ludwig und Gabi waren ein Traumpaar. Nur übernachten durfte Ludwig bei den Hutters nie. Gabi dagegen nächtigte sehr oft bei ihm zu Hause, seine Eltern hatten überhaupt kein Problem damit, die bildhübsche und intelligente Gabi bei sich zu Hause aufzunehmen. Im Hause Hirschberger herrschte ein sehr liberales Klima. Herwig Hutter war für ihn ein sportliches Vorbild, aber übernachten in seinem Hause war tabu. Auch für Bobby Maurer, Ludwigs Nachfolger bei Gabi. Bis zu ihrer Hochzeit durfte er nie über Nacht im Hause Hutter bleiben.

Damals, am Tag nach besagter Kiesinger-Demo, wollte Ludwig Gabi besuchen. Aber Herwig Hutter verweigerte ihm strikt den Zugang zum Haus.

»Gabi will dich nicht mehr sehen«, sagte er schroff.

»Das hätte ich aber gerne selber von ihr gehört«, entgegnete Ludwig.

Zu lange war er mit Gabi zusammen, als dass er sich so abspeisen ließ. Zu intensiv, zu innig war ihre Beziehung. Zudem war nichts Außergewöhnliches vorgefallen, was so einen Schritt rechtfertigte, zumindest war sich Ludwig keines Vorfalls bewusst.

»Nein geh, lass dich hier nie mehr blicken«, bekräftigte Gabis Vater.

»Aber ich möchte wenigstens wissen, warum?«

Der Mann, der Ludwig bis dahin immer freundlich und fast väterlich begegnet war, antwortete nur:

»Das weißt du ja wohl selbst am besten!«

Und dann schlug er die Türe zu.

Aus. Vorbei. Er durfte nicht mehr ins Haus der Hutters, das ihm zu einer zweiten Heimat geworden war. Als er Gabi am nächsten Tag sah, schaute sie einfach durch ihn hindurch. So, als ob er überhaupt nicht mehr existieren würde.

Ein Jahr später begann Gabi die Beziehung zu Bobby Maurer. Ludwig war damals schon im Polizeidienst und weg aus Biberach. Und ein weiteres Jahr später heirateten die beiden. Alle Freunde wurden eingeladen – nur Ludwig nicht.

Ludwig erfuhr nie, warum Gabi so plötzlich und unvermittelt mit ihm Schluss gemacht hatte und warum sie sich nie mehr mit ihm unterhalten wollte. Wenigstens sprachen die Hutters heute wieder mit Ludwig.

»Guten Tag, Ludwig, schön dich mal wiederzusehen, hast dich ja ziemlich verändert. Figürlich meine ich.«

Herwig Hutter deutete auf Ludwigs Bauch. Er selber war immer noch so drahtig wie damals. Und er erweckte nicht den Eindruck eines Mannes, der schon jenseits der 70 sein musste. Außer ein paar grauen Haaren an den Schläfen, ein paar Fältchen im Gesicht war dem Mann sein Alter nicht anzusehen. Einfach unglaublich, dachte sich Ludwig, der macht heute noch jedem 20-Jährigen was vor. Kein Gramm Fett, keine Erschlaffung irgendwo zu sehen, das war geradezu beneidenswert.

Auch Elga Hutter gab sich freundlich. Lediglich Gabi war ihm offensichtlich noch so böse, dass sie den Mann, den sie einmal geliebt hatte, nicht mehr kennen wollte. Das hinderte Ludwig aber nicht daran, sich mit ihren Eltern zu unterhalten, er war nicht nachtragend. Vielleicht ergab sich die Möglichkeit, doch noch die Gründe zu erfahren.

Ludwig fiel aber auf, dass es mit Herwig Hutters Gemütszustand nicht zum Allerbesten stand. Irgendwie wirkte er wütend. Er ließ sich zwar nichts anmerken, aber Ludwigs Bauchgefühl sagte ihm, dass dem älteren Herrn etwas nicht passte. Und zwar gewaltig. Hatte es etwas mit ihm zu tun? Missfiel ihm die Ignoranz seiner Tochter nach 30 Jahren? Ludwig hatte keine Ahnung, aber irgendeine Laus war Herwig Hutter über die Leber gelaufen.

Gabis Aussehen stimmte Ludwig nachdenklich. Aus dem fröhlichen Teenager war eine verhärmte Frau geworden. Blass wie eine Wand, mit dicken Tränensäcken unter den Augen wirkte sie wie eine Person, der man Schreckliches zugefügt hatte. Doch Ludwig stand es nicht zu, nach dem Zustand seiner Jugendliebe zu fragen.

»Wohnen Sie immer noch in der Memelstraße, Herr Hutter?«, fragte er ihren Vater.

»Nein, da wohnen wir schon lange nicht mehr. Wir wohnen gar nicht mehr in Biberach, wir sind schon 1984 weggezogen«, ließ Gabis Vater verlauten.

»Und wo wohnen Sie jetzt?«, hakte Ludwig nach.

»Das wirst du nicht kennen. Murrhardt, eine kleine Stadt im Schwäbischen Wald«, antwortete Hutter.

»Oh doch, Herr Hutter, ich kenne Murrhardt. Gut sogar. Ich habe dort 1973 meinen ersten Polizeidienst als normaler Wachtmeister absolviert. Es ist eine wunderschöne kleine Stadt«, schwärmte Ludwig.

»Die Tante von meiner Elga besitzt dort ein Häuschen. Als sie älter wurde, hat sie sich gewünscht, dass wir zu ihr ziehen. Mittlerweile leidet sie an Alzheimer. Deshalb haben wir sie in ein Pflegeheim nach Neu-Ulm gebracht.«

»Wieso nach Neu-Ulm?«, wollte Ludwig wissen.

»Na ja, eine Cousine von meiner Elga war dort im Pflegedienst beschäftigt. Die ist aber letztes Jahr an Krebs gestorben. Und wir finden in der Nähe von Murrhardt keinen Platz für die Tante. Es ist aber nicht so schlimm, die Tante fühlt sich in Neu- Ulm sehr wohl und außerdem erkennt sie uns gar nicht mehr.«

»Aber zum Schützenfest sind Sie natürlich wieder nach Biberach gekommen. Wie lange bleiben Sie denn?«, fragte Ludwig neugierig.

»Wir brechen gleich auf. Wir fahren zurück nach Murrhardt. Wir sehen uns nicht einmal mehr den Umzug an. Ich habe morgen zu Hause etwas zu tun. Und weil ich nicht mehr so gut sehe bei Nacht, muss ich zeitig losfahren, damit ich vor Einbruch der Dunkelheit zu Hause bin. Meine Elga kann ja nicht Auto fahren.«

Damit verließen Hutters das Treffen der Jahrgänger. Ludwig fiel auf, dass sich die Hutters zwar von Gabi sehr herzlich verabschiedeten, aber Bobby kaum eines Blickes würdigten. Das war schon komisch und entsprach eigentlich nicht dem Naturell der Hutters. Und doch war es nicht abwegig. Schließlich hatte auch Ludwig, als er damals so unbarmherzig abgewimmelt worden war, den Mann von einer anderen Seite kennengelernt.

Jetzt begann der Jahrgänger-Umzug. Manche Teilnehmer wurden wie die Festochsen behängt. Die Anzahl der erhaltenen Präsente war der Gradmesser für die Popularität oder die Beliebtheit der einzelnen Personen. Ludwig, der keine Verwandten mehr in Biberach hatte, bekam nur einen »Umhänger«. Eine Dame, die er gar nicht erkannt hatte, hängte ihm eine Brezel mit einer Schützenwurst um. Er glaubte an eine Verwechslung, freute sich aber trotzdem über das Geschenk und außerdem musste er nun nicht mehr »kahl« durch die Stadt laufen.

Es war schlichtweg umwerfend. Zigtausende säumten die Straßen der Biberacher Altstadt. Die gesamte Innenstadt wirkte wie ein hoffnungslos überfülltes Fußballstadion. Und Ludwig atmete wieder den »Schützenduft« ein. Das ist genau die Stimmung, die nur Biberacher kennen, wenn es in ihrer Stadt wieder »schützelet«, freute er sich in seinem Innersten.

Er kannte zwar nur wenige von den Tausenden an Zuschauern, aber dennoch war er wieder mal »daheim« und fühlte sich glücklich. Schade, dass seine Lea und sein Marco nicht mitgefahren waren. Vielleicht hätten auch sie sich von diesem »Schützenvirus« anstecken lassen.

Ludwig genoss den Marsch durch die Stadt in vollen Zügen. Wie schön musste das erst für diejenigen sein, die die ganze Zeit hiergeblieben waren und die halbe Stadt kannten?

Erst kurz vor der Stadthalle löste sich die Zuschauermenge auf.. Hier wollten die 50er ihr rauschendes Fest feiern, hier würden sie Gedanken, Erlebnisse, freudige und weniger freudige Ereignisse austauschen und sich an die gemeinsame Schulzeit, die gemeinsame Jugend erinnern.

Ludwig hoffte inständig, dass es nicht zu einem Gockel-Treffen ausartete, bei dem jeder allen anderen beweisen musste, was für ein toller Hecht aus ihm geworden war oder welches Mädchen von damals den besten Chefarzt, den berühmtesten Rechtsanwalt oder den reichsten Industriellen geheiratet hatte.

Klar, dass sich in der Stadthalle genau jene Grüppchen bildeten, die in der Schule schon zusammengestanden waren. Die in Biberach Gebliebenen verhielten sich etwas anders: Sie bildeten zunächst eine eigene Gruppe, schließlich hatten sich unter ihnen neue Freundschaften entwickelt. Durch die »Fremden«, wie Ludwig inzwischen einer war, änderte sich die Situation aber bald. Man wollte sich auch mit den ehemaligen Biberachern unterhalten, mit ihnen längst Vergessenes oder Verdrängtes austauschen. Nur die sogenannten »Reingeschmeckten«, jene also, die erst nach der Schulzeit nach Biberach gekommen waren, wirkten ein bisschen isoliert, was aber absolut verständlich war.

Ilse Sawazky, die frühere Sexbombe, suchte sich noch ihr Grüppchen. Ihre Formen waren ausladender geworden, »rubensisch« hatte seine Frau Lea das mal genannt. Überraschenderweise kam sie sofort zu der Gruppe, in der sich Ludwig mit seiner alten Clique befand, obwohl Ilse Sawazky nie enger mit ihr in Berührung gekommen war. Sie wollte gleich einen Achtungserfolg landen und ging frontal Ludwig an:

»Na, du schiebst aber auch eine ordentliche Kugel vor dir her!«, sagte sie mit einem Lächeln zu Ludwig.

»Stimmt«, antwortete er, »und wenn ich mich genau hinter dich stellen würde, würden wir beide einen herrlichen gleichschenkligen Quader abgeben.«

Damit hatte Ludwig natürlich die Lacher auf seiner Seite.

Nur Ilse selbst konnte offenbar damit nichts anfangen. Also half ihr Werner Schutz auf die Sprünge:

»Na, er meint, dass dein Hintern mindestens so groß ist wie seine Kugel!«

Schallendes Gelächter – und die Gruppe war Ilse Sawazky los.

Jetzt erhob sich Lothar Sattler, um die Rede an die Jahrgänger zu halten. Wahrscheinlich hatte der Oberbürgermeister ihm als Jahrgänger gerne den Vortritt gelassen. Der OB sprach bei allen anderen Jahrgängen und hatte genug zu tun an diesem Abend. Lothars Rede war sehr launig. Er beleuchtete die augenblickliche Situation der Stadt. Nicht ohne Stolz, hatte sie doch glänzende Zahlen vorzuweisen.

»Kunststück, bei solchen Unternehmen. Fast keine vergleichbare Stadt hat so viel Gewerbesteuer wie Biberach. Mit vollen Hosen ist leicht stinken«, flüsterte Bobby Maurer.

»Aber so volle Hosen musst du erst mal haben, dass du so stinken kannst«, gab Ludwig zurück und konzentrierte sich auf die Rede von Lothar Sattler.

Er war ein durch und durch guter Stegreifredner, der so manchem Lokalpolitiker in Wien ernsthafte Konkurrenz gemacht hätte. Er hatte eine Stimme wie ein Bass-Sänger aus einer Mozart-Oper und benötigte noch nicht einmal ein Mikrofon.

»Er ist und bleibt ein Angeber«, giftete Bobby Ludwig ins Ohr.

Ludwig nahm keine Notiz davon und genoss die Rede von Lothar Sattler. Der kam nun auf die Jugendzeit zurück.

»Ich möchte behaupten, dass es ein Privileg war, seine Jugend in der Nachkriegszeit zu verbringen. Wir haben Geschichte im Schnelldurchlauf erleben dürfen. Alle von uns haben noch die karge Zeit der 50er-Jahre erlebt. Alle wissen seither, dass ein gut gedeckter Tisch mit all den kulinarischen Genüssen der heutigen Zeit keine Selbstverständlichkeit ist. Alle von uns haben das darauffolgende Wirtschaftswunder erlebt. Wir alle wissen, was es bedeutet, wenn man die Ärmel hochkrempelt und loslegt. Zu welchen Leistungen der Mensch imstande ist. Wir durften die 68er hautnah erleben, manche von uns sogar für eine Nacht im Gefängnis. Wir haben die sexuelle Revolution miterleben dürfen …«

Zwischenrufe unterbrachen ihn: »Hört, hört« und »Das sagt genau der Richtige«. Aber das focht Lothar überhaupt nicht an.

»Und wir haben eine Revolution in der Musik miterleben dürfen. Unsere älteren Geschwister noch den Rock'n Roll, wir aber durften die Beatles und die Rolling Stones erleben. Und vor allem: Wir waren die ersten, die völlig ohne Kriegswirren und ihren direkten Folgen wie Währungsreform und

Staatentrennung aufwachsen durften. Ich glaube kaum, dass es wieder einmal eine Generation geben wird, die eine derartig glückliche und turbulente Jugend erleben wird. Vielen Dank!«

Lothar sprach das alles frei, ohne Manuskript. Ludwig war überrascht. Lothar imponierte ihm. Bobby Maurer hingegen, der Lothar Sattler tagtäglich erlebte, der so manchen Strauß mit ihm ausgefochten hatte, der den Werdegang des Lokalpolitikers nicht mit der Distanz wie Ludwig verfolgt hatte, sah das Ganze mit anderen Augen.

»Blabla. Ja, so ist er halt, unser Lothar, der hat sich seit der Schule nicht mehr verändert.«

Man merkte Bobby Maurer die Rivalität an. Hier der renommierte Architekt, da der beliebte und geachtete Lokalpolitiker. Jeder wollte der Bessere sein. Das ist ein Punkt, in dem sich Wien und Biberach überhaupt nicht unterscheiden, dachte sich Ludwig.

Danach gab es Vorführungen verschiedener Gruppen des Schützenfestes, dazwischen Ständchen von Kapellen und Trommlerkorps, bis der Jahrgänger-Ausschuss die Moritaten zur Vorführung brachte. Viele Untaten und viele Missgeschicke wurden wieder hervorgekramt. Das Gelächter war groß.

Natürlich wurde Ludwig oft nach seinem Beruf gefragt, der wohl in der Einschätzung der Leute fast interessanter war als etwa der Beruf des Kommissars. Tja, die meisten ahnten nicht, dass es sich weniger um Gespräche mit Tätern und Opfern handelte, sondern um akribische Puzzlearbeit. Angesprochen wurde er immer noch auf einen Fall, mit dem er über die Grenzen Österreichs hinaus bekannt geworden war. Mitte der 90er-Jahre hatte er mitgeholfen, einen raffinierten Serientäter zu entlarven, der in Österreich mit Briefbomben zahlreiche Attentate verübt hatte.

»Als Profiler vertraut man darauf, dass Täter am Tatort Spuren hinterlassen, die Aufschluss über ihre Persönlichkeit geben«, versuchte Ludwig, kurz und prägnant eine Job-Beschreibung zu geben. »Aus diesen Spuren ziehen wir dann die richtigen Schlüsse.«

Direkt am Tisch neben ihnen hatte eine Dame Platz genommen, die Ludwig schon während des Umzuges aufgefallen war. Der Begriff Dame war hier so treffend, wie er in einem Lexikon nicht besser erklärt werden könnte: vornehm, elegant, mit einem unaufdringlichen Chic gekleidet, dabei weder versnobt noch gar arrogant wirkend; aber sehr viel Souveränität ausstrahlend.

Und obwohl Ludwig meinte, das Gesicht schon einmal gesehen zu haben, war er sich sicher, dass es sich um eine zugezogene Person handeln musste. An so eine Erscheinung hätte er sich garantiert erinnert. Lothar Sattler würde es wissen.

»Sag mal, Lolo«, flüsterte er dem Lokalpolitiker ins Ohr, »hast du eine Ahnung, wer diese Dame da am Nebentisch ist?«

Lothar prustete fast vor Lachen.

»Was, die kennst du nicht?«, polterte er lautstark los, wie es nun mal seine Art war. »Das ist Laura von Leeven, unsere Klassenkameradin. Sie ist vermutlich die Vermögendste unter den Teilnehmern hier.«

Ludwig war höchst erstaunt. Er hätte Laura von Leeven nie im Leben erkannt, wäre er ihr auf der Straße begegnet. Er war für sein sprichwörtliches und untrügliches

Personengedächtnis bekannt, aber dass diese elegante Dame das Mädchen mit dem zerzausten, strohigen Haar, mit den altmodischen und abgetragenen Klamotten sein sollte, wäre ihm nie in den Sinn gekommen.

Bobby fiel sogar die Kinnlade herab.

»Wer ist das? Die Brunzilla von Prunzinski? Das glaub ich jetzt nicht!«

Laura von Leeven wurde in der Klasse damals spöttisch Prinzessin Brunzilla von Prunzinski genannt, weil sie in jungen Jahren erhebliche Probleme mit ihrer Blase hatte. Oft sprang sie während des Unterrichts auf und rannte zur Toilette. Hin und wieder hatte sie auch einen kleinen Fleck auf ihrem altmodischen Rock, der offensichtlich am Ende des 19. Jahrhunderts groß in Mode gewesen war.

Wie pubertierende Jungs nun mal waren, machten sie sich über Lauras Problem lustig und zogen es ins Lächerliche. Sie ahnten natürlich nicht, wie sehr sie Laura von Leeven damit verletzten, die an ihrer Schwäche genug zu leiden hatte. Bobby tat sich damals bei den Attacken gegen die arme Laura besonders hervor. Ludwig erinnerte sich an eine Klassenfahrt mit der Bahn nach München, als sich Laura in ihr Abteil setzen wollte und Bobby ihr das mit den Worten verwehrte: »Pissnelken haben hier nichts verloren!«

»Mein lieber Scholli, die hat sich aber gemausert«, staunte Ludwig, »und hat sicher eine gute Partie gemacht, wenn sie so vermögend ist.«

Lothar schüttelte den Kopf.

»Sie ist bis dato ledig und hat sich ihr Vermögen selbst verdient. Sie ist Unternehmerin und durch eine Erfindung unermesslich reich geworden.«

»Welche Erfindung hat die denn gemacht?«, wollte Bobby etwas geringschätzig wissen.

»Sie ist Erfinderin und Alleininhaberin von ›Dry Forever‹«, ließ Lothar wissen.

»Das hab ich schon gehört, habe aber keine Ahnung, was das sein soll. Kann mich da mal jemand aufklären?«, fragte Tom Salerner.

Elli Pfundstein musste ob solcher Unwissenheit grinsen.

»Das sind Slip-Einlagen!«

»Was?«

Für den ewigen Junggesellen Tom war das ein Potemkinsches Dorf.

»Na, das sind die Surfbretter, die sich die Weiber in die Unterhose kleben«, sagte Werner Schutz.

Tom Salerner verstand immer noch nur Bahnhof und schüttelte den Kopf. Für ihn war das wieder ein Kapitel nach dem Motto: die Frau, das unbekannte Wesen.

»Manche nennen sie auch Piss-Einlagen«, ergänzte Werner.

Bobby lachte nun richtig laut und sah auffällig zu Laura von Leeven hinüber.

»Das soll mal einer sagen, Not macht nicht erfinderisch.«

Er konnte sich kaum bändigen vor Lachen. Ludwig fand das keineswegs gut, was sich Bobby da erlaubte. Das war unverschämt, unhöflich und zynisch. So benimmt man sich einfach nicht, dachte er sich und wollte schon eingreifen, als Laura sich erhob und an ihren Tisch kam. Selbstbewusst und überlegen ergriff sie das Wort:

»Ja, lieber Robert Maurer, Not macht erfinderisch, da muss ich dir recht geben. Die Idee ist wirklich aus der Not heraus geboren worden. Aber ich war erfinderisch genug, eine Lösung zu finden und damit auch noch meinen Lebensunterhalt zu verdienen. Erfindungsreichtum würde dir allerdings auch guttun.«

»Ich bin erfindungsreich genug, um Erfolg zu haben, ich musste keine Piss-Einlagen erfinden«, konterte Bobby zynisch.

»Soso, erfindungsreich genug. Und wieso hat dein Büro seit vier Jahren keine Ausschreibung mehr gewonnen? Wieso entwirfst du keine Großprojekte mehr, wieso baust du nur noch kleine Einfamilienhäuschen für Rentner in Biberach?«

Sie blieb im Ton ruhig und dennoch trieb sie Bobby auf die Palme mit diesem Satz.

»Das ist erstens gelogen, zweitens hast du keine Ahnung und drittens geht dich das überhaupt nichts an.«

Bobby stieg die Zornesröte ins Gesicht. So hatte Ludwig den Jugendfreund noch nie erlebt.

Laura blieb die Ruhe in Person und schien völlig gelassen. Jeder der Beteiligten hatte das Gefühl, dass jetzt ihre Stunde kam, dass das die Situation war, auf die sie jahrelang gewartet hatte.

»Mit Punkt drei hast du recht. Es geht mich nichts an. So wenig, wie es dich etwas angeht, womit ich mein Geld verdiene. Zu Punkt eins sage ich, es ist nicht gelogen, und zu Punkt zwei sage ich, dass ich inzwischen genug Ahnung habe. Ich kann's auch erklären.«

»Da bin ich jetzt aber mal gespannt«, lästerte Bobby.

»Vielleicht sagt dir der Name DF Building ja was?«

Bobby Maurer wurde kreidebleich.

Die souverän lächelnde Laura machte weiter:

»DF Building gehört mir. DF heißt ›Dry Forever‹ und die Firma managt alle Neubauten für ›Dry Forever‹. Weltweit. Dieses Frühjahr haben wir eine Ausschreibung für unser neues Werk in Tuttlingen gemacht. Eine unabhängige Kommission von Architekten, Bauleitern und Ingenieuren hat aus den Bewerbern diejenigen ausgewählt, die sich dann am Wettbewerb beteiligen durften. Weil es sich um das Werk handelt, das meiner Heimat am nächsten liegt, habe ich mich persönlich am Auswahlverfahren beteiligt. Und nicht schlecht gestaunt, dass sich auch ein Architekturbüro Robert Maurer aus Biberach beteiligt hat. Alle Fachleute, ich betone alle, haben gesagt, der Maurer kommt nicht in Frage. Seine Zeit ist vorbei …«

»Das ist eine Unverschämtheit, das lasse ich mir jetzt nicht mehr gefallen, du hältst jetzt sofort deine Klappe!«, brüllte Bobby förmlich.

»Lass sie doch mal, das interessiert mich jetzt wirklich.«

Lothar lächelte süffisant, während er dies sagte.

Laura brachte zur Sprache, was man in Biberachs gewöhnlich gut informierten Kreisen längst hinter vorgehaltener Hand tuschelte. Für Ludwig war das natürlich alles neu und er hatte keine Ahnung.

Laura fuhr fort:

»Ich habe mich daraufhin erkundigt, ob es sich um jenen Robert Maurer handelt, der mit mir in Biberach gemeinsam die Schulbank gedrückt hat und der mich jahrelang ob meiner Blasenprobleme gegängelt hat. Und siehe da, er war's.«

»Und da hast du ihn natürlich gerne über die Klinge springen lassen, stimmt's?«, fragte Lothar.

»Im Gegenteil. Ich habe darauf bestanden, dass das Büro Maurer zum Wettbewerb eingeladen wurde. Ich wollte mir nämlich nicht vorwerfen lassen, einen Bewerber aus persönlichen Gründen abzulehnen. Im Gegensatz zu manch anderem hier am Tisch bin ich weder rachsüchtig noch unverschämt und schon gar nicht nachtragend.«

»Und, hast du mitgemacht?«, wollte Tom Salerner von Bobby wissen.

Der antwortete aber nicht und warf nur seinen Kopf unwirsch nach hinten.

»Na klar hat er mitgemacht«, ergänzte Laura. »Und soll ich euch mal sagen, was die Kommission zu seinem Entwurf gesagt hat?«

»Komm, jetzt spann uns nicht so auf die Folter!«

Lothar schien sehr neugierig.

»Also das haben meine Sachverständigen damals gesagt, ich erinnere mich fast wörtlich daran: Handwerklich gut gemacht, aber ein völlig veralteter Baustil mit Aufteilungen, wie man sie seit zehn Jahren nicht mehr plant. Moderne Laufwege-Planung scheint ihm ein Fremdwort zu sein. Wir glauben, die letzten zehn Jahre sind an dem einstmals renommierten Architektur-Büro Robert Maurer vollkommen vorbeigegangen.«

Bobby Maurer sah sich verzweifelt um, nickte dann irgendjemandem zu und stand wortlos auf. Ludwig befürchtete, dass er die Feier verlassen würde, und wollte aufstehen, um ihn zur Rückkehr zu bewegen.

»Lass ihn, der kommt wieder.«

Lothar gab sich ziemlich sicher. Er zog genüsslich an seiner Zigarre, während Laura von Leeven genau so ruhig und gelassen, wie sie an Ludwigs Tisch gekommen war, wieder auf ihren Platz zurückkehrte.

Entweder war sie eine verdammt gute Schauspielerin oder der Triumpf berührte sie noch nicht einmal sonderlich. Jedenfalls setzte sie ihre Unterhaltung mit ihren Klassenkameradinnen ungerührt fort.

Auch sie versuchten, so gut es ging, den Vorfall zu überspielen, doch die Fragen hingen noch in der Luft: Hatte Laura womöglich recht? Hatte er Probleme mit seinem Architekturbüro?

Als Ludwig kurze Zeit später zur Toilette ging, lief er vor dem Saal Bobby in die Arme.

»Das ist doch wirklich eine doofe Nuss. Eine Lügnerin und eine Wortverdreherin. Dem Lolo geige ich die Meinung, dass er dieses blöde Weibstück überhaupt eingeladen hat!«

Bobby war noch immer wütend.

»Na ja«, meinte Ludwig, »sie ist unsere Jahrgängerin, in Biberach geboren und zur Schule gegangen. Sie hat dasselbe Recht an der Feier teilzunehmen wie du und ich.«

»Jetzt nimm sie bloß nicht noch in Schutz, sonst flipp ich gleich aus hier!«

Nichts schien Bobby zu beruhigen.

»Ich nehm sie überhaupt nicht in Schutz, Bobby. Ich stelle nur fest. Außerdem hast du angefangen, nicht sie.«

»Jetzt will ich dir mal was sagen, Herr Psycho-Bulle. Was ich mit der Kuh da zu besprechen habe, geht dich einen großen Scheißdreck an. Merk dir das!«

Bobby war sehr laut geworden. Und zwischen den beiden entwickelte sich ein heftiger Disput. Zwischendurch kam Vera Meerbusch vorbei, lauschte den beiden kurz, ging aber wieder in den Saal hinein, sie schien etwas vergessen zu haben.

»Willst du was von der Pissnelke? Dann krall sie dir doch. Los, geh rein, die ist bestimmt schon superscharf auf dich!«

Bobby brüllte regelrecht. So kannte ihn Ludwig gar nicht. Ruhig und um Deeskalation bemüht sagte er:

»Ich will gar nichts von Laura von Leeven. Und das weißt du. Ich will aber auch nicht an einem Tisch sitzen, an dem grundlos Frauen beleidigt werden, nur weil sie in ihrer Jugend ein kleines Problem hatten.«

»Ein kleines Problem, ha!«, giftete Bobby. »Außerdem solltest du ausgesprochen zurückhaltend sein. Du scheinheiliger Profiler – du bist doch selbst ein Krimineller. Du bist doch ein Dieb, ein Räuber und ein Einbrecher!«

Sämtliche Gäule schienen mit Bobby durchzugehen.

»Spinnst du jetzt völlig? Bist du wahnsinnig geworden?«

Ludwig war entsetzt über den Ausraster seines Jugendfreundes.

»Ich? Ich spinne nicht! Und das weißt du ganz genau. du brauchst gar nicht so scheinheilig zu tun. Du weißt ganz genau, was ich meine, du vornehmer und verlogener Bulle. Bekannter Profiler und selbst ein Krimineller. Nachher im Saal werde ich allen erzählen, was du für ein feiner Fall-Analytiker bist.«

Bobby brüllte derart laut, dass der halbe Saal mithören konnte.

Ludwig war schockiert. War Bobby verrückt geworden? Nahm er etwa Drogen? War aus ihm ein Kokser geworden? Dieses Ausrasten, diese Halluzinationen, das alles passte überhaupt nicht zu dem Robert Maurer, den er von früher her kannte. Auch bei seinen Besuchen in Wien vor ein paar Jahren hatte Bobby auf Ludwig noch einen ganz normalen Eindruck gemacht. Aber es stand außer Frage, dass er sich das auf gar keinen Fall gefallen lassen konnte. Dieses wirre Gefasel von Bobby kostete ihn sonst noch seine Reputation. Ludwig wurde sehr energisch:

»Du nimmst das jetzt augenblicklich zurück, Bobby. Das ist eine üble Lüge und du weißt das ganz genau. Nehme es jetzt und hier zurück – und zwar sofort!«

»Einen Scheißdreck werde ich zurücknehmen. Im Gegenteil: Allen werde ich erzählen, was dieser feine Herr Beamte für ein Krimineller ist.«

Bobby schien wie von Sinnen.

Ludwig war sich bewusst, dass er Bobby wegen Verleumdung verklagen musste. Schulfreund hin oder her, aber das ging zu weit.

»Wenn du es nicht zurücknimmst und dich auf der Stelle bei mir entschuldigst, zwingst du mich, etwas zu tun, was mir eigentlich zuwider ist. Nimm es zurück, sonst wird es dir noch leidtun!«

»Tu, was du nicht lassen kannst!«, brüllte Bobby und verließ Ludwig.

Der machte sich völlig entgeistert auf den Weg zur Toilette.

Als Ludwig die Toilette verließ, sah er Monika Müller-Biel energisch den Gang entlanglaufen. Ob die geschwätzige Zeitungsreporterin seinen Streit mit Bobby mitbekommen hatte?

Er musste ein bisschen an die frische Luft gehen. Obwohl er sich nicht so leicht aufregen ließ, die Anschuldigungen Bobbys waren ihm zu viel. Kurze Zeit überlegte er sich sogar, ob er die Veranstaltung verlassen sollte, kam dann aber zur Überzeugung, dass dies das Falscheste wäre, was er tun könnte. Er würde den Disput mit Bobby im Saal fortsetzen müssen. Bobby würde seine Anschuldigungen konkretisieren müssen. Er würde Ross und Reiter nennen müssen, ansonsten bliebe ihm gar keine andere Wahl, als den früheren Kumpel zu verklagen.

Gerade als er wieder in den Saal hineingehen wollte, zupfte ihn eine alte Frau am Ärmel.

»Haben Sie Gerhard Zielinski da drin irgendwo gesehen?«

Gerhard Zielinski, das wusste Ludwig, war vor gut 20 Jahren verschwunden. Gerüchten zufolge war er bei der Fremdenlegion. Er war in dunkle Geschäfte verwickelt gewesen und abgetaucht. Seither hatte man nie mehr etwas von ihm gehört. Ludwig kannte Zielinski von der Grundschule, er ging in seine Parallelklasse. Nach dem Wechsel Ludwigs aufs Wieland-Gymnasium brach der Kontakt zu dem verschlossenen Mitschüler relativ schnell ab. Später grüßte Zielinski die »Klugscheißer«, wie er die Gymnasiasten nannte, nicht einmal mehr.

»Gute Frau, der Gerhard Zielinski ist mit Sicherheit nicht da drin«, antwortete Ludwig.

»Doch, er muss da drin sein. Schauen Sie bitte mir zuliebe noch einmal ganz genau nach.«

Die Frau schwankte offensichtlich zwischen Hoffnung und Verzweiflung.

»Er hat mir versprochen, mich zu besuchen, weil er heute nach Biberach auf das 50er-Fest gehen wollte.«

Die Frau schluchzte ein wenig und Ludwig bekam Mitleid mit ihr. Da inzwischen gerätselt wurde, ob Gerhard Zielinski überhaupt noch am Leben war, konnte es gut sein, dass die alte Dame fantasierte. Andererseits, wenn er sie wirklich angerufen hatte, gab es möglicherweise einen Ansatzpunkt, ihn ausfindig zu machen. Seine Straftaten mussten zwischenzeitlich verjährt sein. Ludwig glaubte eher daran, dass Zielinski nicht mehr am Leben war oder er sich in jüngerer Vergangenheit wieder hatte etwas zuschulden kommen lassen.

»Wann hat er Sie denn angerufen und Ihnen gesagt, dass er kommt?«, wollte Ludwig wissen.

»Gestern Abend. Es war schon sehr spät«, antwortete die alte Dame. »Er hat mir gesagt, dass er heute nach Biberach geht und mich besucht. Er wollte mir seine Frau und meine Enkelkinder vorstellen. Und jetzt ist er gar nicht gekommen.«

Sie brach in Tränen aus.

»Wissen Sie denn, von wo aus er angerufen hat?«, fragte Ludwig.

»Von da, wo er jetzt wohnt.«

»Ja, gute Frau, aber wo ist das? In welcher Stadt?«

Ludwig lächelte nachsichtig.

»Er wohnt in keiner anderen Stadt, er wohnt in einem anderen Land«, sagte die Frau, die offensichtlich Gerhard Zielinskis Mutter war und augenscheinlich in ihrer eigenen Welt lebte.

Sie jetzt abzuweisen, wäre fatal. Andererseits wollte er sich nicht am Jahrgänger-Tag von ihr in Beschlag nehmen lassen.

»Wissen Sie was? Ich mache Ihnen einen Vorschlag. Ich glaube, Ihr Sohn hat sich verspätet. Möglicherweise kommt er erst mit einem späteren Zug an. Jetzt gehen Sie zum Bahnhof und warten auf den nächsten Zug. Und ich suche solange im Saal nach Ihrem Sohn. Und in einer Stunde treffen wir uns wieder hier. Okay?«

Ludwig sah die alte Dame besorgt an. Die aber strahlte jetzt plötzlich.

»Ja, so wird's sein. So machen wir's«, sagte sie und ging sofort los – allerdings in die falsche Richtung.

»Halt, das ist der falsche Weg!«, rief Ludwig ihr nach.

Er nahm die Frau am Arm und begleitete sie ein Stück weit. Er ging mit ihr in Richtung Hundertguldenloch, einem ziemlich finsteren Durchbruch durch die alte Stadtmauer.

»Da müssen Sie durchgehen und dann immer geradeaus. Dann kommen Sie genau zum Bahnhof!«

»Und da finde ich meinen Gerhard? Wunderbar!«

Die alte Frau ging glücklich ihrem Ziel entgegen. Nach kurzer Zeit murmelte sie noch etwas wie »Sie sollten nicht so viel trinken, junger Mann«. Meinte sie ihn, obwohl sie gar nicht in seine Richtung schaute? Damit konnte Ludwig nichts anfangen, er machte sich auf den Rückweg zur Stadthalle, als ihm Vera Meerbusch begegnete.

»So, auch noch frische Luft schnappen?«, fragte Ludwig.

»Ja, ziemlich warm da drin«, entgegnete sie.

Ludwig wunderte sich, warum sie so kurz angebunden war. Bestimmt hatte sie den Disput mit Bobby mitgehört und hielt ihn tatsächlich für kriminell. Er würde mit aller Energie diese dummen Vorwürfe entkräften müssen.

Er ging wieder in den Saal hinein und hatte sich so weit im Griff, er wollte sich den Abend durch Bobbys Ausraster nicht verderben lassen. Er hielt Ausschau nach ihm, konnte ihn aber nirgendwo entdecken.

Er setzte sich und prostete Richard Koch zu, der wie Ludwig sein Pils genoss. Offensichtlich gab es in Kanada kein so ein gutes Bier wie hier. Ludwig trank immer Bier, wenn er in seine Heimat kam, in Wien zog er grünen Veltliner vor. Das Bier in Wien schmeckte ihm nicht sonderlich. Es wurde ihm zu kalt serviert und außerdem perlte es viel stärker als das Bier im Schwäbischen.

Richard war der typische Beobachter. Ihm schien nichts zu entgehen.

»Der hat dich jetzt aber schlimm angegangen!«, meinte er.

»Ich weiß nicht, was in den gefahren ist«, stöhnte Ludwig. »Irgendwie macht der auf mich den Eindruck, als sei er nicht mehr Herr seiner Sinne. Ich meine, mich als Kriminellen hinzustellen, ist ja schon irgendwie pervers.«

»Na ja, ich würd's nicht zu hoch hängen, immerhin hat ihm die Laura ordentlich den Marsch geblasen und ihn sicher durcheinandergebracht. Andererseits: Gefallen lassen kannst du dir das auch nicht.«

Richard versuchte auszugleichen.

»Nein, Richard, ich muss den verklagen, wenn er das nicht zurücknimmt. Das geht gar nicht anders.«

Ludwig sprach ruhig und sachlich, aber innerlich war er schon noch sehr erregt.

»Dabei liegt die Ursache schon so lange zurück!«, meinte Richard.

Wie immer hatte er ein vielsagendes Lächeln auf den Lippen und fragte dann:

»Du weißt wohl nicht, warum er bis heute so über Laura ablästert?«

»Keine Ahnung«, gab Ludwig zu.

»Es war 1967. Bobby war gerade 18 und hatte von seinem Dad ein wunderschönes VW Cabrio bekommen«, erzählte Richard.

»Ja, es war mintgrün, soweit ich mich erinnern kann«, glaubte Ludwig zu wissen, »und es hatte Weißwand-Reifen.«

»Richtig. Er hatte das Cabrio gerade mal drei Tage, da hat ihn Laura gebeten, sie vom ›Rössle‹ in Bergerhausen mit in die Stadt zu nehmen. Bobby hat eingewilligt, aber zunächst nicht bemerkt, dass Laura hackedicht war. Unterwegs hat sie ihm dann den Sitz im neuen Cabrio nass gemacht. Ich habe damals schon gewusst, dass er ihr das nie verzeihen wird!« Richard grinste. »Gott sei Dank war's nicht meine Ente. Ich bin nämlich direkt hinter Bobby gefahren!«

»Was, die hat ihm ins neue Auto gepieselt?«

Ludwig verzog das Gesicht.

»Ja, und nicht nur ein bisschen, sondern gleich volle Kanne. Obwohl wir am nächsten Morgen den Sitz ausgebaut und mit einem ganz scharfen Mittel abgeschrubbt haben und ihn eine Woche im Freien stehen ließen, hat er den Piss-Geruch nie mehr ganz aus seiner Karre herausbekommen. Und das alles nur, weil er sie vom ›Rössle‹ mit in die Stadt genommen hat.«

»Eh, das hätt mir auch nicht gefallen«, sagte Ludwig und schüttelte sich, »aber nach über 30 Jahren sollte man es auch mal gut sein lassen.«

»Sehe ich auch so«, meinte Richard Koch.

»Bergerhausen, das ›Rössle‹, mein Gott, waren das Zeiten. Immer am Sonntagnachmittag hat eine Band gespielt. Am besten war's, wenn der Zambrano auf der Gitarre mitspielte. Der hatte die besten Gigs«, schwärmte Ludwig.

Im Verlauf dieses Gespräch mit Richard hatte er sich auch innerlich wieder völlig beruhigt, sodass er sich wieder vom Geschehen des Festes treiben ließ.

Zu Lothar gewandt sagte Ludwig:

»Lolo, sag mal, gibt's zum Gerhard Zielinski was Neues?«

»Nicht dass ich wüsste. Wie kommst du denn auf den?«

»Seine Mutter hat mich gerade draußen angesprochen und nach ihm gefragt«, gab Ludwig zur Antwort.

»Das ist völlig ausgeschlossen, die ist in Schussenried in der Psychiatrie.«

Lothar war sich seiner Sache sicher.

»Wenn ich's dir sage. Sie hat mich gefragt, ob er hier sei. Er habe sie angerufen und seinen Besuch angekündigt. Er wolle ihr seine Frau und seine Enkel vorstellen«, sagte Ludwig.

»Reine Wahnvorstellungen. Die Frau tickt nicht mehr richtig. Die ist in der geschlossenen Abteilung. Die darf hier gar nicht sein. Was hast du ihr denn gesagt?«

»Ich hab sie zum Bahnhof geschickt, sie soll da nochmals nach ihm sehen.«

»Mann, das hättest du nicht tun dürfen. Die hättest du der Polizei übergeben müssen!«, sagte Lothar sehr ernst.

»Na prima! Und woher soll ich das wissen?«

Ludwig hob abwehrend die Arme.

»Das merkt man doch, dass die nicht mehr ganz dicht ist. Die schickt man doch nicht einfach so auf den Bahnhof.«

Lothar hob seine Stimme an. Ludwig gab klein bei. Er wollte nach dem Streit mit Bobby nicht auch noch Krach mit Lothar.

»Klar, hast recht. War dumm von mir. Und wenn ich ehrlich bin, ich wollte sie nur loswerden.«

Lothar wäre nicht Lothar gewesen, hätte er sich damit völlig zufriedengegeben. Allerdings merkte Ludwig schon, dass Lothar es mit der sozialen Verantwortung sehr genau nahm. Er kümmerte sich tatsächlich um seine Mitmenschen. Das war also nicht nur Politiker-Gewäsch. Das wirkte echt. Ludwig war beeindruckt.

»Dennoch, die kann eigentlich gar nicht hier gewesen sein…«

Da schnitt eine schrille Stimme Lothar das Wort ab.

Vera Meerbusch stürmte in den Saal und schrie geradezu hysterisch:

»Hilfe, Hilfe, ein Arzt! Bobby liegt…, atmet nicht…, bewegungslos… Hundertguldenloch!«

Sofort rannten alle hinaus. Ludwig ebenfalls. Das Hundertguldenloch, so wurde der Durchbruch in der historischen

Biberacher Stadtmauer für Fußgänger genannt, lag genau gegenüber der Stadthalle.

Dort war zunächst gar nichts zu sehen. Es war inzwischen dunkel geworden und dummerweise brannten die beiden Laternen nicht, die sich in unmittelbarer Nähe des Hundertguldenlochs befanden.

»Da, da liegt er!«

Ludwig drängte sich zu Bobby vor, der reglos am Boden lag. Er fühlte sofort seinen Puls und spürte keinen.

Ludwig dachte an einen Herzinfarkt oder an einen Schlaganfall.

»Holt die Rettung«, schrie er und begann mit Wiederbelebungsmaßnahmen.

»Wen soll ich holen?«, fragte Tom Salerner.

»Notarzt, Sanka, egal was, aber beeil dich!«

Ludwig hatte in der Aufregung vergessen, dass man hier nicht wie in Wien die »Rettung« rief, sondern den »Sanka«.

Ludwig ließ nicht nach und forcierte seine Anstrengungen. Was um ihn herum geschah, nahm er nicht wahr. Wieder einmal wurde ihm bewusst, wie wichtig es war, dass jedes Quartal bei der Wiener Polizei eine Erste-Hilfe-Übung abgehalten wurde. Jeder Polizist, vom einfachen Wachtmeister bis hin zum Polizeipräsidenten, musste sich dieser Prozedur unterziehen.

Jedoch: Seine Reanimationsversuche blieben vergeblich. Daher war er erleichtert, als binnen kürzester Zeit das Martinshorn zu hören war. Natürlich hatte das Rote Kreuz für das Schützenfest hochgerüstet. So vergingen kaum zwei Minuten, bis ein Notarzt vor Ort war.

»Was haben Sie gemacht?«, fragte der Notarzt.

»Herzmassage und Mund-zu-Mund-Beatmung – ohne Erfolg«, antwortete Ludwig.

Der Notarzt untersuchte Bobby kurz und setzte ihm eine gezielte Spritze direkt ins Herz. Danach versuchte er, mit dem Elektro-Schocker Bobbys Herzschlag zu animieren. Dessen Körper zuckte unter den Stromschlägen hoch und nieder. Doch alle Versuche blieben vergebens. Robert Maurer war tot.

Mit einem hellen Scheinwerfer beleuchtete der Arzt den Ort und untersuchte die Leiche. Ludwig erstarrte. Es war eine gespenstische Szene. Hier lag sein toter Jugendfreund, mit dem er sich vor wenigen Augenblicken noch ein heftiges Wortgefecht geliefert hatte und der beileibe nicht den Eindruck vermittelt hatte, dass er wenige Minuten später wie vom Blitz getroffen tot umfallen würde. Der Notarzt richtete die grelle Lampe von Bobby weg und füllte den Totenschein aus. Ein Blick genügte Ludwig, um zu sehen, dass der Notarzt sein Kreuz bei »Todesursache nicht natürlich« machte. Danach leuchtete er voll auf die umstehenden Personen.

»Kann jemand die Polizei rufen?«, sagte der Notarzt energisch.

»Wieso die Polizei? Klar mach ich«, antwortete Monika Müller-Biel.

»Es ist nicht sicher, ob dieser Mann eines natürlichen Todes gestorben ist. Bei allen zweifelhaften Fällen muss sofort die Polizei hinzugezogen werden«, erklärte der Notarzt.

»Sorry, ich bin zwar nicht zuständig hier, aber ich bin Fall-Analytiker bei der Polizei in Wien und der Mann, der hier liegt, ist… war mein Klassenkamerad. Gibt es irgendwelche Hinweise?«

»Allem Anschein nach ist der Mann erstickt. Gab's Fisch bei der Feier?«, wollte der Notarzt wissen.

»Ja, es gab Fisch, aber Bobby hat keinen Fisch gegessen«, meinte Ludwig.

»Richtig, er hat Schweinelendchen mit Kartoffelgratin gegessen«, ergänzte Elli Pfundstein.

»Dann ist das aber komisch!«, sagte der Notarzt nachdenklich. »Würgemale kann ich zwar keine feststellen, aber an etwas muss er ja erstickt sein. – Oh, das ist ja mein Architekt!«

»Halten Sie es für möglich, dass es sich hier um ein Tötungsdelikt handelt?«, wollte die Müller-Biel wissen.

Sie war jetzt so richtig in ihrem Element, zog den Fotoapparat heraus und fotografierte die Leiche.

»Das darfst du ohne Genehmigung der Polizei nicht«, wies Ludwig sie zurecht.

»Das geht dich gar nichts an. Wir sind hier nicht in Österreich«, giftete Monika Müller-Biel zurück und fotografierte die Leiche von allen Seiten.

Die rasch eintreffende Funkstreife bereitete dem Müller-Biel'schen Treiben ein jähes Ende.

»Komm, Monika, gib mir deinen Fotoapparat, oder am besten, du gibst mir den Film«, sprach eine Streifenbeamtin die Müller-Biel an, während zwei Beamte sofort zu Bobbys Leiche gingen.

»Ich habe die Leiche nicht fotografiert«, log Müller-Biel.

»Natürlich hast du!«

Ludwig wollte der Kollegin mit dieser Bemerkung zur Seite stehen.

»Ich hab doch gesagt, du sollst dich um dein Zeug in Wien kümmern«, giftete Monika.

»Wien? Dann sind sie der Profiler Hirschberger? Unsere Eltern kannten sich. Also ein Kollege. Was machen Sie denn in Biberach?«

»Profiler«, äffte Monika Müller-Biel mit herabgezogenen Mundwinkeln die Polizistin nach.

Für MMB, wie sie von ihren Kollegen bei der Zeitung genannt wurde, gab es nur eine Prominente in Biberach: Monika Müller-Biel.

Die Beamten waren damit beschäftigt, die Fundstelle der Leiche zu sichern. Mit ihren rot-weißen Plastik-Bändern sperrten sie das Gelände rund um das Hundertguldenloch ab. Hunderte von Schaulustigen hatten sich inzwischen eingefunden. Die Geschichte von der Leiche im Hundertguldenloch verbreitete sich auf dem Rummelplatz des Gigelbergs wie ein Lauffeuer und die Beamten forderten Verstärkung an. Im Laufe des Abends rückte sogar die Bereitschaftspolizei an, um den Tatort vor den Neugierigen zu sichern.

Einer der Streifenbeamten nahm ein Megafon in die Hand und rief:

»An alle Teilnehmer der Jahrgänger-Feier: Gehen Sie bitte wieder in die Stadthalle zurück und verlassen Sie diese nicht ohne unsere ausdrückliche Genehmigung.«

Dem mussten alle Folge leisten, lediglich Monika Müller-Biel zankte sich noch eine ganze Weile mit den Beamten. Berufsausübung und Pressefreiheit konnte Ludwig heraushören. Als aber die Beamten erfuhren, dass Monika Müller-Biel ebenfalls Gast dieser Veranstaltung war, war Schluss mit lustig. Fast unter Polizeigewalt wurde sie in die Stadthalle geführt.

»Dieser Vollidiot wird mich noch kennenlernen«, zischte sie vor sich hin.

Widerwillig setzte sie sich auf ihren Platz, glücklicherweise nicht in Ludwigs Nähe. Allerdings blieb der Platz neben Ludwig leer. Bobbys Platz.

Vera Meerbuschs Zustand war besorgniserregend. Schockiert von dem schrecklichen Geschehen war sie völlig außer sich. Sie warf sie sich auf den Boden und weinte bitterlich.

Ludwig kannte den Schockzustand von Leuten, die eine Leiche gefunden hatten, durchaus. Aber Vera Meerbuschs Betroffenheit ging weit darüber hinaus. Lothar Sattler schien Ludwigs Verwunderung bemerkt zu haben. Er flüsterte ihm ins Ohr:

»Pass mal auf, was ich dir zu sagen habe, aber behalt's für dich. Die beiden waren ein Paar und das seit mindestens zwei Jahren.«

»Aber der Bobby ist doch mit Gabi Hutter seit ewigen Zeiten verheiratet.«

»Ja schon, aber du kennst doch Bobby. Und weißt du was? Keiner hat's bemerkt. Niemand hat was mitbekommen. Wie immer bei unserem Bobby. Alles schön unterm Teppich geblieben.«

Ludwig wusste, dass Bobby ein guter Schauspieler war. Als sie sich früher im Dunstkreis der Henrys crazy boys bewegten, im Keller am Weberberg, hatten Bobbys Eltern davon keine Ahnung. Zu Hause spielte er den biederen Sohn eines Architekten und im Keller war er der Wildeste von allen. Aber ein Verhältnis mit Vera? Vera Meerbusch war früher eher ein Mauerblümchen; ein schüchternes Mädchen, das sich durch die Annäherungsversuche ihrer Mitschüler belästigt fühlte. Aber seither hatte sie sich zu einer

Frau entwickelt, die sich, so fand Ludwig, am besten von all den Jahrgängerinnen gehalten hatte.

»Ich glaube noch nicht einmal, dass die Gabi etwas geahnt hat, obwohl der Bobby ein richtiges Doppelleben geführt hat«, ergänzte Lothar.

Hier war Ludwig allerdings ganz anderer Meinung. So verhärmt, wie er sie nach der Kirche auf dem Viehmarktplatz gesehen hatte, kannte er seinen Jugendschwarm nämlich nicht.

»Und woher weißt du es?«, fragte Ludwig nach.

»Ein guter Lokalpolitiker weiß alles, lieber Lude, das solltest du doch wissen! – Nein, ganz im Ernst, die Vera wohnt in Aßmannshardt. Ziemlich weit weg vom Schuss. Eines Abends war ich bei einem Bekannten in Aßmannshardt eingeladen. Zufällig Veras Nachbar. Bis sich ihr Golf näherte, wusste ich gar nicht, dass sie dort wohnt. Ich hätte schwören können, dass unser Freund Bobby mit in ihrem Auto saß, aber sie fuhr direkt in die Garage. So musste ich bis lange nach Mitternacht bei meinem Bekannten bleiben, bis sich in der Garage wieder etwas tat. Blitzartig habe ich den guten Mann verlassen. Der hat mich übrigens am nächsten Morgen gefragt, ob er mir was getan habe, weil ich so schnell abgehauen bin. Ich habe das Auto der Vera verfolgt. Die ist dann in die Tiefgarage hier unten bei der Stadthalle gefahren und relativ schnell wieder herausgefahren. Und wer glaubst du, ist knapp zwei Minuten später aus der Tiefgarage gefahren? Richtig. Unser Freund Bobby!«

»Und wie hast du reagiert?«

Ludwig war jetzt neugierig geworden.

»Ganz ehrlich? Ich habe es ihn wissen lassen, dass ich Bescheid weiß. Weißt du, in meiner Position gilt das

Motto: Wissen ist Macht. Alle Leute, über die man etwas weiß, können einem keinen allzu großen Schaden anrichten.«

Ludwig war angewidert. Alles, was er nur hinter der Fassade dekadenter und neurotischer Großstadtmenschen vermutete, spiegelte sich auch hier wider. In seiner Heimat, in seinem beschaulichen Biberach.

»Sind das hier Geheimverhandlungen oder dürfen wir uns an dem Gespräch noch beteiligen?«, monierte Elli Pfundstein.

In dem Augenblick kamen die Polizisten in Begleitung zweier Damen zurück, die sich als Beamtinnen der Kriminalpolizei vorstellten.

»Guten Abend. Mein Name ist Ingeborg Wesel, Ich bin Kriminalkommissarin bei der Kripo Biberach. Und das hier ist meine Assistentin, Frau Linde Schwegler.«

Das Gesicht der Kommissarin kam Ludwig bekannt vor. Er konnte es aber nicht zuordnen. Woher kannte er die Frau nur? Der dialektischen Einfärbung nach war sie keine Biberacherin, also musste er sie anderweitig kennengelernt haben. Vielleicht täuschte er sich oder aber sie hatte sich mächtig verändert.

»Wir müssen Sie bitten, diesen Saal vorläufig nicht zu verlassen«, sagte Inge Wesel.

Ludwig kannte dieses Szenario nur zu gut. Die Anhaltspunkte für einen gewaltsamen Tod für Bobby mussten sich erhärtet haben, sonst würden die Kolleginnen nicht so handeln. Nur, dass Ludwig selbst und unmittelbar betroffen war, das war neu.

Die Kommissarin sprach mit einem der uniformierten Beamten. Der zeigte auf Vera Meerbusch, die immer noch schluchzend mit weit aufgerissenen Augen wie ein Häuflein Elend auf ihrem Stuhl saß. Die Kommissarin würde sie nicht vernehmen können, denn Vera befand sich in einer Schockstarre. Ludwig wusste, dass sie ärztlicher Hilfe bedurfte. Das wusste sicher auch die Kommissarin, musste sie wissen.

Umso überraschter war Ludwig, dass sie Vera Meerbusch unmittelbar Fragen stellte. Ihre durchschneidende Stimme brachte Vera zunächst in die Realität zurück.

»Haben Sie den Toten gefunden? Wie fanden Sie ihn vor? Haben Sie irgendetwas Auffälliges bemerkt?«

Vera hörte zwar zu, aber verstand nichts. Sie war irgendwo ganz anders. Das Verhalten der Kommissarin war alles andere als vorschriftsmäßig. In einem seiner Seminare hätte Ludwig dieses Verhalten mit Sicherheit unter dem Thema »Wie beginne ich auf gar keinen Fall eine Zeugenvernehmung« behandelt.

Ludwig überlegte, ob er einschreiten sollte. Zwar war er hier nur Gast und bestenfalls als Zeuge gefragt, aber wie rücksichtslos diese Frau ihre Zeugenvernehmung begann, ging ihm gewaltig gegen die Hutschnur. Doch Kommissarin Ingeborg Wesel fuhr unbeirrt fort:

»Hat Robert Maurer noch gelebt, als Sie ihn gefunden haben? Was haben Sie dort gemacht beim Hundertguldenloch? Was wollten Sie da? Haben Sie ihn angegriffen? Los, reden Sie endlich!«

Vera, offensichtlich immer noch unfähig, einen klaren Gedanken zu fassen, starrte die Kommissarin weiterhin mit aufgerissenen Augen an.

Jetzt wurde es Lothar Sattler zu bunt. Er fuhr die Kommissarin an:

»Das geht jetzt aber zu weit, Frau Wesel, Sie sehen doch, dass die Frau unfähig ist, Ihnen zu antworten. Lassen Sie sie jetzt in Ruhe. Die Frau braucht ärztliche Hilfe. Mann, ich fass das nicht, wie Sie sich ihr gegenüber verhalten!«

Wer allerdings glaubte, dass sich Kommissarin Wesel dadurch beeindrucken lasse, sah sich getäuscht.

»Ach, sieh mal an, der stellvertretende Bürgermeister, der Herr Kreisrat, der Herr Fraktionsvorsitzende im Gemeinderat will sich in meine Ermittlungen einmischen. Das fängt ja gut an. Wissen Sie was: Sie kümmern sich um Politik und ich kümmere mich um meine Fälle. Ich misch mich nicht bei Ihnen ein und Sie sich nicht bei mir. Ist das klar?«, blaffte sie Lothar grantig an.

Doch der geriet jetzt richtig in Fahrt.

»Solange es sich hierbei um eine Mitarbeiterin des Landratsamts handelt, geht mich das sehr wohl etwas an. Und wenn Sie weiterhin eine Schutzbefohlene von mir derart unqualifiziert behandeln, dann haben Sie am Montagfrüh eine Dienstaufsichtsbeschwerde am Hals, dass Ihnen das klar ist!«

Inge Wesel hatte nur ein spöttisches Lächeln für Lothar übrig:

»Tun Sie, was Sie nicht lassen können. Außerdem kann ich mir nicht vorstellen, dass Sie am Schützenmontag eine Dienstaufsichtsbeschwerde gegen mich einleiten werden. Da müssen Sie sich doch um Ihren Umzug kümmern.«

Damit hatte die Kommissarin natürlich recht. Lothar Sattler war Mitglied der Schützendirektion und Festzugsleiter für den »Bunten Zug«, der immer am Schützenmontag von den einzelnen Schulklassen gestaltet wurde. Gerade als Lothar sich noch nicht so einfach geschlagen geben und mit seiner donnernden Bass-Stimme lospoltern wollte, betrat Gabi Maurer wie versteinert den Saal. Ihr Gesicht war grau. Die Augen eingefallen. Diese Frau war gebrochen, das stand für Ludwig unzweifelhaft fest. Hatte sie am Nachmittag auf dem Viehmarktplatz noch verhärmt und bekümmert gewirkt, so war sie jetzt gebrochen. Sie befand sich in einem fürchterlichen Zustand.

Kommissarin Inge Wesel focht dies jedoch in keinster Weise an.

»Wer sind Sie denn, gehören Sie auch zu dieser Jahrgänger-Feier oder was haben Sie hier verloren?«

»Ich heiße Gabi Maurer. Die Polizisten da draußen haben gesagt, ich soll mich bei Ihnen melden. Sie seien hier drin.«

Sie wirkte gefasst, aber Ludwig spürte, dass dies eines immensen Kraftaufwandes bedurfte. Außerdem sprach sie sehr langsam. Alles Anzeichen dafür, dass sie sich objektiv in einem schockähnlichen Zustand befand.

»Ach so. Übrigens mein Beileid.«

Inge Wesel drehte sich um und wandte sich wieder Vera Meerbusch zu.

Die Assistentin kümmerte sich aufmerksam um Gabi. Sie setzte sie auf einen Stuhl, reichte ihr ein Glas Wasser und gab ihr ein Taschentuch.

»Wenigstens eine Frau bei der Polizei in Biberach«, sagte Ludwig zu Lothar.

Inge Wesel drehte sich ruckartig zu Ludwig um.

»Sie habe ich ganz sicher nicht um Ihre Meinung gefragt, Herr Hirschberger.«

Aha, die erkennt mich also auch, dachte sich Ludwig. Obwohl ihm diese Dame mächtig auf den Zeiger ging, antwortete er nicht. Ludwig war bekannt dafür, dass er sich nicht leicht provozieren ließ. Außerdem wollte er die Befragung zu einem frühen Zeitpunkt nicht stören. Seine Stunde würde kommen, das war ihm klar. Ob das jedoch auch der Kommissarin klar war, schien fraglich. Außerdem war heute sowieso noch nicht seine Meinung gefragt. Solange eine Spur »lief«, brauchte man keine Profiler. Erst danach, wenn die Untersuchungen und die Fahndung ins Stocken gerieten, waren Fallanalysen gefragt.

In der Zwischenzeit informierte Linde Schwegler Gabi über die weitere Vorgehensweise.

»Wir werden Ihren Mann noch heute Abend in die Gerichtsmedizin nach Ulm bringen lassen. Wir müssen die Todesursache feststellen, denn wir haben davon auszugehen, dass Ihr Mann keines natürlichen Todes gestorben ist.«

»Sie meinen, es war ein Unfall. Ist er überfahren worden?«

»Nein, er ist nicht überfahren worden. Er ist offensichtlich erstickt. Wir können zum jetzigen Zeitpunkt noch gar nichts sagen, aber wir haben Anhaltspunkte dafür, dass Ihr Mann möglicherweise ermordet wurde.«

Das war zu viel. Gabi sackte in sich zusammen und rutschte vom Stuhl.

Ganz anders Vera Meerbusch: Als sie hörte, Bobby sei womöglich ermordet worden, schien sie wieder völlig klar im Kopf zu sein.

»Ermordet? Bobby wurde ermordet? Das war die!« Sie zeigte auf Gabi. »Die hat ihn umgebracht! Die hat nicht ertragen, dass er zu mir ziehen wollte. Die konnte nicht glauben, dass er mich mehr liebt als sie. Sie hat Angst gehabt, dass er sich scheiden lässt. Die ist schuld, die hat ihn umgebracht!«

»Vera, komm ein bisschen runter. Ich weiß, wie du dich fühlst, aber komm runter, werde wieder du selbst. Im Leben nie hätte Gabi Bobby was angetan. Nie!«

Lothar sprach mit Engelszungen. Und wenn Lothar sprach, sprach sonst niemand. Außer Inge Wesel.

»Na, lassen Sie die Dame doch mal reden, Herr Sattler. Vielleicht bringt uns das ja trotzdem weiter, auch wenn die da nicht die Täterin ist.«

Sie blickte etwas abschätzig auf die immer noch auf dem Stuhl hängende Gabi Maurer. Sitzen konnte man dazu wohl kaum sagen. Ludwig war inzwischen zu ihr hingeeilt, um ihr zu helfen.

»Und Sie, Herr Hirschberger, nehmen bitte wieder Platz!«

»Nein.«

Ludwig wurde energisch.

»Ich führe hier die Untersuchung. Sie haben schon das zu tun, was ich Ihnen sage!«

Was hatte diese Frau bloß gegen Ludwig?

»So lange ich erste Hilfe leisten muss, tue ich das, ob Ihnen das passt oder nicht.«

Zusammen mit der Assistentin der Kommissarin legte er Gabi auf zwei zusammengestellte Polsterstühle. Sie öffnete die Augen. Sofort stieß sie Ludwig zur Seite. Schreckensbleich, auch ob der unglaublichen Beschuldigung von Vera Meerbusch, die sie wohl zum Teil mitbekommen hatte, flüsterte sie leise:

»Bobby hätte mich nie verlassen. Für keine Frau der Welt. Er hat immer seine Affären gehabt. Das wusste ich, das wussten einige hier drin auch. Aber wir haben uns immer geliebt. Und um nichts in der Welt wäre er zu dir gezogen«, richtete sie ihre Stimme nun an Vera Meerbusch.

»Du hast ja keine Ahnung. Nach der Schützen wollte er es dir sagen, wollte er zu mir ziehen.«

Vera Meerbusch brüllte noch immer völlig hysterisch. Gabi wirkte dagegen völlig apathisch.

»Auf die Idee, dass er dich angelogen hat, bist du noch nicht gekommen. Angelogen wie die ganzen Affären vor dir. Angelogen wie mich bei allen Affären. Angelogen wie seine Geschwister und meine Eltern. Und angelogen wie seine Freunde. Frag sie doch! Hat er einem von denen erzählt, dass er zu dir gehen will? Hat er einem von euch was gesagt, Lothar, Richard, Tom, Elli? Nein.«

Ludwig hatte sie bei der Aufzählung ausgelassen. Er zählte nicht mehr bei Gabi.

»Glaubst du wirklich, was er dir alles versprochen hat?«

Gabi verfiel in tiefes Schluchzen. Ludwig fuhr ihr unwillkürlich übers Haar, fasste sich aber schnell und zog sich zurück. Die Assistentin sprach leise und beruhigend auf Gabi ein.

Ludwig versuchte sich zu konzentrieren. Es war also Mord! Er rief sich die letzten Minuten vor Bobbys Auffinden noch einmal in Erinnerung. War ihm etwas aufgefallen, als er mit Zielinskis Mutter Richtung Hundertguldenloch gegangen war? Oder als er versucht hatte, Bobby wiederzubeleben? Hatte er etwas übersehen? Klar, er hatte geglaubt, Bobby hätte einen Herzinfarkt oder einen Schlaganfall erlitten. Vor allem: Weder ihm noch dem Arzt waren an Bobby sichtbare Verletzungen aufgefallen. Ein mit Gewalt herbeigeführter Erstickungstod hätte – zumindest in dieser Situation – Spuren am Hals hinterlassen müssen.

»Sind Fund- und Tatort identisch?«, fragte er die Kommissarin.

Das hätte er besser bleiben lassen, denn die wurde nun richtig wütend. Außerdem war die Frage ziemlich blöd. Klar waren Fund- und Tatort identisch. Bei dieser relativ geringen Zeitdifferenz.

»Spreche ich arabisch oder japanisch?«, giftete sie Ludwig aggressiv an. »Ich führe hier die Untersuchung. Ich! Nicht Sie. Begreifen Sie das endlich!«

»Dann führen Sie endlich!«

Ludwig betonte das Wort führen sehr intensiv. Inge Wesel ignorierte die Bemerkung, aber Ludwig spürte deutlich, dass der Hieb saß. Sie ging auf Vera Meerbusch zu und führte sie in einen Nebenraum der Stadthalle, während die Assistentin der Kommissarin in den Saal rief:

»Wenn jemand von Ihnen etwas aufgefallen ist, dann kommen Sie bitte zu mir.«

Sebastian Grossmann, ein Mitschüler der Clique, der Geistlicher geworden war, was man an seiner Bekleidung unschwer erkennen konnte, erhob sich daraufhin und ging zu Linde Schwegler. Er war ein riesengroßer Mensch, dieser Pfarrer. Völlig gelassen folgte er der Assistentin in einen weiteren Raum. Als die beiden zurückkamen, rief Linde Schwegler Laura von Leeven in den Nebenraum. Zuvor aber ging sie kurz in das andere Zimmer, in dem Inge Wesel gerade Vera verhörte. Dass sie mit Vera begann, war deshalb triftig, weil Emotionen im Spiel waren. Emotionale Menschen ließen sich leichter zu einer Aussage hinreißen als vom Verstand gesteuerte. Allerdings schien das Gespräch nicht gerade ergiebig gewesen zu sein, denn schon nach kurzer Zeit kamen die Damen wieder aus dem Raum heraus und die Kommissarin sagte lakonisch:

»Herr Hirschberger, würden Sie bitte mitkommen?«

Na also. Endlich würde sie ihn um Hilfe bitten. Es wurde ja auch höchste Zeit. Als Erstes würde er sich noch einmal um die Spuren rund um das Hundertguldenloch kümmern.

»Setzen Sie sich bitte«, sagte die Kommissarin kühl. »Sie hatten kurz vor Robert Maurers Tod eine Auseinandersetzung mit ihm?«

»Ja, sogar eine ziemlich heftige«, gab Ludwig zu.

»Worum ging es denn dabei?«, wollte die Kommissarin wissen.

»Nun, Bobby, also Robert, hatte sich nach meinem Gefühl gegenüber Laura von Leeven schlecht benommen. Ich würde sogar sagen übel. Da man sich so etwas grundlos einer Dame gegenüber nicht erlauben sollte, habe ich ihm meine Meinung gesagt. Und das ziemlich deutlich!«

»Und was geschah dann?«, insistierte Inge Wesel.

»Ja, das war schon verwunderlich, was dann geschah. Er schimpfte mich einen Kriminellen. Einen Dieb, einen Einbrecher, einen Räuber. Ich wusste gar nicht, wie mir geschieht.«

»Und, hatte er Grund für diese Vorwürfe?«

Diese Frage fand Ludwig dermaßen unverschämt, dass er gar nicht darauf einging.

»Ich verlangte von ihm eine Entschuldigung und vor allem, dass er diese abstrusen Vorwürfe zurücknimmt.«

»Und, hat er es getan?«

Inge Wesel lächelte süffisant.

»Im Gegenteil, Bobby rief mir noch etwas Unflätiges hinterher und ging dann zur Halle hinaus. Wohin er ging, konnte ich nicht erkennen.«

Ludwig wollte damit ihrer nächsten Frage zuvorkommen.

»Und Sie?«, fragte sie, völlig ungerührt.

»Ich bin wieder rein und hab mich hingesetzt«, sagte Ludwig.

»Sie sind wieder rein und haben sich hingesetzt. Soso.«

In ihren Augen spiegelte sich Triumph. Da fiel Ludwig plötzlich die Mutter von Gerhard Zielinski ein.

»Halt, stopp. Ich bin gar nicht direkt zurück. Ich wollte hineingehen, aber eine alte Frau hat mich aufgehalten. Sie sagte, sie sei die Mutter von Gerhard Zielinski, und wollte wissen, ob ich ihren Sohn gesehen habe. Da habe ich mich einige Zeit mit ihr unterhalten und bin etwas später in den Saal zurück.«

Ludwig hegte den Verdacht, dass ihm die Kommissarin nicht glaubte. In einem etwas genervten Tonfall fuhr sie fort:

»Und, wo ist die gute Frau jetzt?«

»Ich habe sie zum Bahnhof geschickt. Sie wollte dort nochmals nachsehen, ob ihr Sohn zwischenzeitlich angekommen ist. Nach einer Stunde wollte sie wieder zurückkommen.« Ludwig sah auf die Uhr »Das wäre jetzt in einer Viertelstunde.«

»Halten Sie mich nicht für dumm, denn eines weiß ich ganz genau: Frau Zita Zielinski ist im Psychiatrischen Landeskrankenhaus in Bad Schussenried, im PLK, die kann gar nicht hier gewesen sein!«

Inge Wesel schlug bei diesem Satz mit der flachen Hand auf den Tisch.

»Natürlich war sie hier! Oder glauben Sie, ich hätte das erfunden? Und dass sie in Schussenried ist, hat mir Lothar Sattler schon erzählt. Ich habe mir von ihm schon eine Abfuhr eingehandelt, weil ich sie nicht zur Polizei gebracht habe. Aber ich hatte ja keine Ahnung, dass sie im PLK untergebracht ist. Allerdings habe ich sehr wohl bemerkt, dass die Dame leicht verwirrt ist.«

Ludwig wollte so ausführlich wie nötig und wahrheitsgemäß berichten. Nie hätte er sich eine derartig verworrene Situation vorstellen können. Hatte die Kommissarin etwa ihn im Verdacht? Das war ja absurd.

In diesem Augenblick riss Monika Müller-Biel die Türe auf und fotografierte die beiden.

»Ich darf doch?«, fragte sie und lächelte die Kommissarin an.

»Tu dir keinen Zwang an, Moni«, lächelte Inge Wesel zurück.

Dass die beiden sehr vertraut miteinander waren, konnte man sofort erkennen.

»Mit der Presse sollte man sich ja gut stellen, nicht wahr, Herr Kollege?«

Wie abfällig sie das Wort Kollege betont, dachte sich Ludwig. Was hat die bloß gegen mich?

»Aber mein Bild wird im *Oberland-Kurier* nicht veröffentlicht, Monika. Nur damit das klar ist«, beschwerte sich Ludwig.

»Das musst du schon mir überlassen! Sag mal, Inge, holst du dir jetzt Hilfe aus dem Ausland?«

»Nein, auf Theoretiker kann ich gerne verzichten«, gab Inge Wesel lächelnd zurück.

Triumphierend verließ die Reporterin den Raum.

Damit war Ludwig klar, woran er war. Das war ein klassischer Uppercut der Kommissarin, abschätziger konnte sie seine Profiler-Arbeit nicht bezeichnen. Ähnliches hatte Ludwig nur zu Beginn seiner Tätigkeit in Österreich erlebt.

»Es ist Ihnen schon klar, dass das eine Dienstaufsichtsbeschwerde gibt, Frau Kollegin!«

Ludwig betonte das Wort Kollegin genau so abfällig, wie es die Kommissarin vorher getan hatte.

»Ich habe Frau Müller-Biel nicht hereingebeten. Ich hätte es auch nicht verhindern können. Wie auch? Wir sind hier in einem öffentlichen Gebäude und das hier ist eine öffentliche Veranstaltung. An der Sie teilnehmen.«

Diese Frau war an Zynismus kaum zu überbieten.

»Sie hätten zumindest verhindern können, dass das Foto, das Frau Müller-Biel geschossen hat, jetzt veröffentlicht wird.«

Ludwig konnte seinen Ärger kaum verbergen.

»Haben Sie denn Angst davor, dass es veröffentlicht wird?«

Kommissarin Wesel konnte ihre Genugtuung nicht zurückhalten.

»Nein, aber ich will es einfach nicht. Ich befinde mich hier auf einer Urlaubsreise. Glauben Sie, ich will da im Zusammenhang mit einem Todesfall in die Zeitung? Wohl kaum!«

Ludwig war trotz allem sehr auf Sachlichkeit bedacht.

»Mordfall, Herr Hirschberger, Sie befinden sich mitten in einem möglichen Mordfall. Und ich mache keinen Hehl daraus, dass ich Sie zum Kreis der Verdächtigen zähle!«

Rums, das hatte gesessen! Diese neurotische Xanthippe hielt ihn doch tatsächlich für fähig, einen Mord zu begehen.

»Und wie komme ich zu dieser zweifelhaften Ehre?«, spottete Ludwig.

Aber Spott sollte ihm bald vergehen.

»Ganz einfach: Ich habe nach den Angaben des Notarztes davon auszugehen, dass Robert Maurer eines nicht natürlichen Todes gestorben ist. Höchstwahrscheinlich ermordet. Da Herr Maurer in unmittelbarer Umgebung dieser Feier ermordet wurde, gehen wir davon aus, dass der

Mörder oder die Mörderin mit großer Wahrscheinlichkeit Gäste dieser Veranstaltung sind. Zwei Personen hatten unmittelbar vor der Tat eine lautstarke Auseinandersetzung mit dem Opfer. Eine der beiden Personen sind Sie. Die andere ist Frau von Leeven.«

»Und das allein macht uns verdächtig?«, fragte Ludwig, immer noch um Fassung bemüht.

»Sie besonders, Herr Hirschberger, denn Sie liefen Robert Maurer hinterher!«

»Und das reicht Ihnen als Motiv?«

Ludwig war endgültig bedient. Ganz klar, diese spindeldürre Frau wollte keinesfalls seine Mithilfe; sie verdächtigte ihn, seinen Freund Bobby Maurer ermordet zu haben.

»Nicht das alleine. Sie haben Herrn Maurer bedroht!«

Inge Wesel sah dem Wiener Kollegen eiskalt in die Augen.

»Was, ich habe Bobby bedroht?«

»Jawohl, ein Zeuge hat mir berichtet, dass sie von Herrn Maurer verlangt haben, seine Vorwürfe gegen Sie zurückzunehmen, sonst würden Sie etwas derart Schlimmes mit ihm machen, dass es ihm noch leidtäte.«

Kommissarin Wesel war von Sebastian Grossmann sehr gut informiert worden. Der Geistliche hatte den Streit mit Bobby offensichtlich Wort für Wort verfolgt und der Kriminalbeamtin alles haarklein erzählt.

»Ja, klar habe ich ihm gedroht! Verklagen wollte ich ihn, wenn er diese hirnrissigen Anschuldigungen nicht zurücknimmt«, verteidigte sich Ludwig.

»Tja, das könnte den Ruf des Herrn Fall-Analytikers nachhaltig beschädigen, das ist mir schon klar. Allerdings hat mein Zeuge nichts von verklagen gesagt.«

Da hatte die Kommissarin recht, das hatte er Bobby nicht gesagt, er hatte ihm nur gedroht. Bloß hatte er zu dem

Zeitpunkt ja noch nicht ahnen können, was sich kurze Zeit später abspielen sollte.

»Wenn Sie mich mal draußen nachsehen lassen, ob die Mutter von Gerhard Zielinski zwischenzeitlich wieder eingetroffen ist, könnte ich Ihren ganzen Irrtum augenblicklich aufklären, Frau Kommissarin!«, machte Ludwig klar.

»Aber bitte. Allerdings müssen Sie sich hier weiterhin zur Verfügung halten, das ist Ihnen ja hoffentlich klar. Und schicken Sie mir bitte den Herrn Sattler herein. Sollte diese Frau inzwischen hier eintreffen, dürfen Sie jederzeit anklopfen.«

Inge Wesel schien siegesgewiss.

Ludwig ging in den Saal hinaus. Woher kannte er diese Frau nur? Irgendetwas an ihr musste anders sein, sonst hätte er sie garantiert zuordnen können. Danach machte er sich auf die Suche nach Gerhard Zielinskis Mutter.

Ob die alte Frau wohl noch auf dem Bahnhof war? Aber sie müsste längst zurück sein. Doch weit und breit war nichts von Zielinskis Mutter zu sehen. Es blieb ihm nichts übrig, als zurückzukehren und vor der Halle Ausschau nach ihr zu halten. Er befragte etliche Schützenfest-Gäste, die dort in Grüppchen aufgeregt diskutierten, doch keiner hatte Zita Zielinski gesehen. Ludwig war klar, dass das seine Lage nicht verbesserte.

Wenigstens konnte er jetzt noch einmal den Tatort inspizieren. Während er die Arbeit der Spurensicherung, die zwischenzeitlich eingetroffen war, verfolgte, nahm er aus einigem Abstand das Hundertguldenloch in Augenschein und versuchte, einen klaren Gedanken zu fassen.

Nach seiner Auffassung musste es sich um eine im Affekt begangene Beziehungstat handeln. Ein Mörder, der eine Tat plante, zöge niemals diesen Tatort zur Zeit des Schützenfestes in Betracht. Er oder sie musste jederzeit damit rechnen, dass Passanten vom Rummelplatz auf dem Gigelberg hier vorbeikamen. Mindestens 25.000 Gäste, so schätzte Ludwig, waren insgesamt rund um das Festgelände versammelt, wahrscheinlich sogar noch viel mehr. Hier eine geplante Tat zu vollziehen, wäre irrsinnig. Laura von Leeven und er kamen nicht in Frage, auch wenn die verbale Eskalation nach außen diesen Anschein erwecken mochte, es musste sich um eine Beziehungstat handeln.

Hatte Gabi Maurer, die betrogene Ehefrau, etwas mit der Tat zu tun? Wohl kaum. Die Erschütterung von Bobbys Ehefrau wirkte echt. Und eine gute Schauspielerin war Gabi nie gewesen. Das wusste Ludwig aus gemeinsamen Schützentheater-Zeiten.

Bliebe da noch Vera Meerbusch. Auch sie wirkte gemeinsam mit Ludwig und Gabi im Schützentheater mit. Damals zu Beginn der 60er-Jahre. Und im Gegensatz zu Gabi ging die schüchterne Vera beim Theaterspiel mehr und mehr aus sich heraus, sodass sie bald ihre Anhänger im Publikum hatte.

Heute war sie eine selbstbewusste 50-Jährige, eine gereifte Frau. Sie hätte ein Motiv gehabt, wenn sich Bobby tatsächlich entschlossen haben sollte, Vera wieder zu verlassen, um in den Schoß seiner Familie zurückzukehren.

Außerdem hatte sie die Leiche gefunden! Sie hätte Gelegenheit gehabt, Bobby zu töten. Denn zwischen seiner Begegnung mit Vera ganz in der Nähe des Tatorts und ihrer

Rückkehr in den Saal war doch eine gewisse Zeit vergangen. Zeit genug, um die Tat auszuführen.

Aber da fiel ihm ein, was Zita Zielinski, halb verständlich, halb unverständlich beim Passieren des Hundertguldenlochs gesagt hatte: »Sie sollten nicht so viel trinken, junger Mann.« Es hatte ihn irritiert, weil sie dabei den Kopf weggedreht hatte, als ob sie ihn gar nicht meinte. Hatte sie etwa Bobby schon dort liegen sehen? Er hatte diesen Ausspruch der Verwirrung der alten Frau zugerechnet und nicht ernst genommen!

Hatte Vera Bobby tatsächlich umgebracht? Sein Instinkt sagte ihm, dass dem nicht so war. Wäre sie eine wirklich gute Schauspielerin, dann hätte sie ihr heimliches Verhältnis zu Bobby besser kaschiert und nicht so emotional in aller Öffentlichkeit reagiert. Aber wer hätte noch einen Grund gehabt, Bobby zu töten?

Herwig Hutter vielleicht, Gabis Vater? Der Mann, der seine Tochter vergötterte? Der alles für sie täte. Das Glück seiner Gabi war ihm wichtig. Und ihm war der Gemütszustand seiner Tochter bestimmt auch aufgefallen. So wie Ludwig bemerkt hatte, dass mit Gabi Maurer etwas nicht stimmte, dass sie völlig verhärmt wirkte, so musste das auch ihrem Vater aufgefallen sein. Aber ein Mord? War Herwig Hutter wirklich ein Mord zuzutrauen?

Sicher, der Mann war ihm immer etwas verbogen vorgekommen. Er wirkte oft so, als trüge er ein Geheimnis mit sich herum. Er war immer über alles bestens informiert. Und er hatte öfters »verschrobene« Ansichten, so wie die Ansichten der Älteren auf sie als aufbegehrende 68er oft gewirkt hatten.

Aber er war sportlich topfit, drahtig und muskulös. Auch jetzt noch. Ludwig hatte ihn schon auf dem Viehmarktplatz bewundert. Der Mann hatte die 70 schon einige Jahre hinter sich gelassen, wirkte aber eher wie ein gut erhaltener Mittsechziger. Von seinen körperlichen Fähigkeiten her war ihm einiges zuzutrauen.

Aber Bobby töten würde er nicht, dachte Ludwig. Niemals. Er ging wieder in den Saal hinein. Dort wartete schon die Kommissarin auf ihn.

»Und, haben Sie die ominöse Frau gefunden?«, fragte sie ihn.

»Leider nein«, musste Ludwig zugeben. »Und Sie, haben Sie noch andere Verdächtige außer mir und Laura von Leeven gefunden?«

»Da muss ich Sie auch enttäuschen. Im Gegenteil: Sie sind der einzige verbliebene Tatverdächtige. Frau von Leeven war zum fraglichen Zeitpunkt auf der Toilette und wurde von Frau Müller-Biel gesehen«, konstatierte Frau Wesel. »Aber wir haben noch lange nicht alle Teilnehmer vernommen. Das schaffen wir heute auch gar nicht mehr.«

»Da hat sie sicher auch mich gesehen, die liebe Frau Müller-Biel. Sie stand mit Laura von Leeven zusammen und redete, als ich auf die beiden zuging. Ich wollte eigentlich zu Laura und ihr sagen, dass ich Bobbys Verhalten bedauere, aber weil sie mit Monika Müller-Biel zusammenstand, habe ich auf das Gespräch verzichtet. Monika Müller-Biel gehört nämlich nicht zu den Menschen, zu denen ich näheren Kontakt suche. Noch nie übrigens. Danach wollte ich wieder in den Saal hineingehen, wurde jedoch von Gerhard Zielinskis Mutter aufgehalten.«

»Die dann aber nicht zurückgekommen ist, obwohl sie es mit Ihnen vereinbart hat. Und Monika Müller-Biel und Laura von Leeven haben Sie definitiv nicht gesehen. Haben Sie mir vielleicht etwas zu sagen, Herr Hirschberger?«

Jetzt war die Kommissarin offenbar völlig übergeschnappt.

»Nur, dass ich – gelinde gesagt – sehr überrascht bin über ihre voreiligen und durch nichts zu belegenden Schlussfolgerungen.«

Ludwig wurde jetzt deutlich.

In der Zwischenzeit war ein Arzt eingetroffen und kümmerte sich um Gabi Maurer. Sie heute noch zu vernehmen, machte überhaupt keinen Sinn. Kommissarin Wesel ließ Ludwig wortlos stehen und begab sich wieder in ihr provisorisches Büro.

Ludwig ging noch einmal nach draußen, um nachzusehen, ob von Zita Zielinski etwas zu sehen war. Aber es gab immer noch keine Spur von der Dame. Was war mit dieser verwirrten Frau geschehen? Wohin war sie gegangen? Hätte er sie bloß nicht auf den Bahnhof geschickt! Er hätte sich für diese Dummheit ohrfeigen können.

Die Spurensicherung war immer noch mit vier Mann im Einsatz und untersuchte im Licht eines gleißenden Strahlers den Tatort genauestens. Bobbys Leiche war unterdessen abtransportiert worden. Der Menschenauflauf geriet ins Gigantische. Die herbeigerufene Bereitschaftspolizei hatte alle Hände voll zu tun, Schaulustige und betrunkene Festgäste zu bändigen und den Männern von der Spusi den Rücken freizuhalten.

Sebastian Grossmann kam auf Ludwig zu und sagte:

»Ich will dich natürlich nicht in Schwierigkeiten bringen, aber ich musste der Kommissarin erzählen, was ich beobachtet hatte. Ich hoffe, das bringt dir nicht allzu viele Unannehmlichkeiten.«

Komisch, manche Menschen verändern sich überhaupt nicht, dachte Ludwig. Auch Sebastian Grossmann nicht, der hünenhafte Pfarrer. Schon in der Schule wurde er die »Petzliesel« genannt.

Ludwig kam plötzlich ein Ereignis in der fünften Klasse in den Sinn. Er saß neben Grossmann und hatte mal wieder die Hausaufgabe nicht gemacht. Es war eigentlich üblich, dass man in der Fünf-Minuten-Pause vom Nebensitzer diese Hausaufgabe kurz abschreiben konnte. Nicht so bei Sebastian Grossmann. Er verweigerte Ludwig die »Nachbarschaftshilfe« und meldete sich sofort beim Lehrer, um ihn über Ludwigs Vergehen zu unterrichten. Ludwig bekam daraufhin eine Strafarbeit. Daraufhin setzte sich Ludwig an einen anderen Platz und Grossmann blieb von da an ohne Nebensitzer, was ihn aber offenbar überhaupt nicht anfocht. Er lebte schon damals in seiner eigenen Welt.

»Nein, natürlich nicht, du hast mich in keine unangenehme Situation gebracht. Die Kommissarin muss bei jedem nachfragen und sich erkundigen. Und als Zeuge hattest du die Pflicht, der Kommissarin alles wahrheitsgemäß zu berichten. Schade nur, dass deine Beobachtung nichts zur Aufklärung beitragen konnte«, sagte Ludwig.

Offensichtlich beruhigte das Sebastian Grossmann, er setzte sich wieder an seinen Platz. Auch Ludwig setzte sich wieder.

»Pass bloß auf, dass die sich nicht auf dich einschießt«, meinte Lothar, »wenn die sich irgendwo festbeißt, lässt die nicht mehr locker.«

»Schon ärgerlich, dass diese Zielinsiki nicht mehr gekommen ist«, sagte Ludwig, »die hätte alles sofort aufklären können!«

»Das kann nicht die Zielinski gewesen sein, glaub's mir«, war sich Lothar sicher, »die sitzt in Schussenried und kommt da nicht raus.«

»Wo hat sie dich denn angesprochen?«, wollte Richard Koch wissen.

»Direkt vor der Garderobe«, erwiderte Ludwig. »Und sie hat mich nicht nur angesprochen, sie hat mich sogar am Ärmel gezupft.«

Linde Schwegler, die Assistentin der Kommissarin, kam gerade aus dem provisorischen Büro heraus und rief:

»Meine Damen und Herren, bitte schreiben Sie Ihren Namen, Ihre Adresse und Ihre Telefonnummer auf die Liste, die an der Garderobe ausliegt, dann können Sie gehen. Alle auswärtigen Gäste geben ihren derzeitigen Aufenthaltsort, das Hotel oder den Gasthof, an. Sie hören von uns in den nächsten Tagen. Jetzt wünsche ich Ihnen trotz allem noch eine angenehme Nacht und a scheene Schütza.«

Danach ging sie sofort auf Ludwig zu und sprach ihn an:

»Sie, Herr Hirschberger, bitte ich allerdings noch einmal zu Frau Wesel herein.«

»War das nicht ein bisschen makaber, den schockierten Leuten hier noch a ›scheene Schütza‹ zu wünschen?«, fragte Ludwig.

»Ach so, hm, ja könnte sein. War jetzt nicht so toll von mir«, gab Linde Schwegler etwas zerknirscht zu.

In dem zum Vernehmungsraum umfunktionierten Zimmer sagte die Kommissarin zu ihm in ihrem schroffen Ton:

»Herr Hirschberger, ich möchte Sie bitten, sich morgen Vormittag um 9 Uhr, nein besser um 9 Uhr 30, in meinem Büro einzufinden. Hier ist meine Karte, da steht alles drauf.«

Danach ging Ludwig sofort ins Hotel auf sein Zimmer. Erst einmal musste er alles genau sortieren. Erst einmal musste er sich einen Überblick verschaffen. Erst einmal musste er sich damit abfinden, dass die Kommissarin ihn für tatverdächtig hielt. Nicht für dringend tatverdächtig, sonst hätte sie ihn mitgenommen, aber für tatverdächtig. Warum um Himmels willen verdächtigte sie Ludwig? Und wer hatte Bobby umgebracht? War er überhaupt umgebracht worden? Und wo war diese Frau geblieben, die Ludwig als Zielinskis Mutter betrachtete? Hatte man ihm eine Falle gestellt? Wollte man ihn in etwas hineinreiten? Blödsinn, wer hätte davon einen Nutzen haben sollen!

Ludwig machte die ganze Nacht kein Auge zu. Er ließ die Vorgänge wieder und wieder vor dem geistigen Auge ablaufen. Der Kriminalist in ihm war geweckt. Dass es jemand aus dem Saal sein musste, war naheliegend. Wer hatte gewusst, dass sich Bobby genau zu diesem Zeitpunkt und genau an diesen Ort begeben würde? Das konnte nur jemand wissen, der Gast im Saal war. Er selbst hatte gesehen, wie Bobby die Halle verlassen hatte. Vera Meerbusch war ihm gefolgt und Ludwig sogar noch begegnet. Sie hatte ihn schließlich entdeckt. Das Ganze musste aber in einem relativ kurzen zeitlichen Intervall passiert sein, denn zwischen Bobbys Verlassen des Saals und dem Zeitpunkt, als Ludwig Zita Zielinski den Weg zum Bahnhof zeigte, vergingen nur wenige Minuten. Und während sich Ludwig mit seinen Freunden unterhielt, kam Vera Meerbusch in den Saal hereingestürmt.

Aber Vera Meerbusch eine Mörderin? Eine Frau, die einen Typen wie Bobby mit körperlicher Gewalt töten konnte? Nein. Das traute er Vera Meerbusch nicht zu. Könnte er nur auf die Ergebnisse der Spusi zurückgreifen, könnte er nur das Obduktionsergebnis einsehen, er wäre bestimmt in der Lage, Klarheit zu schaffen. Aber Kommissarin Wesel hatte offenbar nicht vor, ihn einzuweihen. Im Gegenteil.

Auch Gabi Maurer, so viel stand für Ludwig fest, fiel als Täterin aus.

Ein Raubmord konnte es nicht gewesen sein, weil bei Bobby nichts gefehlt hatte. Ein Mord eines Streits wegen konnte es ebenfalls nicht gewesen sein. Mord aus Rache? Wofür? Und vor allem: wieso hier?

Alles sah nach einer Beziehungstat aus. Impulsiv und spontan ausgeführt, mit einer sehr kurzen Planungsphase. Oder aber es war eine Verwechslung. Könnte es sein, dass Bobby gar nicht ermordet werden sollte, sondern eine andere Person? Aber wer? Und warum dieser Ort? Überhaupt rückte der Ort des Geschehens immer mehr in den Vordergrund für Ludwig. Warum im Hundertguldenloch? Warum brannten diese Laternen nicht? Warum am Schützenfest, auf dem die Gefahr bestand, dass Zeugen en masse zugegen waren? Wer hätte im Saal ein Motiv gehabt, Bobby zu töten? Hatte Bobby Feinde? Dass Bobby ein familiäres Problem hatte, war offensichtlich. Hatte der Mord mit diesen Problemen zu tun? Wer hatte ein Interesse daran, Bobby aus der Welt zu schaffen? Es gab nur zwei Personen: Vera Meerbusch und Gabi Hutter. Beide kamen für Ludwig als Täterinnen jedoch nicht in Frage.

War es möglicherweise Herwig Hutter? Er hätte ein Motiv. Schließlich hatte Bobby seine geliebte Tochter betrogen. Ludwig erinnerte sich noch ganz genau an die Situation am Nachmittag auf dem Viehmarktplatz: die verhärmte Gabi, der hektische, aber freundliche Herwig Hutter, die etwas verstört wirkende Elga Hutter. Und vor allem Bobby, dem die ganze Situation fürchterlich peinlich zu sein schien. Hatte Herwig Hutter ein Motiv? Ja. Aber Herwig Hutter war noch vor dem Umzug wieder zurück nach Murrhardt gefahren. Das zumindest hatte er behauptet. War er vielleicht gar nicht gefahren? Hatte er sich auf die Lauer gelegt und seinen Schwiegersohn ermordet? Das wäre die Beziehungstat!

Aber, so dachte Ludwig bei sich, inzwischen ist Herwig Hutter 75 Jahre alt. Der Täter im Hundertguldenloch ist unglaublich schnell gewesen und muss darüber hinaus sehr professionell vorgegangen sein. Anders waren die Umstände für Ludwig nicht erklärbar. Ist diesem alten Mann eine solche Tat physisch noch zuzutrauen, überlegte er.

Ludwig kam zu der Überzeugung, dass Herwig Hutter dies auf jeden Fall hätte bewerkstelligen können. Wieder fielen ihm die sportlichen Fähigkeiten ein, die Hutter schon vor 30 Jahren offenbart hatte. Die Tischtennis-Spiele ließen sich vielleicht noch erklären, aber seine läuferischen Leistungen, vor allem im Ausdauerbereich, waren geradezu unglaublich. Ludwig erinnerte sich an einen Dauerlauf entlang der Riss, die durch Biberach fließt, nach Ummendorf und zurück. Etwa zehn Kilometer. Herwig Hutter gegen die gesamte Clique. Lauter Jungs im Alter von 17, 18 Jahren und voll im Saft. Und Herwig Hutter Mitte 40. Er hängte sie nicht nur ab, er schlug sie nicht nur. Nein, er vernichtete sie. Alle miteinander. Als sie japsend und keuchend bei Hutters ankamen, saß Herwig auf der Bank und lachte.

»Wo seid Ihr denn so lange?«, sagte Elga Hutter damals schmunzelnd. »Herwig hat schon zwei Gläser Milch getrunken, er ist seit mindestens fünf Minuten da!«

Als Ludwig den Mann am Nachmittag getroffen hatte, sah er fast noch genau so aus wie vor gut 30 Jahren. Klein, drahtig, muskulös und gertenschlank. Und wie sagte Herwig Hutter immer, müssten junge Männer sein?

»Zäh wie Leder, hart wie Krupp-Stahl und flink wie Windhunde!«

Doch, diesem Mann war die Tat zuzutrauen. Er hatte ein Motiv und er war schnell und wendig genug, um die Tat auszuüben. Auch im hohen Alter noch.

Gleich am nächsten Morgen würde er der Kommissarin seinen Verdacht mitteilen.

Punkt 9 Uhr 30 fand sich Ludwig am sonnigen Schützensonntag auf dem Polizeirevier ein. Der Beamte führte Ludwig sofort in das noch verwaiste Büro der Kommissarin. Ludwig nahm Platz und wartete auf Inge Wesel.

Stattdessen kam Linde Schwegler, ihre Assistentin, herein. Der jungen Frau sah man an, es war ihr peinlich, dass man Ludwig so früh ins Kommissariat einbestellt hatte und jetzt die zuständige Kommissarin noch gar nicht da war.

»Tut mir sehr leid, Herr Hirschberger, dass die Frau Kommissarin noch nicht da ist. Bestimmt wurde sie irgendwo aufgehalten. Darf ich Ihnen solange eine Tasse Kaffee anbieten?«

»Ja, bitte sehr. Gerne. So früh am Morgen trinke ich gerne noch einen Kaffee.«

Auch wenn sich der Kaffee in schwäbischen Amtsstuben vom Kaffee, den Ludwig aus Wien gewohnt war, elementar unterschied, nahm er das Angebot der freundlichen und im Gegensatz zur ihrer Vorgesetzten sympathischen Polizistin gerne an. Sie plauderten und Ludwig erzählte Linde Schwegler von seiner Arbeit als Fall-Analytiker, berichtete ihr, wie unsäglich es manchmal war, sich in die Hirnwindungen von Mördern, Vergewaltigern und Triebtätern zu versetzen. Die Assistentin hörte ihm gebannt zu und Ludwig hatte den Eindruck, dass sie sich, im Gegensatz zu ihrer Vorgesetzten, sehr für seine Tätigkeit interessierte. Sie vermied es jedoch auffallend, über den gestrigen Abend zu sprechen. Anscheinend hatte sie mindestens großen Respekt vor ihrer Chefin.

Die kam und kam nicht. Als es kurz vor 10 Uhr war, sagte Ludwig:

»Wenn Ihre Chefin jetzt nicht kommt, gehe ich wieder.«

Linde Schwegler wusste bald nicht mehr, was sie noch alles tun sollte, um ihre Vorgesetzte zu entschuldigen und den Vorgeladenen zu vertrösten. Sie brachte ihm noch eine Tasse Kaffee und aus ihren eigenen Beständen noch ein paar Kekse, als Kommissarin Ingeborg Wesel mit einer guten halben Stunde Verspätung endlich auftauchte. Sie machte keinerlei Anstalten, sich für die Verspätung zu entschuldigen und maulte nur:

»Kaffeekränzchen? Ich glaube, wir haben Wichtigeres zu tun, Frau Schwegler!«

Vorwurfsvoll blickte sie ihre Assistentin an.

»Und Pünktlichkeit ist die Höflichkeit der Könige, Frau Wesel«, zischte Ludwig die Kommissarin an.

Die ignorierte den Vorwurf einfach und fuhr fort:

»Also, wir wissen jetzt, dass Robert Maurer ermordet wurde. Und zwar durch einen ganz kleinen, kaum erkennbaren Schnitt in die Luftröhre. Nur, dass Sie das mal wissen, Herr Hirschberger. So, wo waren wir gestern stehen geblieben? Bei Ihrer Frau Zielinski.«

»Das ist erstens nicht meine Frau Zielinski und zweitens möchte ich eine Aussage machen«, gab Ludwig völlig ruhig zurück.

»Oh, sieh an, soll das ein Geständnis werden? Frau Schwegler, schalten Sie sofort das Tonband an!«

Der Triumph schien Inge Wesel ins Gesicht geschrieben.

Ludwig musste aufpassen, dass er nicht anfing, lauthals zu lachen.

»So ein Blödsinn, ich habe nichts zu gestehen. Gar nichts. Merken Sie sich das. Ein für allemal, Frau Wesel. Ich hoffe, ich habe mich klar und deutlich ausgedrückt. Und jetzt komme ich zu etwas Vernünftigem, Konstruktivem.«

Ludwig sprach ruhig und höflich, aber sehr bestimmt. Was bildete sich diese Person überhaupt ein?

»Und das wäre?«, gab sich die Kommissarin völlig unbeeindruckt.

»Ich glaube, ich habe gestern doch eine Beobachtung gemacht. Nicht am Tatort, sondern vorher. Am Nachmittag. Wir Jahrgänger haben uns ja auf dem Viehmarktplatz getroffen und da sind auch Herwig Hutter und seine Frau vorbeigekommen, die Schwiegereltern von Bobby Maurer. Mir ist sofort aufgefallen, dass mit der ganzen Familie etwas nicht stimmt. Aber ich wusste natürlich nicht was. Gabi Maurer wirkte völlig verhärmt, fast abwesend und Herwig Hutter war sichtlich wütend. Ich habe ihn noch gefragt, wo er beim Jahrgänger-Umzug stehen werde, da hat er mir gesagt, er bleibe gar nicht da, er wolle jetzt gleich mit seiner Frau nach Hause fahren. Er wohnt in Murrhardt im Schwäbischen Wald.«

»Klingt interessant«, meinte Inge Wesel. »Wir werden der Sache auf jeden Fall nachgehen. Wie alt ist denn der Schwiegervater von Robert Maurer?«, wollte sie wissen.

»Na ja, ich schätze ihn auf ungefähr 75«, antwortete Ludwig.

»Und Sie glauben im Ernst, dass ein 75-jähriger alter Mann in Windeseile einen Mord begeht und dann spurlos verschwindet? Bleiben Sie mal realistisch, Hirschberger!«

»Herr Hirschberger. Für Sie bin ich immer noch der Herr Hirschberger.«

»Sorry, war nicht so gemeint«, brummte die Kommissarin.

Aber Ludwig war klar, dass diese Provokation beabsichtigt war. Sie wollte ihn aus der Reserve locken. Es würde noch weitere Provokationen geben, dessen war sich Ludwig sicher.

»Herwig Hutter war und ist vermutlich der beste Sportler, den ich jemals persönlich erlebt habe. Und als ich ihn gestern Nachmittag nach 30 Jahren wiedergesehen habe, kam er mir vor, als habe er sich kaum verändert, als habe er nichts von seiner Spannkraft eingebüßt, als seien die Jahre spurlos an ihm vorübergegangen. Gut, ein paar graue Haare und ein paar Fältchen sind schon dazugekommen, aber vom Gesamteindruck her, meine ich, dass ihm das durchaus zuzutrauen wäre, obwohl ich ihn natürlich nicht für einen potenziellen Mörder halte. Allerdings würde er für seine Gabi alles machen!«

»Auch einen Mord?«, fragte die Kommissarin.

»Wie gesagt traue ich ihm einen Mord nicht zu. Das glaube ich einfach nicht. Ich weiß aber, dass er zu vielem fähig wäre, wenn es der einzige Ausweg für Gabi wäre. Aber ein geplanter, kaltblütiger Mord? Nein, eindeutig nein.«

Ludwig war sich bewusst, dass er gerade einen honorigen alten Herrn in gröbere Schwierigkeiten brachte. Aber es musste sein.

»Sie halten ein Totschlagdelikt für möglich?«

Die Kommissarin war sichtlich überrascht. Doch Ludwig zuckte nur mit den Schultern.

»Es war aber kein Totschlag, Herr Hirschberger. Es war Mord. Kaltblütiger Mord. Aber ich werde der Sache nachgehen!«, versprach die Kommissarin.

»Schwegler, kommen Sie mal rein!«, bellte sie dann. »Wohin gehört die Stadt Murrhardt? Ist das Schwäbisch Hall oder Backnang? Da muss ein Herwig Hutter vernommen werden und zwar heute noch. Die Einzelheiten spreche ich mit dem zuständigen Kollegen ab. Wenn Sie den an der Strippe haben, stellen Sie durch!«, sagte sie in einem Ton, der jedem Feldwebel zur Ehre gereicht hätte.

»Und jetzt noch mal zu Ihnen, Herr Hirschberger.«

Dabei hob sie das »Herr« ganz besonders hervor, doch mit solchen Mätzchen konnte sie Ludwig nicht beeindrucken.

»Ich war heute Morgen schon in Bad Schussenried und habe Frau Zielinski vernommen. Sofern man da von einer Vernehmung sprechen kann. Frau Zielinski konnte sich nicht erinnern, gestern in Biberach gewesen zu sein. Sie konnte sich ferner nicht daran erinnern, in der Stadthalle nach ihrem Sohn gesucht zu haben, und sie konnte sich vor allem nicht an einen Herrn erinnern, den sie nach ihrem Sohn gefragt und der sie dann zum Bahnhof geschickt hatte. Was sagen Sie dazu, Herr Hirschberger?«

Diesen Trumpf hatte die Kommissarin sehr geschickt ausgespielt.

»Na ja, ich weiß ja nicht, wie gut Sie sich in der Psychiatrie auskennen, Frau Kommissarin, aber Sie sollten wissen, dass so etwas bei Schizophrenen an der Tagesordnung ist. Ich bleibe dabei: Die Frau war da und hat mich aufgehalten!«

Ludwig blieb sachlich und bestimmt.

»Also gut. Ich lege Ihnen jetzt fünf Fotos von Frauen vor. Eine davon ist Frau Zielinski. Zeigen Sie mir bitte, welche es ist.«

Die Kommissarin legte Ludwig fünf Bilder hin und er erkannte Zita Zielinski auf Anhieb.

»Richtig, das ist sie!«

Zum ersten Mal war Inge Wesel beeindruckt.

»Haben Sie Frau Zielinski schon vorher gekannt?«, fragte sie.

»Gekannt sicher nicht. Aber es ist durchaus möglich, dass ich sie während der Grundschulzeit einmal gesehen habe. Aber das sind über 40 Jahre her.«

Ludwig achtete peinlich darauf, sich nicht angreifbar zu machen.

»Aber immerhin möglich. Manche Menschen verändern sich kaum.«

Das Argument der Kommissarin klang nicht gerade überzeugend.

»Wie man bei Herwig Hutter sieht«, konterte Ludwig, weshalb Kommissarin Wesel blitzartig das Thema wechselte.

»Wissen Sie, was mich so stutzig macht? Wir haben überhaupt keine Spuren gefunden. Es waren zwar jede Menge Fußspuren zu sehen, aber nichts, was auf die Tat hindeuten würde. Wenn wir nicht genau wüssten, dass Robert Maurer nur da umgebracht worden sein kann, würden wir stark bezweifeln, ob der Fundort auch der Tatort ist. Und wissen Sie, welchen Schluss wir daraus ziehen?«

Jetzt war die Kommissarin um Sachlichkeit bemüht.

»Sie werden es mir sofort sagen, Frau Kommissarin.«

»Dass das nur ein ausgekochter Profi gewesen sein kann oder jemand, der ganz genau weiß, wie man Spuren beseitigt.«

»Und das macht mich jetzt zum Hauptverdächtigen! Dass ich nicht lache!«

Ludwig kam sich vor wie in einem falschen Film.

»Wenn es eine Beziehungstat gewesen wäre, hätte der Täter mit Sicherheit nicht so viel Fachwissen gehabt, um sämtliche, aber auch sämtliche Spuren am Tatort zu vermeiden. Ich betone vermeiden, nicht verwischen. Der Täter ist geplant und gezielt vorgegangen.«

Inge Wesel war sich ihrer Sache absolut sicher.

»Und ich habe diese Vorbereitungen, die doch einige Zeit in Anspruch nehmen, in ein paar unbeobachteten Augenblicken gemacht, habe dann meinen Freund umgebracht und bin wieder in den Saal gegangen. Wenn Sie mir sagen, wie ich das bewerkstelligt haben soll, kriegen Sie einen Orden.«

Die Vorwürfe der Kommissarin waren diffus und wirkten konstruiert. Ludwig fand keinerlei Logik dahinter.

»Das macht uns, ehrlich gesagt, im Augenblick noch ein bisschen stutzig, Herr Hirschberger. Wir überlegen uns noch und untersuchen am Tatort, ob Sie diese Vorbereitungen womöglich schon vorher gemacht haben. Wann sind Sie in Biberach angekommen?«

Jetzt machte Inge Wesel Nägel mit Köpfen.

»Circa 14 Uhr. Hier mein Einfahrschein für die Parkgarage. Da steht 13:57 Uhr drauf. Von da aus bin ich in mein Hotel und habe eingecheckt.«

»Und was haben Sie vorher gemacht?«

Offenbar glaubte sie ihm nicht.

»Ganz einfach, Auto gefahren. Wie Sie vielleicht wissen, wohne ich in Wien. Und von Wien bis Biberach sind es genau 564 Kilometer. Dafür braucht man eine gewisse Zeit.«

Diese Frau machte ihn immer wütender. Er hatte Mühe, seine Wut zu verbergen. Aber er durfte seinen Emotionen jetzt nicht freien Lauf lassen, sonst würde er sich noch mehr in Schwierigkeiten bringen.

»Wann sind Sie gestern Früh losgefahren, Herr Hirschberger?«, fragte die Kommissarin.

»Gegen 7 Uhr, es kann auch 6 Uhr 50 gewesen sein, so genau habe ich nicht darauf geachtet. Halt stopp, es muss vor 7 Uhr gewesen sein, als nämlich die Verkehrsnachrichten kamen, war ich schon einige Minuten unterwegs. Ich habe mich noch gewundert, wie wenig Verkehr am Samstag in der Frühe in Wien ist. Aber sonst fahre ich ja auch höchst selten am Samstag um 7 Uhr durch Wien«, meinte Ludwig.

»Kann das jemand bezeugen?«, fuhr Inge Wesel fort.

»Meine Frau. Sie können Sie gerne anrufen, Sie wird Ihnen das jederzeit bestätigen!«

Ludwig war sich sicher, dass die Wesel seine Frau schon angerufen hatte.

»Wir werden Ihr Alibi ganz sorgfältig überprüfen. Da können Sie absolut sicher sein, Herr Hirschberger. So wie wir auch das Alibi von Herrn Hutter überprüfen lassen. Frau von Leeven bleibt trotz des Alibis von Moni Müller-Biel verdächtig. Sie hätte ohne Weiteres einen Killer engagieren können.«

Ludwig wunderte sich, dass ihm die Wesel diese Information überhaupt weitergab.

»Das ist ja noch beknackter. Wenn Laura einen Killer engagieren wollte, warum dann ausgerechnet bei der 50er-Feier, ausgerechnet beim Schützenfest und vor allem: ausgerechnet, wenn sie in unmittelbarer Nähe ist? Ich befürchte, hinter Ihren Ermittlungen steht keine Logik, Frau Kommissarin Wesel.«

Das war natürlich ein Affront gegen die Ermittlerin. Diese ärgerte sich am meisten darüber, dass Ludwig, den sie sowieso für maßlos arrogant hielt, das Ganze in fast noblem Ton herübergebracht hatte. Sie hätte dem Kerl an die Gurgel fahren können, längst hätte sie ihn festgenommen, hätte nicht diese Schwegler dagegen protestiert. Die hielt Ludwig für gänzlich unschuldig und hatte das Umfeld von Gabi Maurer im Verdacht. Außerdem gebe es gegen den Hirschberger zwar einen gewissen Tatverdacht. Dieser sei aber nicht dringend, sodass kein Haftgrund vorliege. Trotz gegenteiliger Meinung musste sie schlussendlich ihrer Assistentin recht geben.

»Wissen Sie, was das einzig Gute an diesem Fall ist? Dass ich die Logik vorgebe und niemand anderer. Übrigens, haben Sie schon einen Anwalt?«

Diese Frage hatte Ludwig natürlich schon erwartet.

»Nein«, sagte er lakonisch.

»Und wieso nicht?«, fragte Inge Wesel.

»Weil ich jetzt keinen brauche und auch in Zukunft keinen brauchen werde. Wissen Sie, ich habe ein Fest gefeiert, auf das ich mich lange gefreut habe. Dann habe ich einer verwirrten alten Frau geholfen und schließlich versucht, meinen Freund zu reanimieren. Dafür braucht man keinen Rechtsbeistand. Zumindest nicht in einem Rechtsstaat. Und in einem solchen wähne ich mich.«

Rums, das hatte gesessen, da war sich Ludwig ziemlich sicher.

»Wir werden sehen«, sagte die Kommissarin zu ihm.

Sie bemühte sich zwar sichtlich, diese schallende Ohrfeige scheinbar ungerührt hinzunehmen. Aber ihre schauspielerischen Fähigkeiten waren beschränkt, fand Ludwig.

»Ob wir in einem Rechtsstaat leben? Das werden wir sehen!«

Ludwig trieb der Kommissarin die Zornesröte ins Gesicht.

»Sie können gehen, Herr Hirschberger. Sie halten sich aber weiterhin zu unserer Verfügung«, sprach die Kommissarin mit dünner Stimme.

»Und wer zahlt mein Hotel? Schließlich wäre ich sonst heute Nachmittag nach Wien zurückgefahren!«, blaffte Ludwig die Wesel an.

»Nun, wir hätten auch ein Zimmer hier. Aber ich kann mir nicht vorstellen, dass Sie diesen Service in Anspruch nehmen wollen.«

Dieser Punkt ging jetzt eindeutig an die Kommissarin.

Die beiden verabschiedeten sich. Ludwig ging daraufhin sofort zum Tatort und versuchte verzweifelt, etwas zu finden, was dieses Mysterium aufklären konnte.

Er wollte alles unter dem Aspekt analysieren, ob Herwig Hutter die Tat begangen haben könnte. Als Erstes wunderte ihn schon, dass keinerlei Spuren hinterlassen worden waren.

Es musste etwas mit dem schwer zu verbergenden Ärger oder Zorn zu tun haben, der ihm an Herwig Hutter aufgefallen war und der so gar nicht zu diesem Mann passte, der immer sehr ausgeglichen wirkte, der Probleme eher unterkühlt anging. Nun, unterkühlt war dieser Mord in der Tat. War Herwig Hutter mit seiner Frau gleich nach Murrhardt zurückgefahren? Und warum war er gleich wieder nach Hause gefahren? Wer am Samstag zum Schützenfest kam, fuhr nicht am selben Tag wieder zurück, wenn er mindestens zwei Stunden Fahrzeit hatte.

Und nicht, wenn er 75 Jahre alt ist, kam es Ludwig als weiteres Argument in den Sinn. Aber konnte einer mit 75 noch unerkannt entkommen? War er noch immer so wendig, waren seine Bewegungen noch immer so katzenhaft? Hatte ihm vielleicht irgendwer erzählt, Bobby wolle seine

Gabi verlassen, um zu Vera Meerbusch zu ziehen? Wenn jemand sich seine Gabi zum Feind machte, hatte er in Herwig Hutter einen Todfeind. Dessen war sich Ludwig sicher. Er würde Lothar fragen. Wenn einer Bescheid wusste, dann er.

»Lupus in fabula«, sagte Ludwig zu Lothar, der zufällig gerade des Wegs kam. »Oder auf schwäbisch: Wenn ma vom Deifel schwätzt, no kommt'r.«

Ludwig kam der Kumpel wie gerufen.

»Du glaubst ja nicht, was ich alles mitmache, Lolo.«

»Oh doch, bei dieser Kommissarin glaube ich alles. Sogar ans Jüngste Gericht. Hat die jetzt endlich eingesehen, dass du mit der Sache nichts zu tun hast?«

Es stand zu befürchten, dass die halbe Stadt mithörte, so laut sprach Lothar Sattler.

»Die ist völlig unfähig, Die hält mich tatsächlich für den Täter. Und nur, weil mich diese Frau Zielinski aufgehalten hat«, ärgerte sich Ludwig.

»Wer immer das war, es war nicht Frau Zielinski.«

Die Anwohner öffneten schon neugierig die Fenster, so laut war er.

»Doch, sie war es. Ich weiß es«, sagte Ludwig bestimmt.

»Woher willst du das nach 40 Jahren so genau wissen?«, fragte Lothar skeptisch.

»Weil mir die Kommissarin fünf Bilder von verschiedenen Frauen vorgelegt hat. Und ich habe Frau Zielinski einwandfrei erkannt. Nach 40 Jahren. Stell dir vor!«

»Das kann nicht sein. Das kann ganz einfach nicht sein, Das darf gar nicht sein. Wenn da was dran ist, rollen dort Köpfe, das verspreche ich dir!«

Glücklicherweise spielte in der Nähe ein Spielmannszug, sodass Lothar nicht mehr überall gehört wurde.

»Mal was ganz anderes, Lolo«, warf Ludwig ein. »Kannst du dir vorstellen, dass es jemanden gibt, der Herwig Hutter die Geschichte mit Vera Meerbusch erzählt hat? Und vielleicht noch etwas dazu gedichtet hat? So in die Richtung, dass Bobby die Gabi bald verlassen werde?«

»Ich weiß nicht, ob Herwig Hutter überhaupt noch Bekannte in Biberach hat. Er wohnt ja schon seit langem nicht mehr hier«, antwortete Lothar. »Aber wenn dem jemand was gesteckt haben sollte, traue ich dem schon einiges zu. Aber einen Mord? Nein, Ludwig, da verrennst du dich gewaltig. Außerdem, der Mann ist weit über 70!«

»Alter schützt vor Torheit nicht, respektive vor Bösem. Gabis Vater war am Mittag auf dem Viehmarktplatz nicht wiederzuerkennen. Ich habe den als freundlichen, netten und zuvorkommenden Mann kennengelernt, aber am Samstag? Wütend, böse, enttäuscht. Und: Warum fährt der um 5 am Nachmittag wieder nach Hause, wenn er erst am Vormittag angekommen ist? So ein älterer Herr braucht für diese Strecke bestimmt zweieinhalb Stunden.«

»Woher weißt du das so genau?«, fragte Lothar.

»Weil ich dort Anfang der 70er-Jahre Streifenpolizist war und jedes Wochenende nach Biberach gefahren bin, um den Henrys crazy boys zuzuhören«, gab Ludwig zu.

»Irgendwann aber bist du dann nicht mehr gekommen«, erinnerte sich Lothar.

»Ja, weil ich ’ne Freundin hatte. Ein blonder Engel mit blauen Augen und langen Haaren, da wärst du auch nicht mehr gekommen«, feixte Ludwig.

Plötzlich hatte Lothar eine Idee:

»Mensch Lude, vielleicht war der Zielinski doch da? Und er hat den Bobby umgebracht? Ich meine, ein Motiv hätte der gehabt.«

»Was für ein Motiv hätte Gerhard Zielinski gehabt, Bobby zu töten?«, wollte Ludwig wissen.

»Der Bobby hat gesehen, wie er damals in ein Uhrengeschäft in der Hindenburgstraße einbrechen wollte, und hat's dem alten Polizisten gesteckt. Wie hieß der noch mal?«

»Podlech«, antwortete Ludwig, »der konnte mich nie leiden, weil ich immer mit meiner Zündapp durch die Innenstadt gebrettert bin. Und du glaubst …? Na ja, könnte sein.«

Ludwig schien sich für diese Idee begeistern zu können.

»Dem Gerhard Zielinski wäre einiges zuzutrauen. Und das würde auch erklären, warum die Frau Zielinski an der Stadthalle aufgetaucht ist. Warte mal kurz, ich muss mal telefonieren«, sagte Lothar und ging in eine Telefonzelle, von denen es 1999 noch eine ganze Menge gab.

Nach wenigen Minuten kam Lothar aus der Telefonzelle wieder heraus.

»Ich muss dich enttäuschen. Der Pfleger schwört Stein und Bein, dass Frau Zielinski am Samstag das PLK für keine Sekunde verlassen hat.«

»Dann lügt er!«, entgegnete Ludwig.

»Was soll der denn für einen Grund haben zu lügen?«

»Kann ich dir zum jetzigen Zeitpunkt nicht sagen, weil ich keine Ahnung habe«, sagte Ludwig. »Aber er lügt und ich werd's rauskriegen!«

In aller Herrgottsfrühe klingelte das Telefon. Linde Schwegler, die freundliche Assistentin der grantigen Kommissarin, war am Apparat.

»Herr Hirschberger, darf ich Sie bitten, so schnell wie möglich aufs Kommissariat zu kommen? Frau Wesel möchte Sie dringend sprechen!«

Das muss sehr wichtig sein, dachte sich Ludwig, wenn sie schon um halb sieben anrufen lässt. Also fleißig war sie, das musste ihr der Neid lassen.

»Wenn Sie mich mein Frühstück noch einnehmen lassen, komme ich danach sofort zu Ihnen.«

»Es eilt wirklich, Herr Hirschberger, kommen Sie schnell, in Ihrem Interesse. Frau Wesel wollte Sie schon abholen lassen«.

Linde Schwegler wirkte besorgt.

»Also, wenn's so dringend ist, bin ich in 20 Minuten bei Ihnen, Frau Schwegler«, versprach Ludwig.

Er ging in den Frühstücksraum, schlang ein Brötchen hinunter und trank in aller Eile eine Tasse Kaffee. Auf dem Kommissariat werde ich ja sicher keinen bekommen, dachte er bei sich.

Wie immer fiel Kommissarin Wesel mit der Tür ins Haus.

»Es sieht nicht gut aus für Sie, Herr Hirschberger. Es sieht sogar sehr schlecht für Sie aus!«

»Und wieso?«, wollte Ludwig wissen.

»Weil Herwig Hutter ein einwandfreies Alibi hat.«

Im Gegensatz zum Sonntag war sie ruhiger geworden. Offensichtlich war die erste Anspannung gewichen. Sie wirkte souveräner.

»Und das ist der Grund, mich in aller Herrgottsfrühe hierherzubestellen? Mich nicht einmal anständig frühstücken zu lassen? Haben Sie Angst, ich könnte flüchten?«

Ludwig war es, der jetzt grantig wurde.

»Außerdem würde mich das Alibi von Herrn Hutter sehr interessieren. Ich glaube nämlich nicht an seine Echtheit.«

»Oh doch, die Kollegen von der Kripo in Backnang haben Herrn und Frau Hutter gestern in Murrhardt aufgesucht. Was die ermittelt haben, hat uns vollends überzeugt!«

Die Kommissarin war sich ihrer Sache absolut sicher.

»Na, dann erzählen Sie mal«, hakte Ludwig nach.

»Schön, wie Sie wollen. Normalerweise geht Sie das ja nichts an, aber bei Ihnen mache ich eine Ausnahme. Um 17 Uhr am Samstag fuhren die Hutters in Biberach los. Um 17 Uhr 40 haben sie an der Esso-Tankstelle in Ulm getankt. Der Tankbeleg war bei Herwig Hutter im Geldbeutel. Die getankte Menge stimmt mit dem Tankinhalt und dem geschätzten Verbrauch nach Murrhardt absolut überein.«

»Er kann ja wieder nach Biberach zurückgefahren sein und nochmals irgendwo getankt haben«, warf Ludwig ein.

»Lassen Sie mich doch mal zu Ende erzählen!« Inge Wesel wirkte genervt. »Anschließend sind sie weitergefahren nach Murrhardt, wo sie gegen 19 Uhr 30 angekommen sind. Danach haben Sie zu Abend gegessen und anschließend Fernsehen geschaut. Irgendwann ist Herr Hutter eingeschlafen und Frau Hutter hat alleine weitergeschaut. Ich meine, es ist ja verständlich, wenn ein älterer Herr eine lange Autofahrt macht, dass er dann hinterher müde ist.«

»So weit verständlich«, warf Ludwig ein, ließ aber die Kommissarin weitererzählen.

»Die Kollegen in Backnang haben Frau Hutter befragt, was genau sie angesehen hat, ob sie sich an etwas Prägnantes erinnern könne. Und genau das konnte sie! Zwischen 21 Uhr und 21 Uhr 15 habe es einen längeren Bildausfall im ZDF gegeben. Das hat mich dann sehr hellhörig gemacht«, sagte Kommissarin Wesel.

»Wieso hellhörig?«, interessierte sich Ludwig.

»Weil ich zur selben Zeit auch ZDF geschaut habe und bei mir war keine Bildstörung. Wir haben daraufhin sofort beim ZDF angerufen und uns nach dieser Bildstörung erkundigt. Die haben uns mitgeteilt, dass diese Bildstörung nur im Norden von Württemberg, etwa ab einer Linie nördlich von Aalen-Stuttgart vorgekommen ist. Und Murrhardt, lieber Herr Hirschberger, liegt nördlich dieser Linie.«

»Und wenn Frau Hutter alleine zurückgefahren ist?«, insistierte Ludwig.

»Frau Hutter hat keinen Führerschein und ist noch nie in ihrem Leben am Steuer eines Autos gesessen. Das hat uns Gabi Hutter bestätigt!«

Das überzeugte sogar Ludwig.

»Tja, das überzeugt mich jetzt total. Da werde ich Ihnen wohl einen neuen Tatverdächtigen liefern müssen, Frau Kommissarin.«

»Und wer soll's jetzt sein?«

Die Kommissarin schien von Ludwigs Schuld tatsächlich überzeugt zu sein, sonst hätte sie diese Frage nicht so gelangweilt gestellt.

»Gerhard Zielinski, der Sohn von Frau Zielinski«, sagte Ludwig.

Und landete damit einen Volltreffer. Die Kommissarin wirkte plötzlich etwas verwirrt.

»Den hatte ich, ehrlich gestanden, bis jetzt noch gar nicht auf dem Radar. Lebt der überhaupt noch? Der gilt doch als verschollen. Haben Sie den noch gekannt?«

Ludwig versuchte, sachlich zu bleiben.

»Ja, flüchtig. Wir waren zusammen auf der Grundschule, danach haben sich unsere Wege getrennt. Und irgendwann war ich sowieso weg aus Biberach und habe von Gerhard Zielinski nur noch aus den Medien erfahren.«

»Hätte der ein Motiv gehabt?«, fragte die Kommissarin nach.

»Ich glaube schon«, gab Ludwig an. »Gerhard Zielinski wollte mal in ein Uhrengeschäft in der Hindenburgstraße einbrechen. Dabei hat ihn Bobby Maurer gesehen und ihn beim Podlech gemeldet.«

»Bei wem?«

Inge Wesel konnte mit dem Namen natürlich gar nichts anfangen.

»Sorry, Frau Kommissarin«, sagte Ludwig, »das war ein Vorgänger von Ihnen in den 60er-Jahren.«

»Aha.«

»Auf jeden Fall war das der Startpunkt für Gerhard Zielinskis kriminelle Karriere. Von jenem Tag an war er in Biberach gebrandmarkt. Als Räuber, als Dieb, als Einbrecher. Zahlreiche unaufgeklärte Einbrüche konnten ihm nachgewiesen werden. Hätte ihn Bobby nicht gesehen, wäre er damals nicht zu einer längeren Jugendstrafe verurteilt worden.«

»Hm.« Die Kommissarin wirkte nachdenklich. »Haben Sie eine Ahnung, wo sich der aufhalten könnte?«

»Nein.«

Ludwig hatte tatsächlich keine Ahnung über den Aufenthaltsort von Gerhard Zielinski, auch wusste er nicht, ob er überhaupt noch am Leben war.

»Aber: Es würde erklären, warum Frau Zielinski Samstagabend ihren Sohn gesucht hat!«

»Hat sie nicht«, war sich Frau Wesel sicher.

»Hat sie doch!«, entgegnete Ludwig. »Und ich würde Ihnen dringendst empfehlen, diesen Umstand noch einmal genauestens zu überprüfen, Frau Kommissarin.«

»Ja, das sollte ich. Aber zunächst einmal sollten Sie mir was erklären: Wie kommt es, dass Vera Meerbusch Ihnen kurz vor dem Hundertguldenloch begegnet ist? Kurz bevor sie Robert Maurer gefunden hat. Und zwar sind Sie aus dem Hundertguldenloch gekommen! Warum haben Sie mir das bisher verschwiegen? Können Sie mir das erklären?«

Plötzlich erkannte Ludwig, dass er sich tatsächlich in einer prekären Lage befand. Verdammt noch mal, wie konnte ihm so etwas passieren? Ausgerechnet ihm!

»Kann ich Ihnen erklären, aber Sie werden es mir nicht glauben: Als ich Frau Zielinski zum Bahnhof geschickt habe, ist sie zunächst in die falsche Richtung gegangen. Ich habe sie am Arm genommen und ihr den Weg zum Bahnhof gezeigt. Kurz vor dem Hundertguldenloch bin ich dann umgekehrt und – richtig – Vera Meerbusch begegnet. Die müsste die Frau Zielinski fast noch gesehen haben.«

Inge Wesel schien bestenfalls amüsiert.

»Sehr kreativ, Herr Hirschberger, sehr kreativ. Sie sollten zum Fernsehen gehen. Kinderfunk: Onkel Ludwigs Märchenstunde.«

Ludwig überging diese Frechheit.

»Mir ist noch etwas eingefallen. Als die Frau Zielinski durch das Hundertguldenloch gegangen ist, muss Bobby schon dagelegen haben.«

»Woraus schließen Sie das?«

Frau Wesel fragte abermals gelangweilt.

»Weil Frau Zielinski noch gesagt hat: ›Sie sollten nicht so viel trinken, junger Mann‹, als sie direkt durch das Hundertguldenloch durchgegangen ist. Warum sollte sie das sagen? Wahrscheinlich hat Bobby dort schon gelegen und sie muss ihn für einen Betrunkenen gehalten haben. Und ich kann mich noch erinnern, dass bereits zu diesem Zeitpunkt beide Lampen defekt waren!«

»Wir werden der Sache nachgehen, da können Sie sich drauf verlassen. Sie können jetzt wieder gehen, Herr Hirschberger. Sollten Sie nichts Gegenteiliges von mir hören, erwarte ich Sie morgen Früh um 8 Uhr 30 hier im Kommissariat. Guten Tag!«

Sie wirkte doch etwas erstaunt, die Frau Kommissarin. Ihre Assistentin im Übrigen auch.

»Was, Sie sind nicht festgenommen?«, wunderte sie sich.

»Nein, ich habe bis morgen Früh frei, Frau Schwegler«, triumphierte Ludwig.

Er war sich seiner Sache zwischenzeitlich ziemlich sicher. Es könnte Gerhard Zielinski gewesen sein. Warum war seine Mutter sonst hier gewesen?

Aber warum war er nach Biberach gekommen? Hatte er die Absicht gehabt, an der Feier teilzunehmen? Und warum hatte er dann davon Abstand genommen? Hatte er vielleicht Bobby Maurer gesehen und war der alte Groll wieder hochgekommen? Hatte er womöglich aus der Ferne die Feier beobachtet und, als Bobby durchs Hundertguldenloch gegangen war, ihn getötet? Quasi aus Rache? Aber wie hatte er das bewerkstelligt und wieso hatte er keine Spuren hinterlassen? Und vor allem: Die Kommissarin hatte ihm gestern erklärt, dass Bobby durch einen ganz kleinen Schnitt in die Luftröhre gestorben sei. Das musste tatsächlich ein Profi gewesen sein. So einen kleinen Schnitt, dass er nicht einmal ihm zunächst aufgefallen war, konnten weder Gabi Hutter noch ihr Vater oder Vera Meerbusch setzen, ohne dass das sogar dem Notarzt aufgefallen wäre. Das musste ein absoluter Profi gewesen sein. Gerhard Zielinski war zweifellos so ein Profi. Er war der Scherge eines Geheimdienstes. Bloß, was hatte das mit Bobby zu tun?

Als Ludwig in sein Hotel zurückkehrte, wunderte er sich: Die Hotelbediensteten tuschelten und wirkten plötzlich distanziert. Der freundliche Herr an der Rezeption beispielsweise gab Ludwig seinen Zimmerschlüssel, ohne ihn anzusehen. Etwas lief hier schief.

»Habe ich Ihnen etwas getan?«, fragte Ludwig den Portier.

»Mir nicht, aber offensichtlich dem Robert Maurer«, antwortete der Mann kurz und knapp und deutete auf den *Oberland-Kurier*. Ludwig nahm sich ein Exemplar der Lokalzeitung. Was er darin sah, machte ihm deutlich, wie fatal seine Lage in Wirklichkeit war. Monika Müller-Biel hatte ganze Arbeit geleistet.

Mord an bekanntem Biberacher Architekten

Schützenfest durch die heimtückische Ermordung von Robert Maurer überschattet. Bekannter Kriminologe unter schwerem Mordverdacht

Biberach. Von Monika Müller-Biel

Der vergangene Samstag wird in die Annalen des Schützenfestes eingehen. Der bekannte Biberacher Architekt Robert Maurer wurde vergangenen Samstag während der Jahrgänger-Feier ermordet. Er feierte mit vielen Altersgenossen das 50er-Fest in der Stadthalle. Gegen 21 Uhr wollte er frische Luft schnappen, er kehrte nicht mehr zurück. Beim Hundertguldenloch wurde Robert Maurer heimtückisch erwürgt. Unsere Redakteurin Monika Müller-Biel war selbst bei diesem Fest anwesend und berichtet direkt.

Eine ganze Seite widmete man dem Mordfall, Zwei Bilder zierten die Seite. Eines zeigte die abgedeckte Leiche von Bobby im Hundertguldenloch und das andere Kommissarin Wesel und Ludwig bei der ersten Vernehmung in der Stadthalle. Ludwig erschrak über das Bild: Mit weit aufgerissenen Augen blickte er in die Kamera. Klar, er war ja auch erschrocken, als die Müller-Biel plötzlich die Tür aufgerissen und ein Foto geschossen hatte. Darunter stand:

Ist er der Mörder? Der aus Wien ebenfalls zu dem Fest angereiste Ludwig H. geriet unter akuten Mordverdacht. Kurz vor der Tat hatte er in der Stadthalle eine schwere Auseinandersetzung mit dem Mordopfer. Außerdem hat er für die Tatzeit kein Alibi, wie uns die Polizei mitteilte. Ingeborg Wesel, die ermittelnde Kommissarin in diesem Fall, sagte gegenüber unserer Zeitung: »Man darf ja nicht voreilig sein und jemanden ohne Beweise eines schweren Verbrechens bezichtigen, aber die Fakten und die Indizien lassen derzeit kaum eine andere Möglichkeit zu, als dass es sich bei Herrn H. um den Täter handelt. Er hat sich in Widersprüche verwickelt, Allerdings müssen wir noch herausfinden, welches Motiv Ludwig H. hatte.«

Darauf folgte eine Lobeshymne auf die perfekte Arbeit der Biberacher Kripo und insbesondere ihrer Kommissarin Ingeborg Wesel. Eine Hand wäscht ja bekanntlich die andere, dachte Ludwig.

Jetzt war ihm klar, warum die Angestellten des Hotels so reserviert reagierten. Man hatte Ludwig in der Presse als Mörder bezichtigt. Irgendwann hörte der Spaß aber auf. Jetzt war Schluss mit lustig! Jetzt sollte ihn diese Frau Wesel einmal kennenlernen.

Er rief seine Frau an und teilte ihr seine missliche Lage mit.

»Hearst, Wiggerl, du a Mörder? San die alle deppert, die Deitschn?«, kommentierte Lea.

»Mindestens die Kommissarin. I glaub, des is a Fetzenschädel, die is so goschert, dees glaubst gar net«, antwortete Ludwig im schönsten Wiener Dialekt.

»Wann i dir nix glaub, aba des glaub i dir sofort«, feixte seine Ehefrau. »Du muast übrigens no bei eich im Kommissariat oruafn, die wissen jo no goar nix vom Mörder Hirschberger«, lachte seine Frau ins Telefon.

»Na, du bist mir vielleicht a Hilf. Also Servus und baba.«

Ludwig legte auf, um umgehend seine Dienststelle anzurufen. Als er seine missliche Lage kundtat, meinte Hofrat Franz Pöltinger, sein direkter Vorgesetzter, dass das ja wohl ein schlechter Scherz sein müsse. Er werde sofort Himmel und Hölle in Bewegung setzen und Ludwig schnellstens aus seiner Lage befreien. Er werde das Innenministerium einschalten. Man lasse es sich nicht gefallen, dass ein österreichischer Polizeioffizier ohne triftigen Grund festgehalten werde. Man werde sämtliche diplomatischen Möglichkeiten in Anspruch nehmen. Hofrat Pöltinger meinte, Ludwig solle den Kopf hochhalten. Das Ganze würde sich bald als banaler Irrtum herausstellen.

Dann sah Ludwig das Schreiben des Hotels. Darauf stand:

Sehr geehrter Herr Hirschberger,

aufgrund der Buchungssituation sind wir leider gezwungen, Sie zu bitten, unser Hotel zu verlassen. Sie hatten ursprünglich nur bis heute gebucht. Durch ein Versehen einer unserer

Mitarbeiterinnen hatten wir Ihnen fälschlicherweise mitgeteilt, dass Sie das Zimmer weiterbenutzen können. Dem ist jedoch leider nicht so. Aus diesem Grunde möchten wir Sie höflichst bitten, Ihr Zimmer bis spätestens 11 Uhr zu räumen und die Rechnung zu begleichen. Wir hoffen, Sie haben Verständnis für diese Situation.

Mit freundlichen Grüßen
Die Hotelleitung

Aha, jetzt warf man ihn sogar aus dem Hotel. Ja klar doch, welches Hotel beherbergte schon gerne einen Mörder. Auch wenn man ihm den Mord gar nicht nachweisen konnte. Auch wenn man nur fadenscheinige Indizien zusammenreimte. Trotzdem: Auf so einen Hotelgast verzichtete man gerne.

Ludwig packte seinen Koffer, bezahlte die Rechnung und verließ das Hotel. Danach ging er aufs Kommissariat und wollte Inge Wesel sprechen. Die aber war nicht da und so musste er mit Linde Schwegler vorliebnehmen. Ludwig musste sich zusammenreißen und seine Wut kontrollieren. Linde Schwegler war an seiner misslichen Lage nicht schuld, die Schuldige war in erster Linie ihre Chefin. Und in zweiter Linie Monika Müller-Biel.

»Jetzt bin ich schneller wieder hier, als mir lieb ist«, meinte Ludwig zur Assistentin der Kommissarin, »aber das Hotel hat mich vor die Tür gesetzt. Ist ja auch verständlich – nach diesem Zeitungsbericht. Ich jedenfalls sitze jetzt auf der Straße, verschuldet durch Ihre Chefin. Jetzt soll die mir gefälligst ein neues Hotelzimmer suchen«, raunzte Ludwig.

»Das wird nicht einfach sein in der Schützenwoche. Ich halte das sogar für unmöglich, außerdem ist Frau Wesel gar nicht hier, sie ist in Bad Schussenried.« Linde Schwegler erschrak. »Upps, das hätte ich Ihnen jetzt gar nicht sagen dürfen.«

»Keine Angst, ich werde Sie nicht verraten.«

Trotz seiner schwierigen Lage konnte Ludwig Freund und Feind noch genau unterscheiden. Linde Schwegler gehörte nicht zu den Feinden, das war ihm klar. Und womöglich war das auch gar kein Versehen, dass ihm die Assistentin erzählte, Inge Wesel sei in Schussenried. Jedenfalls wusste Ludwig jetzt, dass sie auch in Richtung Gerhard Zielinski ermittelte.

»Ich kann mir kaum vorstellen, dass Sie in einer Zelle nächtigen wollen, Herr Hirschberger. Ich hätte zu Hause ein Zimmer frei, das würde ich Ihnen ja ganz gerne anbieten. Aber ich habe Angst, dass die Frau Wesel mir deswegen Probleme macht. Die ist sowieso zurzeit nicht gut auf mich zu sprechen.«

Das war jetzt sehr nett von Linde Schwegler. Auch sie war offensichtlich auf Kriegsfuß mit ihrer Vorgesetzten.

»Ich kann mir überhaupt nicht vorstellen, dass Frau Wesel auf irgendjemanden gut zu sprechen ist«, sagte Ludwig.

»Oh doch, es gibt Leute mit denen ist sie sogar etwas befreundet. Monika Müller-Biel gehört auch dazu.«

Die Assistentin kicherte dabei, was Ludwig witzig fand.

»Das ist nicht zu übersehen«, meinte Ludwig, dem klar war, dass er hier und jetzt nichts ausrichten konnte. »Ich sehe mir jetzt den Schülerumzug an und versuche anschließend, mit Lothar Sattler zu reden. Vielleicht kann der mir ja helfen.«

Ludwig begab sich zum Marktplatz, der Schülerumzug wurde »Bunter Zug« genannt. Ludwig kam aus dem Staunen gar nicht mehr heraus. Welch ein Unterschied zu früher. Was für ein Happening. Welche Kreativität wurde hier an den Tag gelegt. Ein Umzug, bei dem sich spektakulär ein Highlight an das andere reihte. Jede Schulklasse überbot sich an Ideen und Einfällen. Dazwischen die Trommlerkorps, Spielmannszüge und Kapellen. Allen voran die kleinen Schützentrommler.

Was hatte sein Schulfreund Lothar Sattler aus diesem Schülerumzug gezaubert. Es war sensationell. Ludwig war begeistert. Wirklich schade, dass Lea und Marco nicht hier waren, auch ihnen hätte dieses Feuerwerk an Ideen gefallen. Welch ein Unterschied zu früher!

Ludwig erinnerte sich an seine eigene Schulzeit: Der Montagsumzug war ihm damals immer ein Gräuel. Alle Schüler mussten sich mit weißen Hemden, kurzen weißen Hosen und weißen Kniestrümpfen zum Schülergottesdienst einfinden. Danach ging es zum Umzug. Hinter einer Musikkapelle hieß es für alle Schüler, im Gleichschritt zu marschieren. Alle Jungen in ihren kurzen weißen Hosen und alle Mädchen in weißen Röckchen und weißen Blusen. Und natürlich auch in weißen Kniestrümpfen. Klasse für Klasse. Schule für Schule. Alle im Gleichschritt, marsch. Man schrieb zwar schon die späten 50er-Jahre, aber hier wehte noch immer ein bisschen Nazi-Wind durch die Kleinstadt. Oder Turnvater-Jahn-Nostalgie.

Ganz im Gegensatz zu dem, was Ludwig jetzt sah. Weiter ging der Schülerumzug, weiter jagte eine Sensation die andere. Als der Umzug beendet war und alle Beteiligten und Zuschauer das berühmte Biberacher Schützenfestlied »Rund um mich her ist alles Freude« anstimmten, standen Ludwig die Tränen in den Augen. Er konnte deswegen nicht mitsingen, obwohl er noch alle drei Strophen auswendig beherrschte.

Jäh wurde er aus seiner Stimmung gerissen.

»Na, du Mörder, haben sie dich noch nicht eingelocht?«, wurde er von einem jungen Mann angepöbelt, den er noch nie in seinem Leben gesehen hatte.

Sofort bildete sich eine Menschentraube um Ludwig.

»Wie Sie sehen, bin ich auf freiem Fuß. Ich bin kein Mörder und war nie einer. Also lassen Sie mich gefälligst in Ruhe, Sie unverschämter Kerl.«

Ludwig wusste, dass man in einem solchen Moment sehr selbstbewusst auftreten musste.

»Halt 's Maul, du Mörder, solche Typen wie dich sollte man gleich aufhängen«, erwiderte der junge Mann.

Aus der Schar der Umstehenden hörte Ludwig Sätze wie:

»Standrechtlich erschießen.«

»Auf der Flucht erschossen!«

»Am Sack aufhängen.«

»Z'tot schlaga.«

Jetzt wurde es echt gefährlich. Jetzt bekam Ludwig Angst. Panik machte sich in ihm breit. Die lynchen mich jetzt, ging es ihm durch den Kopf.

Ludwig wurde sich jetzt selbst der Macht der Presse bewusst. Er konnte jetzt mitfühlen mit den gehetzt scheinenden Verdächtigen, die er täglich vernehmen musste. Schuldig oder nicht, das war nicht die Frage. Was die Presse schrieb, was der Asphalt glaubte, war entscheidend.

»Den großen Verbrecherversteher spielen im Fernsehen, aber selbst ein gemeiner, hinterhältiger Mörder sein. Komm her, du Drecksau, versuch doch mal, mich umzubringen!«, grölte der Rädelsführer.

Gerade als sich die Meute auf Ludwig stürzen wollte, donnerte Lothar Sattlers Stimme über den Platz.

»Wer ist hier eine Drecksau, wer ist hier ein Mörder? Was? Wer ist hier ein Verbrecher? Der ganz bestimmt nicht!«

Lothar zeigte dabei auf Ludwig. Er war in Biberach schon so etwas wie eine Respektsperson. Gott sei Dank. Das merkte Ludwig spätestens jetzt.

»Wer den schlagen will, muss zuerst mich schlagen. Und dem, der mich zuerst schlägt, dem gnade Gott, das kann ich euch versprechen. Haut ab, aber ganz schnell, bevor ich die Polizei hole. Die stellt dann fest, wer hier ein Verbrechen begehen will!«, verschaffte sich Lothar Gehör.

Beeindruckt ob solcher Zivilcourage, verwundert, dass ausgerechnet Lothar Sattler Partei für den scheinbaren Mörder ergriff, stob die Menge auseinander und verteilte sich.

»Puh, das war jetzt aber knapp. Vielen Dank, Lolo!«

Ludwig war sich durchaus im Klaren, wovor ihn Lothar bewahrt hatte.

»Die hat doch nicht alle Pferde im Stall, die spinnt doch.«

Die Stimme von Lothar war über den ganzen Markplatz zu hören.

»Wer, die Kommissarin?«, fragte Ludwig.

»Die auch, aber hauptsächlich Monika Müller-Biel. Wie kann man nur so einen Schmarren schreiben. So ein Schmierfink!«

Fast brüllte es Lothar Sattler, so als müsse man es in den Redaktionsräumen des naheliegenden Verlagsgebäudes des *Oberland-Kuriers* hören.

»Das hat sie jetzt aber bestimmt gehört«, sagte Ludwig.

»Und wenn nicht, sage ich ihr es jetzt höchstpersönlich!«

Der Lokalpolitiker war in höchster Rage und Ludwig musste ihn bremsen.

»Lass es, Lothar, ich werde damit schon fertig. Ich darf mich jetzt halt nicht mehr so in der Öffentlichkeit zeigen, bis der ganze Fall erledigt ist. Viel schlimmer ist für mich, dass die mich aus meinem Hotel geworfen haben!«

»Waaas haben die?«

Lothar konnte es kaum glauben.

»Die haben mir heute mitgeteilt, dass sie das Zimmer anderweitig benötigen, und mich höflich gebeten abzureisen! Und jetzt wollte ich dich bitten, mir bei der Suche nach einem anderen Hotel behilflich zu sein.«

»Das ist jetzt nicht dein Ernst!« Lothar konnte es nicht fassen. »Du gehst in kein anderes Hotel, du kommst erst mal mit zu mir nach Hause. Da bist du auf jeden Fall sicher. Und dem Hotelbesitzer mache ich klar, dass er sich seinen beantragten Anbau abschminken kann. Was glaubt denn der Mensch!«

Fuchsteufelswild wollte er sich schnurstracks auf den Weg machen.

»Lass, Lolo. Wenn du Hotelbesitzer wärst und hättest über die Schützen ein vollbesetztes Haus, würdest du da einen Gast haben wollen, der unter Mordverdacht steht? Das kann der doch seinen anderen Gästen gar nicht zumuten.«

Ludwig musste seinen Freund besänftigen.

»Außerdem hast du im Augenblick anderes zu tun, als dich um meine Angelegenheiten zu kümmern. Heute ist Schützenmontag, dein Tag. Im Übrigen: Der Umzug war fantastisch. Genial. Was du aus diesem Schützenmontagsumzug gemacht hast. Alle Achtung!«

»Schön, wenn's dir gefallen hat. Weißt du, die Idee ist mir schon gekommen, als wir noch Kinder waren und mit unseren weißen Uniformen im Gleichschritt durch die Stadt marschieren mussten. Ich musste damals ein Schild durch die Stadt tragen. Darauf stand: *Lasst sorgenlos die Kinder spielen, eh sie den Ernst des Lebens fühlen*. Wenn das das

Motto dieses Festes sein soll, dann weiß ich nicht, warum wir hier im Gleichschritt durch die Stadt marschieren sollen, dachte ich mir damals. Deshalb bin ich später Schützendirektor geworden, deshalb wollte ich unbedingt diesen Umzug verändern.«

Die Begeisterung stand Lothar ins Gesicht geschrieben. Genau dieselbe Begeisterung, die auch diesen herrlichen Umzug getragen hatte.

»Hier ist mein Hausschlüssel, meine Wohnung ist hier gleich um die Ecke. Der Kühlschrank ist voll. Ich muss ja jetzt zum Empfang. Nimm meine Sonnenbrille, dann erkennt dich keiner.«

Er gab Ludwig Schlüssel und Brille und ging.

Ludwig konnte ganz genau einschätzen, was er Lothar zu verdanken hatte. Er war seine einzige Stütze in dieser schwierigen Phase. Keiner seiner Freunde in Wien konnte ihm hier helfen. Keiner war da. Keiner wusste auch nur im Entferntesten, was hier abging.

Er würde für Lothar den nächsten Ausflug der Schützendirektion organisieren. Er würde ihnen Wien zeigen. Nicht das Wien für die Touristen. Nein, er würde ihnen das wirkliche Wien zeigen, würde ihnen Winkel zeigen, in die sich kaum einmal ein Tourist hin verirrt, würde mit ihnen zu Heurigen-Orten gehen, die noch gar nie eine Reisegruppe gesehen hatte, würde Lokale und Veranstaltungen mit ihnen besuchen, von denen sie noch nie zuvor etwas gehört hatten.

Aber zuerst musste er sich aus dieser misslichen Situation befreien.

Besonders gut schlief Ludwig in dieser Nacht nicht. Zum einen grübelte er ewig über seine Situation nach und zum anderen kam das Geräusch der feiernden Meute von der nahen Consulentengasse immer wieder zu der Wohnung von Lothar Sattler herüber. Dieser schlief noch selig, während sich Ludwig schon das Frühstück bereitete. Den *Oberland-Kurier* holte er sich aus dem Briefkasten. Er war gespannt, welche Gemeinheiten sich Monika Müller-Biel heute wieder ausgedacht hatte. Und er wurde nicht enttäuscht.

Mordverdächtiger provoziert Biberacher Festbesucher!

Von Monika Müller-Biel

Der unter Mordverdacht stehende Wiener Polizist Ludwig H. lässt offenbar kein Fettnäpfchen aus. Nicht genug, dass bei diesem Verdächtigen offenbar eine Ausnahme gemacht wird und er nicht in U-Haft gebracht wurde. Nein, Herr H. musste sich unbedingt unter die Festgäste beim Bunten Zug mitten auf den Marktplatz stellen und provozierte damit die Biberacher.

Kein Wunder, dass die Situation eskalierte. Nur dem entschlossenen Eingreifen des Kreis- und Gemeinderates Lothar Sattler ist es zu verdanken, dass es zu keinen Handgreiflichkeiten gegenüber dem Mordverdächtigen kam.

Man muss sich wirklich langsam fragen, was denn noch alles passieren muss, damit Herr H. hinter Schloss und Riegel gebracht wird.

Wenigstens aus seinem Hotel ist er hochkantig hinausgeflogen. Es scheint noch Biberacher mit Anstand zu geben.

Ja, aber du gehörst ganz sicher nicht dazu, liebste Monika, dachte sich Ludwig. In diesem Augenblick klingelte Lothars Wecker. Verschlafen kam er zum Frühstückstisch und murmelte: »Hm, riecht aber gut hier«, setzte sich hin und frühstückte. Dazu las er die Zeitung. Nur Kopfschütteln hatte er für den Artikel von Monika Müller-Biel übrig.

»Wenn die beiden Hexen einen in der Mangel haben, na, dann gute Nacht. Jedenfalls wirst du dir den Umzug heute nicht vom Marktplatz aus ansehen. Eine Kollegin von mir hat eine Wohnung in der Bürgerturmstraße. Hier hast du den Schlüssel. Haus Nummer 8, erster Stock, zweite Türe rechts. Da hast du einen wunderbaren Blick auf den Umzug. Hier hast du noch eine Perücke. Zieh sie dir auf und die Sonnenbrille, damit kommst du leicht und unbeobachtet dahin.«

»Ist sie nicht zu Hause?«, fragte Ludwig

»Nein, die muss wie ich beim Umzug mitmachen«, gab Lothar zurück.

»Oh Gott, ich kann ja den Umzug gar nicht anschauen, ich muss ja um halb neun auf dem Kommissariat sein.«

Das war zwar bedauerlich, aber Ludwig hatte nicht vor, den Termin zu versäumen.

Lothar Sattler schaute in sein Telefonbuch. Er wählte eine Nummer und ließ es lange klingeln, bis jemand abnahm.

»Liebe Frau Wesel, auch wenn Sie keine Biberacherin sind und vermutlich nie eine sein werden. Eines sollten auch Sie wissen: Der Schützendienstag ist in Biberach der wichtigste Feiertag des Jahres. Fast noch wichtiger als Weihnachten. Da muss man nicht um halb neun Leute einbestellen zum Verhör. ... Nein, jetzt rede ich, dass das klar ist. Ich empfehle Ihnen dringend, sich den Umzug wenigstens einmal anzusehen. Nur so haben Sie Gelegenheit, sich einmal richtig mit der Stadt zu befassen, in der Sie Dienst tun. Sie können Herrn Hirschberger um 13 Uhr von meiner Wohnung hier abholen. Und wehe, Sie erzählen der Moni, dass er jetzt bei mir wohnt … Ach wissen Sie was, Frau Wesel? Ich rede jetzt mal mit Ihrem Polizeipräsidenten und mache ihm die Sachlage klar. Und wenn Sie dann immer noch … Okay, Sie holen ihn um 13 Uhr hier ab. Doch, Sie holen ihn ab oder Sie lassen ihn abholen. Für den ganzen Schlamassel gestern sind nämlich Sie verantwortlich. Sie haben die Müller-Biel auf den Herrn Hirschberger angesetzt. Also, Sie holen den um 13 Uhr hier ab und damit basta. Alles klar? Und viel Spaß beim Umzug ansehen! Tschüss Frau Wesel.«

Lothar legte auf.

»Was glaubt dieser Hungerhaken eigentlich, wer ich bin? Jetzt muss ich der wirklich erst mit ihrem Präsidenten drohen, bis die ein Einsehen hat. Den sehe ich übrigens gleich beim Empfang im Rathaus. Bis dahin – tschüss.«

»Tschüss, und vielen Dank, Lothar. Wirst du dem Polizeipräsidenten trotzdem was erzählen?«, wollte Ludwig wissen.

»Im Leben nicht. Wir können uns nämlich nicht ausstehen«, meinte Lothar. »Weißt du, ich halte den Herrn Polizeipräsidenten nämlich für ein richtiges Arschloch. Er mich übrigens auch. Und wenn die Frau Wesel es jetzt hätte darauf ankommen lassen, hätte ich einen Rückzieher machen müssen.«

Lothar hatte es plötzlich eilig. Er musste ja zum Empfang aufs Rathaus.

Ludwig nahm Perücke und Sonnenbrille und begab sich zum Haus Bürgerturmstraße 8. Die Wohnung der Kollegin von Lothar lag direkt über der Buchhandlung Weichardt. Ludwig war ganz alleine in der Wohnung, die ein Fenster direkt zur Straße hatte. Dieses öffnete Ludwig und sah sich den historischen Festzug an.

Wieder überraschte ihn die Vielfalt des Gebotenen. Zwar hatte sich dieser Umzug seit seiner Kindheit nicht so progressiv entwickelt wie der Bunte Zug am Montag, aber alleine die Wucht der historischen Kostbarkeiten, die dieser riesige Umzug beinhaltete, war es wert, sich ihn anzusehen. Besonders angetan war Ludwig von der Schweden-Gruppe und den Kaiserlichen in originalgetreuen Kostümen aus dem Dreißigjährigen Krieg. Die Kaiserlichen mit dem K&K-Wappen waren die Pappenheimer Kürassiere, ein als besonders zuverlässig geltendes Bataillon des Kaisers. Daher kam ja auch der Spruch: »Ich kenne doch meine Pappenheimer.« Ludwig erkannte aber auch Kostüme, die er selbst anlässlich des Umzugs trug, als er noch in dieser Stadt zur Schule ging. In dieser Stadt, die ihm jetzt so viel Probleme bereitete.

Allzu gerne wäre Ludwig noch auf den Gigelberg gegangen. Das Lagerleben mit den Schweden, den Kaiserlichen, mit der Schwarz-Veri-Gruppe, mit den Gauklern, dem Baltringer Haufen aus den Bauernkriegen wäre sicher einen Besuch wert, zumal bei diesem herrlichen Wetter. Das Herrgöttle von Biberach spielte wieder einmal mit.

Aber leider blieb ihm das vorenthalten. Zum einen wäre es zu riskant gewesen. Die Gefahr, enttarnt zu werden, war trotz Sonnenbrille und Perücke riesig. Und zum anderen ließ ihn Ingeborg Wesel ja um 13 Uhr abholen.

Ludwig hoffte inständig, dass sie sich an die Abmachung mit Lothar hielt und Monika Müller-Biel nichts über seinen Aufenthaltsort mitteilte, sonst hätte er wirklich noch in Polizeigewahrsam gehen müssen.

Pünktlich um 13 Uhr stand Linde Schwegler vor Lothars Haustür und klingelte. Ludwig öffnete die Tür.

»Oh, ich soll hier einen Herrn Hirschberger abholen«, sagte die Kriminal-Assistentin.

»Ich bin's ja«, entgegnete Ludwig und nahm die Sonnenbrille ab.

»Ich hätt Sie jetzt echt nicht erkannt, Herr Hirschberger«, meinte Linde Schwegler.

»Ja, gut so. Aber dass ich mich tarnen muss, hat Ihre Chefin zu verantworten. Hätte sie Frau Müller-Biel verboten, das Bild in der Zeitung zu veröffentlichen, hätte ich jetzt nicht solche Probleme«, legte Ludwig los.

Wieder traf es die Assistentin, die doch gar nichts dafür konnte.

»Sie kennen ja die Müller-Biel. Wenn die Sie nicht beim Verhör fotografiert hätte, hätte die garantiert später eine Aufnahme von Ihnen gemacht. Wenn es sein muss, sogar auf dem Klo. Aber Sie haben recht, sie sind sehr gut miteinander, die Frau Müller-Biel und die Kommissarin. Ein Herz und eine Seele«, erläuterte Linde Schwegler.

»Wobei die beiden weder ein Herz noch eine Seele haben«, lachte Ludwig und auch die Assistentin musste schmunzeln.

Das Schmunzeln verging Ludwig aber bald wieder.

Er wunderte sich, dass ein Fernsehteam des ORF-Landesstudios Vorarlberg in Biberach offenbar das Schützenfest filmen wollte. Der Übertragungswagen parkte direkt neben dem Kommissariat. Als er Edgar Unterthaler von der Zeit-im-Bild-Nachrichtenredaktion, deren Sendung der Tagesschau entsprach, sah, war seine Verwunderung umso größer.

Linde Schwegler brachte Ludwig zur Kommissarin, die grußlos das Verhör begann.

»Also, zu Ihrem Herrn Zielinski haben wir überhaupt keine Spur, Herr Hirschberger.«

»Also, das ist auch nicht mein Herr Zielinski. Damit wir das mal festhalten, liebe Frau Wesel. Das ist bestenfalls Frau Zielinskis Sohn«, echauffierte sich Ludwig.

»Ja mein Gott, dann halt der Herr Zielinski. Also, ich hab mir die Mühe gemacht oder besser die Frau Schwegler hat sich die Mühe gemacht, alles über Gerhard Zielinski herauszufinden. Nach seiner Jugendstrafe ging er in die Fremdenlegion. Nach einem Einsatz im Libanon blieb er für einige Zeit im Nahen Osten, bis er 1984 in den Sudan ging. Als Freiheitskämpfer. Ich meine ja, er war so etwas wie ein Söldner, ein Scherge.«

Inge Wesel las in ihren Akten, ohne zu Ludwig aufzublicken. Entweder war das Unsicherheit oder Arroganz. Ludwig glaubte eher an Letzteres und ließ die Kommissarin fortfahren.

»Danach arbeitete er als Mineur in einem Bergwerk in Südafrika. 1989 erwischte man ihn, als er Diamanten aus dem Bergwerk schmuggeln wollte. Er erhielt eine zweijährige Freiheitsstrafe. Nach deren Verbüßung soll er wieder in den Nahen Osten nach Damaskus gegangen sein. Und da verliert sich unsere Spur. Wir haben seine Fingerabdrücke, konnten aber keine der gefundenen Abdrücke an der Leiche Herrn Zielinski zuordnen; im Gegensatz zu den Ihren!«

»Na, ich habe vielleicht versucht, Bobby Maurer das Leben zu retten. Da hinterlässt man Fingerabdrücke. An der Kleidung und am Tatort. Das sollten sogar Sie wissen, Frau Wesel. Und es können weiß Gott wie viele Leute bestätigen, dass ich Wiederbelebungsversuche bei Bobby unternommen habe. Leider erfolglos. Haben Sie sich schon mal Gedanken darüber gemacht?«

Ludwig nahm wie immer kein Blatt vor den Mund, bemühte sich aber, höflich und sachlich zu bleiben.

»Oh ja, die habe ich mir gemacht, Herr Hirschberger. Und ob ich mir die gemacht habe. Ich habe noch viel mehr. Ich habe nämlich das Obduktionsergebnis vorliegen. Robert Maurer wurde tatsächlich erwürgt. Allerdings ist uns das Werkzeug völlig unbekannt, mit dem das geschehen ist. Und es muss ein absoluter Profi gewesen sein, der die Tat begangen hat. Ein Profi, der sich auskennt, der alle scheußlichen und perfiden Tötungsarten kennt, die es auf der Welt so gibt. Und wissen Sie, was ich glaube? Sie sind so ein Mensch. Sie sind so ein Profi, der sich seit Jahrzehnten mit allen möglichen Tötungsarten befasst. Nur Sie hatten von allen Verdächtigen Zugang zu solchen Daten. Wir haben die Ergebnisse der Obduktion jetzt an das Landeskriminalamt nach Stuttgart geschickt. Die können feststellen, ob und in welchem Tötungsdelikt diese Tötungsart angewendet wurde. Alle Fälle, in ganz Europa. Und wehe, Herr Hirschberger, wir kommen darauf, dass Sie einen solchen Fall bearbeitet haben. Dann sind Sie dran!«

Kommissarin Wesel wirkte sehr bedrohlich.

»Und wenn nicht?«

Da Ludwig die Obduktionsergebnisse nicht vorgelegt wurden, konnte er gar nicht sagen, ob er so einen Fall je einmal bearbeitet hatte.

»Bleiben Sie trotzdem mein Hauptverdächtiger. Sie sitzen so weit drin, dass schon einiges passieren müsste, dass Sie da wieder rauskommen, Herr Ex-Kollege.«

»Wieso Ex-Kollege?«

Ludwig war verwirrt.

»Weil der Herr da vom ORF, der im übrigen noch ein Interview mit Ihnen führen will, mir gesagt hat, dass Sie bis zur Klärung dieses Falles beurlaubt sind.«

Diesen Triumph kostete Inge Wesel aus. Fast triefte ihr der Speichel aus dem Mund vor Freude. Ludwig fand die Kommissarin nur noch ekelhaft.

Noch viel infamer empfand er allerdings, dass er von seiner Beurlaubung indirekt über den ORF erfuhr. Dieser Herr Hofrat Pöltinger mit seinem Blabla, der alle diplomatischen Möglichkeiten ausnutzen wollte, hatte ihn also fallengelassen. Wie eine heiße Kartoffel. Nach allem, was er für die Polizei in Wien getan hatte. Nach allem, was er für Hofrat Pöltinger getan hatte. Wahrscheinlich mussten es Lea und Marco auch aus der Presse erfahren.

Nein, es ging ihm nicht sonderlich gut, als ihn Edgar Unterthaler um ein Interview vor laufender Kamera bat. Aber der ORF hatte sich ihm gegenüber stets fair und anständig verhalten. Außerdem hatte er jetzt ausführlich Gelegenheit, sich in der Öffentlichkeit zu rechtfertigen. Deshalb stimmte Ludwig dem Interview zu.

»Herr Hirschberger, Sie gelten als renommierter Profiler in Österreich. Jetzt werden Sie selbst des Mordes verdächtigt. Wollen Sie uns etwas dazu sagen?«, fragte der Reporter.

»Ja, das will ich«, antwortete Ludwig. »Zuerst einmal: Ich bin derzeit der einzige Profiler in Österreich, da ist es kein Kunststück, renommiert zu sein. Nun aber zum Fall: Ein Schulfreund von mir ist am Samstag hier in Biberach getötet worden. Ich werde verdächtigt, weil ich kurz vor seinem Tod eine heftige Diskussion mit ihm hatte. Und weil ich danach kurz die Veranstaltung verlassen habe, auf der das Opfer und ich waren. Dummerweise kann ich nicht beweisen, dass eine Frau, die mich aufhielt, tatsächlich vor diesem

Saal war. Zu allem Überfluss habe ich mich in unmittelbarer Nähe des Tatortes aufgehalten. Das macht mich offensichtlich verdächtig. Ich kann allerdings allen Österreicherinnen und Österreichern versichern, dass ich mit dem Mord an Robert Maurer nichts, aber auch gar nichts zu tun habe.«

Unterthaler setzte die Befragung fort:

»Herr Hirschberger, während eines Umzuges gestern soll es zu Übergriffen gegen Ihre Person gekommen sein. Können Sie unseren Zuschauern hierzu etwas sagen?«

»Ja, das kann ich«, antwortete Ludwig, »man sollte das Ganze nicht so hoch hängen. Ein paar junge Burschen haben in einer Zeitung ein Bild von mir gesehen, wobei ich als Verdächtiger bezeichnet wurde. Die wollten sich halt wichtig machen, das war alles nicht so schlimm.«

»Die Kommissarin spricht von einem dringenden Tatverdacht. Können Sie sich das erklären?«

»Nein, das kann ich nicht. Ich kann das auch nicht nachvollziehen.«

Ludwig sah seine Chance gekommen. Auch in Biberach war der ORF zu empfangen und Inge Wesel würde die ZiB am Abend sicher ansehen.

»Ich glaube, dass man hier nur in eine Richtung ermittelt, nämlich in meine. Alle Versuche, die Behörde hier zu überzeugen, dass sie sich auf dem Holzweg befindet, sind bisher fehlgeschlagen.«

»Haben Sie denn selbst eine Idee, was passiert sein könnte?«, fragte der ORF-Mann.

»Sehen Sie, die Tätigkeit eines Fall-Analytikers bedarf der Zusammenarbeit mit vielen Institutionen. Aus allen Ergebnissen und der genauen Tatort-Analyse erstellt er das Täter-Profil. Außer dem nackten Tatort habe ich bis jetzt nichts zu Gesicht bekommen. Da ist es unmöglich, auch nur eine halbwegs professionelle Analyse zu erstellen. Das Ganze hat allerdings auch einen Vorteil …«

»Welchen?«

»Nun, ich bin jetzt in der Lage, mit einem Verdächtigen mitzufühlen. Ich kann jetzt nachvollziehen, wie gehetzt man sich fühlt, wenn man in Verdacht gerät, eine so schlimme Tat begangen zu haben. Und ich werde dies in Zukunft bei meiner Arbeit sicher berücksichtigen.«

»Falls es noch eine Zukunft bei der Wiener Polizei für Sie gibt. Es droht Ihnen offenbar die baldige Festnahme.«

Der Reporter wusste also viel mehr als Ludwig selbst.

»Zunächst einmal hoffe ich doch auf eine Zukunft bei der Wiener Polizei. Und zum anderen: Ich kenne ja den Druck, den die Medien bei einem Mordfall auf die Kripo machen. Da ist man schon einmal geneigt, einen frühen Festnahme-Erfolg zu präsentieren. Davor fürchte ich mich aber nicht. Ich habe immer noch Vertrauen in die Behörden unseres Nachbarlandes.«

»Ihre Behörde hat uns mitgeteilt, dass der Herr Hofrat Pöltinger alle Ihre Fälle übernehmen wird, auch den Fall Natascha Kampusch. Wird sich dadurch Ihrer Meinung nach irgendetwas ändern? Ich meine besonders im Falle Kampusch?«

Wie immer fragte Unterthaler sehr direkt und offen. Ludwig gefiel so etwas.

»Sehen Sie, ich kann von hier aus der Ferne nichts dazu sagen. Was ich Ihnen jedoch sagen kann, ist, dass ich der Überzeugung bin, dass alle meine Fälle in den Händen von Hofrat Pöltinger bestens aufgehoben sind.«

»Herr Hirschberger, wir danken Ihnen für das Interview und wünschen Ihnen alles Gute, falls Sie tatsächlich nichts mit dem Mord zu tun haben.«

Nachdem die Kameras abgeschaltet worden waren, fragte Edgar Unterthaler Ludwig:

»Und was ändert sich im Fall Natascha Kampusch wirklich?«

»Hören Sie zu, Herr Unterthaler, der Zorn ist ein schlechter Ratgeber. Und ich bin zornig. Sehr zornig sogar. Über die ganzen Umstände hier. Dass ich eines Mordes an einem Freund verdächtigt werde, den ich nicht begangen habe, und dass meine Meriten bei der Wiener Polizei offenbar gar nichts zählen. Das muss man sich einmal geben. Keine Unterstützung. Außer ein paar Worthülsen, leeren Versprechungen, nichts. Gar nichts. Und trotzdem sage ich Ihnen, was sich im Fall Natascha Kampusch wirklich ändert: Ich habe Natascha gesucht, Pöltinger sucht ihren Mörder. Schade für das Mädchen.«

Der ORF-Mann sah ihn sehr nachdenklich an, nickte dann kurz und klopfte ihm auf die Schulter.

»Wissen S', i glaub wirklich net, dass Sie a Mörder san!«

Linde Schwegler fuhr Ludwig wieder in die Wohnung von Lothar. Lothar war natürlich wieder auf dem Schützenfest, sodass Ludwig die Wohnung für sich alleine hatte, was ihm sehr angenehm war. Er rief kurz bei Lea an und bat sie, auf der Nummer von Lothar zurückzurufen. Er wollte dem Freund ja nicht noch Telefonkosten für seine Großzügigkeit aufbrummen. Er erzählte Lea von seiner Beurlaubung und dass er es vom ORF hatte erfahren müssen.

»Na, der Pöltinger kriagt kaane Zwetschkenröster mehr von mir«, polterte Lea los.

Und Ludwig wusste, dass sie das ernst meinte. Hofrat Pöltinger würde das Haus Hirschberger nicht mehr betreten. Davon war Ludwig überzeugt. Dazu kannte er seine Lea gut genug. Sie fehlte ihm. Sehr sogar. Aber er sagte es ihr nicht, weil er fest daran glaubte, dass sie es wusste. Ludwig redete über solche Dinge nicht sehr gerne.

Am Abend sah er sich natürlich die ZiB im ORF an. Und er war sich sicher, nicht der Einzige in Biberach an diesem Abend zu sein, der sich die ZiB anschaute.

Nach den Weltnachrichten sagte die Sprecherin:

Und nun, meine Damen und Herrn, kommen wir zum Fall Ludwig Hirschberger. Der bekannte österreichische Profiler wird verdächtigt, einen Jugendfreund bei einer Feier in seiner Geburtsstadt Biberach in Baden-Württemberg getötet zu haben. Viele hier in Wien halten es für ausgeschlossen, dass Hirschberger so eine Tat begangen haben könnte. Edgar Unterthaler ist der Sache nachgegangen und hat Ludwig Hirschberger in Biberach zu den Vorwürfen befragt.

Dann kam der Film mit dem Interview. Danach fuhr die Sprecherin fort:

Das Innenministerium ließ verlauten, dass Herr Hirschberger zu seinem eigenen Schutz bis zur Klärung des Falles beurlaubt ist. Das ist insofern interessant, weil Hirschberger sich sehr intensiv um den Fall Natascha Kampusch gekümmert hat. Jenem Mädchen, das im vergangenen Jahr in Wien auf offener Straße entführt wurde und seither als vermisst gilt. Hirschberger ging immer davon aus, dass Natascha Kampusch noch am Leben ist. Zu einer Stellungnahme waren weder das Innenministerium noch das Polizeipräsidium bereit. Wir werden Sie weiter auf dem Laufenden halten.

Später am Abend kam Lothar nach Hause und brachte eine junge, sehr hübsche Frau mit.

»Na, du Fernsehstar, jetzt bis du ja berühmt geworden. Das ist Elvira, du kannst ihr den Schlüssel gleich selbst geben. Es war ihre Wohnung, in der du den Umzug heute angeschaut hast.«

»Vielen Dank, Frau Elvira, dass ich in Ihre Wohnung durfte.«

Ludwig besah sich diese Elvira genauer. Sie war ein blonder Engel, eine Schönheit. Bildhübsch, schlank, irrsinnig lange Beine – und viel zu jung für Lothar. Aber das ging Ludwig gar nichts an.

»Ich habe ja gar nicht gewusst, dass du dich mit dem Fall Kampusch beschäftigst«, meinte Lothar.

»Ich rede ungern über meine aktuellen Fälle«, wich Ludwig aus.

Er sprach tatsächlich nie über seine Fälle außerhalb seines Büros und hatte damit Lea schon zum Wahnsinn getrieben.

»Du, wir gehen zu einer privaten Feier nach Rißegg. Wenn du Lust hast, komm doch einfach mit. Es sind garantiert keine Leute von der Polizei oder von der Presse dabei.«

Es war wirklich gut gemeint von Lothar.

»Nee, tut mir leid, aber ich möchte im Augenblick am liebsten alleine sein. Bitte versteht das. Außerdem würde ich dich eventuell in Probleme bringen, Lolo«, entschuldigte sich Ludwig.

»Mich in Probleme? Mich bringt keiner in Probleme! Höchstens ich selbst. Hahaha. Aber gut, wenn du alleine bleiben willst, auch okay. In dem Fall, schönen Abend.«

Lothar war immer noch so herrlich unkompliziert wie früher und er hatte immer noch diesen riesigen Berg an Selbstbewusstsein, um den er ihn immer schon beneidete. Lothar Sattler hielt sich für unverwundbar. Ihm konnte keiner!

Auch am nächsten Morgen stand Ludwig als Erster auf. Er holte sich den *Oberland-Kurier* aus dem Briefkasten und wartete auf Monika Müller-Biels nächste Unverschämtheit.

Der Gipfel: Der Hauptverdächtige spielt im Fernsehen das Unschuldslamm.

Von Monika Müller-Biel

Nur wenige Biberacher werden gestern im österreichischen Fernsehen die »Zeit im Bild« angesehen haben. Für alle, die auf dem Schützenfest waren: Sie haben nichts versäumt. Ludwig H. hat in seinem »Heimatsender« jegliche Schuld von sich gewiesen. Und sogar gefordert, bald wieder in den österreichischen Dienst aufgenommen zu werden. Seine Vorgesetzten sehen das allerdings anders und haben ihn beurlaubt. Der Urlaub dürfte allem Anschein nach länger dauern, denn nun wird man Hirschberger wohl endlich dem Haftrichter vorführen. Und dann wird er Wien für lange Zeit nicht mehr sehen.

Darunter standen der gesamte Wortlaut des Interviews und ein Foto, das Ludwig mit Edgar Unterthaler vor der Kamera zeigte. Ludwig war sich gar nicht bewusst gewesen, dass die Müller-Biel sich während des Interviews in der Nähe aufgehalten hatte. Vermutlich hatte sie wieder einen Tipp von Inge Wesel bekommen.

Der Wecker klingelte und Lothar Sattler bequemte sich zum Frühstückstisch. Er gähnte zweimal kräftig und fragte dann:

»Hast du etwas mehr Kaffee gemacht? Elvira hat heute Nacht hier geschlafen.«

»Ja, hab ich, es müsste genügend da sein.«

Dass Elvira hier geschlafen hatte, war schließlich nicht zu überhören gewesen. Aber das geht mich ja gar nichts an, dachte sich Ludwig. Schließlich war er froh, bei Lothar untergekommen zu sein. Aber ihm schien, dass der Freund die Frauen gerne mochte. Vor allem bei sich zu Hause. Immerhin hatte Lothar Charisma – und die Möglichkeiten, sich die Damen auszusuchen. Dennoch beneidete er Lothar nicht. Ludwig war die Geborgenheit der Familie wichtiger.

Elvira stand ebenfalls auf und setzte sich im Slip und BH neben Lothar zum Frühstück. Dass auch Ludwig mit am Tisch saß, schien sie überhaupt nicht zu stören. Ludwig störte sich auch nicht daran, im Gegenteil: Die attraktive Blondine gefiel ihm.

»Mhm, der Kaffee schmeckt aber lecker«, lobte Elvira den Kaffee, »nicht so 'ne dünne Brühe, wie du sie immer machst, Lolole.«

Ludwig musste unweigerlich lachen. Den Kosenamen Lolole hatte er noch nie gehört, fand ihn aber süß. Nur, er passte überhaupt nicht zu Lothar Sattler.

»Weißt du, Elvira …«

Ludwig duzte sie einfach. Wenn sie schon halbnackt am Tisch sitzt, kann ich sie auch duzen, rechtfertigte er sich im Stillen.

»… dieser Kaffee ist auf wienerische Art zubereitet. Wir Wiener trinken den Kaffee viel stärker, als man ihn hier in Deutschland zu sich nimmt. Schon die Aussprache ist anders: Hier legt man die Betonung aufs A und bei uns betont man das E.«

»Wenn das alles vorüber ist hier, fahren wir mal nach Wien und besuchen den Ludwig, gell Lolole?«, hauchte Elvira.

»Mal sehen. Übrigens spricht ganz Biberach über dich, Lude. Ich glaube, es war richtig, dass du gestern nicht mitgegangen bist. Die Müller-Biel hat es tatsächlich geschafft, dass dich die meisten für einen Mörder halten«, trompetete Lothar über den Kaffeetisch.

»Aber mein Lolole hat dich ganz toll verteidigt. Er hat allen erklärt, dass du kein Mörder sein kannst und dass er den Gerhard Zielinski für den wahren Mörder hält. Und weißt du was, Ludwig: Am Schluss haben es alle geglaubt!«

Elvira hatte eine tiefe, rauchige Stimme.

»In der Zeitung ist davon aber noch nichts zu lesen. Meine besondere Freundin Monika Müller-Biel hat schon wieder richtig Dampf abgelassen gegen mich«, sagte Ludwig.

»Diese Neurotikerin«, schimpfte Lothar, »du solltest langsam an juristische Schritte denken. So kann das nicht weitergehen!«

»Lass sie doch machen, Lolo.«

Ludwig hätte beinahe auch Lolole gesagt, konnte sich aber gerade noch bremsen.

»Überleg doch mal, wann kann die in Biberach über so einen Fall berichten. Wann fragen überregionale Medien bei Monika Müller-Biel nach? Das ist ihre Chance. Da lässt sich die nicht bremsen. Ich weiß, was ich getan habe und was nicht. Ich weiß, dass die mich ohne jeglichen Beweis nicht mehr allzu lange hier festhalten können. Also lass ihr doch den augenblicklichen Triumph. Ich werde in Kürze den meinen genießen.«

»Woher weißt du das denn so genau, wenn dich alle zum Mörder abstempeln? Mein Gott, ich habe gestern einen Mörder in meiner Wohnung gehabt.«

Elvira kicherte und heuchelte Schrecken vor.

»Wenn die einen Beweis hätten. Auch nur einen einzigen klitzekleinen Beweis gegen mich hätten. Was glaubst du, wo ich jetzt wäre? In U-Haft. Und zwar garantiert.«

Ludwig war sich seiner Sache wieder ziemlich sicher. Irgendwie tat ihm die nette, unbekümmerte Art von Elvira gut. Das war ein richtiges Kontrastprogramm zu Inge Wesel.

Es klingelte und Linde Schwegler stand unten, um Ludwig abzuholen. Schnell mal die Perücke auf und die Sonnenbrille und schon ging's wieder ab in Richtung Kommissariat.

Linde Schwegler wirkte heute Früh etwas wortkarger als sonst. Irgendeine Laus schien der sonst so freundlichen Assistentin über die Leber gelaufen sein. Also war auch Ludwig relativ ruhig. So was kann ja mal vorkommen, dachte er.

Ein Herr saß mit im Büro von Inge Wesel. Er stellte sich als Staatsanwalt Dr. Rüdiger Bellmann vor. Ein relativ junger Mann.

»Hüte dich vor jungen Staatsanwälten«, hatte ihn ein älterer Kollege einmal gewarnt. »Die müssen noch Meriten sammeln gehen, die sind alle scharf aufs Klagen!«

Das war also der Grund, warum Linde Schwegler so wortkarg war. Ihre Chefin, Kommissarin Ingeborg Wesel, wollte heute die Schlinge um den Hals des Delinquenten Ludwig Hirschberger zuziehen. Genauso wie sie glaubte, dass er es bei Bobby getan hatte.

Aber der Staatsanwalt machte nicht den Eindruck, dass er sich von Inge Wesel beeinflussen ließ. Relativ höflich begann er sein Verhör:

»Herr Hirschberger, wie gut kennen Sie Gerhard Zielinski?«

»Eigentlich kenne ich ihn überhaupt nicht«, ließ Ludwig wissen. »Wir sind zusammen auf die Grundschule gegangen und danach haben sich unsere Wege getrennt. Schon ein halbes Jahr später, als ich aufs Gymnasium ging, hat er mich nicht einmal mehr gegrüßt.«

»Aber Sie kennen seine Mutter?«

Das war also der Punkt, an dem ihn Bellmann festnageln wollte.

»Na ja, kennen ist übertrieben«, antwortete Ludwig, »ich habe am vergangenen Samstag ein paar Minuten mit ihr geredet. Soll ich den Inhalt des Gespräches wiederholen oder hat Ihnen Frau Wesel das Protokoll gezeigt?«

»Und von früher her, als Sie mit Gerhard Zielinski in die Grundschule gingen?«

Genau dieselbe Frage stellte der junge Staatsanwalt, die ihm Inge Wesel auch schon gestellt hatte.

»Nicht bewusst«, schränkte Ludwig ein. »Natürlich ist es möglich, dass ich die Frau damals gesehen habe, wenn sie Gerhard von der Schule abholte. Aber das haben viele Frauen getan. Persönlich hatte ich bis zum vergangenen Samstag, soweit ich mich erinnere, mit Frau Zielinski nie etwas zu tun. Zumindest habe ich nicht gewusst, wer mich am Samstag am Ärmel gezupft hat.«

»Sehen Sie, Herr Hirschberger, es geht um Folgendes: Das PLK in Bad Schussenried hat natürlich eine Überwachungskamera im Eingangsbereich. Wir haben uns die Mühe gemacht, die Aufnahmen des gesamten Samstags anzusehen. Frau Zielinski hat das Haus zusammen mit ihrem Pfleger um 14:30 Uhr zum täglichen Spaziergang verlassen und ist um 15:25 Uhr wieder mit ihm ins Haus zurückgekehrt. Danach hat sie das PLK an diesem Tag nicht mehr verlassen. Frau Zielinski kann sowieso nur gemeinsam mit ihrem Pfleger außer Haus«, konfrontierte der Staatsanwalt Ludwig mit den Fakten.

Aber sachlich, höflich und unaufgeregt. Nicht so hippelig wie die Wesel.

»Dürfte ich mir die Sequenzen, in denen Frau Zielinski das Haus verlässt und wieder betritt, einmal ansehen?«, bat Ludwig.

»Aber selbstverständlich«, sagte Dr. Bellmann, »Frau Wesel, zeigen Sie Herrn Hirschberger das Video.«

Ludwig konnte das Video in Augenschein nehmen. Es war in Schwarz-Weiß. Die Kamera hatte als Untertitel immer die aktuelle Zeit eingeblendet. Diese Zeit stimmte tatsächlich. Aber es stimmte noch etwas!

»Genau dasselbe Kleid hat Frau Zielinski am Samstagabend auch angehabt«, warf Ludwig ein.

»Welche Farbe hatte es?«, fauchte Inge Wesel dazwischen.

»Es war im oberen Teil beige, nein eher umbra. Und im unteren Teil würde ich sagen, so zwischen aubergine und weinrot.«

Danach wurde Ludwig zum ersten Mal überhaupt gefragt.

»Hm«, meinte der Staatsanwalt und sah Inge Wesel an, »genau dasselbe Kleid hat Frau Zielinski heute auch wieder an.«

Und zu Ludwig gerichtet:

»Wir würden Sie beide gerne gegenüberstellen. Vielleicht erkennt die Frau Zielinski Sie ja. Auch psychisch kranke Menschen verfügen ja über ein Gedächtnis.«

Inge Wesel ging hinaus und Zita Zielinski kam mit ihrem Pfleger herein.

»Hat mein Gerhard schon wieder was angestellt?«, fragte sie fast weinend.

»Nein, Frau Zielinski, Ihr Gerhard ist gar nicht hier. Ich möchte bloß von Ihnen wissen, ob Sie diesen Mann hier kennen?«, fragte der Staatsanwalt.

Die alte Frau sah Ludwig an.

»Jawohl, diesen Mann kenne ich. Der hat meinen Gerhard auf dem Bahnhof versteckt und jetzt kann er nicht mehr kommen.«

Und plötzlich brüllte sie Ludwig an:

»Geben Sie mir meinen Gerhard zurück!«

»Kommen Sie, Frau Zielinski, der Mann hat Ihren Gerhard nicht versteckt.«

Behutsam nahm der Pfleger Zielinskis Mutter an der Hand und führte sie hinaus.

»Der Arsch gehört ihm versohlt, dass er meinen Gerhard nicht mehr aus dem Bahnhof rauslässt«, rief die alte Frau noch hinterher.

Der junge Staatsanwalt schien nachdenklich geworden zu sein. Er sah Ludwig lange an und meinte dann:

»Frau Wesel, kommen Sie doch mal mit in mein Büro. Und Frau Schwegler kann Herrn Hirschberger ja solange einen Kaffee kochen.«

Mürrisch ging Inge Wesel hinter dem Staatsanwalt her.

Linde Schwegler war danach wie ausgewechselt. Fröhlich pfiff sie vor sich hin und kochte Ludwig den Kaffee.

»Wie hätten Sie ihn denn gerne, Herr Hirschberger?«, fragte die Assistentin.

»Stark und schwarz mit zwei Stück Zucker, bitte«, gab Ludwig zurück.

Der in Deutschland übliche Kaffee wurde in Wien gerne als »Gschloder« bezeichnet und den befürchtete er zu bekommen, wenn er ihn nicht extra stark bestellte. Was das Kaffeetrinken anbelangte, hatte Ludwig seine Wurzeln im Schwäbischen längst abgelegt.

Da ihm bewusst war, dass sich Linde Schwegler mit ihm nicht über den Fall unterhalten durfte, erzählte er ihr von

Wien. Sie kannte Wien, aber halt nur so, wie es Kurzzeit-Touristen zu kennen pflegen. Besonders interessierte sie sich für Kaiserin Elisabeth, die »Sisi«. Und über sie konnte ihr Ludwig eine ganze Menge erzählen. Lea war nämlich eine ausgesprochene Sisi-Spezialistin. Linde Schwegler war überrascht, dass Kaiserin Elisabeth so ganz anders, so viel emanzipierter gewesen war, als es die Sissi-Filme erscheinen ließen.

Inge Wesel kam alleine zurück.

»Grüße vom Staatsanwalt«, sagte sie mürrisch, »Sie können für heute gehen, müssen sich aber weiterhin zu unserer Verfügung halten. Morgen Vormittag werde ich Sie nochmals ausführlich zu Gerhard Zielinski befragen. Also denken Sie in Ihrem Interesse gut über ihn nach!«

»Mir ist noch etwas eingefallen, Frau Wesel«, sagte Ludwig.

»Schon wieder ein neuer Tatverdächtiger?«, fragte die Kommissarin nach.

»Nein.« Ludwig musste schmunzeln. »Aber die Zeitdifferenz zwischen dem Moment, als ich Vera Meerbusch kurz vor dem Hundertguldenloch begegnet bin, und dem Zeitpunkt, als sie schreiend und völlig schockiert in die Stadthalle zurückgekommen ist, kommt mir irgendwie doch sehr lange vor. Zu lange. Hätte sie Bobby sofort nach unserer Begegnung entdeckt, wäre ich ja noch gar nicht im Saal gewesen. Das hätte ich gar nicht schaffen können.«

»Stimmt«, meinte die Kommissarin, »gut beobachtet, Herr Hirschberger, aber Frau Meerbusch hat uns dafür schon am Sonntag eine Erklärung geliefert.«

»Und die wäre?«

»Nun, Frau Meerbusch hatte mit Herrn Maurer ein bestimmtes Zeichen vereinbart. Sie pfiff eine verabredete Melodie, und wenn die Luft rein war, sollte der Herr Maurer dieselbe Melodie zurückpfeifen. Nachdem sie nichts gehört hatte, wartete sie noch ab. Als sie nach ein paar Minuten erneut pfiff und wieder keine Antwort bekam, wurde sie stutzig, schaute nach und entdeckte den Herrn Maurer.«

»Wirkt schlüssig«, gab Ludwig zu.

Ein verschmitztes Augenzwinkern von Linde Schwegler sagte ihm, dass er den heutigen Verlauf als Teilerfolg verbuchen konnte. Wahrscheinlich hatte Inge Wesel den Staatsanwalt bestellt, um ihn zu verhaften. Da ihn Zita Zielinski erkannt hatte, obwohl sie die Zusammenhänge nicht herstellen konnte – immerhin hatte sie den Bahnhof erwähnt –, hielt Dr. Bellmann einen dringenden Tatverdacht offensichtlich nicht für gegeben. Die Sache mit dem Kleid der alten Dame hatte den jungen Staatsanwalt offenbar doch überzeugt. Dessen war sich Ludwig sicher. Andererseits: Wie kam sie aus der geschlossenen Anstalt raus? Und mit wem? Und vor allem: Wo war Gerhard Zielinski, ihr Sohn?

Nachdem Ludwig Sonnenbrille und Perücke wieder aufgesetzt hatte, brachte ihn Linde Schwegler wieder in die Wohnung von Lothar, der mit seiner Elvira längst wieder gegangen war. So hatte er Zeit, um über Gerhard Zielinski nachzudenken. Und ein Telefonat zu führen.

Dr. Wolfgang Derdak, ein alter Freund bei der Staatspolizei in Wien, war ihm noch einen Gefallen schuldig. Als er die Nummer des Staatspolizisten gewählt hatte, meldete der sich mit:

»Staatspolizei Wien, Doktor Derdak.«

»Servus Wolferl, i bins, der Wiggerl.«

»Hearst, du machst vielleicht Gschichterln, wie host di denn do eine theatert?«

»Geh, Wolferl, i bin bei an Freind in Deitschland, ruaf mi doch unter der Nummer an.«

Ludwig gab ihm die Telefonnummer. Er wusste, dass das Telefonat den österreichischen Steuerzahler belastete, aber die Stapo telefonierte so viel im Ausland umher, dass es auf die paar Schillinge auch nicht mehr ankam.

Nach kurzer Zeit rief Dr. Derdak zurück.

»Hearst, Wiggerl, dees is a haaße Kist. Alle glaubn hier, dass du den wirklich oogmurkst host«, wienerte Ludwigs Freund.

»Bist deppert? I hob kaan oogmurkst. Aber i brauch Informationen von dir. Über einen gewissen Gerhard Zielinski, geboren 1949 in Biberach in der Piefkei. Zuletzt hams den irgendwo in Südafrika einbuchtelt, weil er als Mineur Diamanten fladern wollt.«

»Eigentlich derf i dees neet, des waast, Wiggerl. Anderseits bin i dir no was schuldig. Also, wie lang kann i di unter der Nummer erreichen?«, fragte Derdak.

»Heit den ganzen Tag. Und i dank dir schön. Servus!«

»Servas Piefke«, antwortete Dr. Derdak.

Ludwig hatte große Lust, sich zu verkleiden und in die Stadt zu gehen. Aber was, wenn ihn trotz der Verkleidung jemand erkannte? Egal. Ludwig ging in die Stadt. Mit großem Genuss vesperte er eine Schützenwurst und setzte sich in die Eisdiele Pra auf dem Marktplatz.

Hier hatte er einen Teil seiner Kindheit verbracht. Hier wurde fast das gesamte Taschengeld in Eiscreme umgewandelt und der Rest in den Wurlitzer geworfen, um die neuesten Hits laufen zu lassen. Ludwig erinnerte sich, dass die Mädchen immer ganz genau aufpassten, welcher Junge welche Musik spielen ließ. Da musste man schon up to date sein.

Während er sich seinem Eisbecher mit Sahne widmete, fiel ihm eine andere, witzige Episode ein: In den 50er-Jahren gab es in den Altstadtwohnungen Biberachs praktisch noch keine Badezimmer mit Badewanne. Dafür eine Bade- und Waschanstalt auf dem Viehmarktplatz, direkt neben der Limonadenfabrik Chabeso. Für 50 Pfennig konnte man eine Badewanne mieten und warm baden. Mit vier Freunden, von denen jeder von zu Hause 50 Pfennig mitbekommen hatte, teilte man sich eine Badewanne. Alle badeten im selben Badewasser. Dafür hatte man am Schluss zwei Mark übrig, womit man schnurstracks zur Eisdiele Pra auf den Marktplatz ging. Jeder bekam dafür vier Kugeln Eis, denn eine Kugel kostete damals gerade mal zehn Pfennige.

Sauber waren die fünf Kerle trotzdem geworden. Schon recht früh hatte sich die schwäbische Cleverness bemerkbar gemacht.

Gegen Abend kam Lothar heim. Leider ohne Elvira.

»Ich brauch heute Abend mal Erholung. Ich hau mich nach dem Nachtessen ins Bett, du kannst ja noch Fernsehen gucken. Morgen ist übrigens die Beerdigung von Bobby.«

Relativ früh schlief Lothar vor dem Fernsehgerät ein, als plötzlich das Telefon klingelte.

»Ich bin nicht hier«, murmelte Lothar.

»Darf ich hingehen? Ich glaube, es ist für mich«, bat Ludwig.

»Jaja.«

Und schon schlief Lothar wieder.

»Hallo«, meldete sich Ludwig. Es hätte ja jemand für Lothar sein können.

»Wiggerl? Bis du's? Also i hob was ausse kriegt. Der Zielinski ist höchstwahrscheinlich letztes Jahr ums Leben gekommen. Es gibt keinen hundertprozentigen Beweis, aber wahrscheinlich hat ihn der Mossad um die Eckn brocht, weil er bei der Geheimpolizei von Oberst Gaddafi war. Er hat da an Auftrag ghabt, einen Gefangenen zu befreien, der ein enger Vertrauter des libyschen Diktators war. Der CIA hat die Gschicht gerochen und dem Mossad mitgeteilt. Was die dann machen, brauch i dir net erzählen.«

»Hearst, Wolferl, i dank dir recht schön. Des hilft mir zwar net weiter. Wirklich net. Aber trotzdem vielen, vielen Dank!«

Ludwig war niedergeschlagen. Auch Gerhard Zielinski konnte es also nicht gewesen sein. Wer also um Himmels willen hatte Bobby Maurer getötet? Es würde wieder eine unruhige Nacht werden. Und natürlich würde er Kommissarin Wesel sagen müssen, dass nach seinen Informationen Gerhard Zielinski zu 80 Prozent nicht mehr am Leben war.

Als Ludwig am nächsten Morgen die Zeitung aufschlug, wartete er natürlich auf Monika Müller-Biels neueste Gemeinheiten. Eigentlich war er ihr dankbar. Denn was sie schrieb, gab ziemlich genau das wieder, was Kommissarin Wesel dachte. Und jeweils nach der Lektüre des *Oberland-Kuriers* wusste er ganz genau, was ihn an diesem Morgen erwarten würde.

Immer noch keine Verhaftung im Mordfall Maurer! Neuer Tatverdächtiger aufgetaucht!

Von Monika Müller-Biel

Noch immer konnte sich die Staatsanwaltschaft nicht durchringen, den Wiener Polizei-Offizier Ludwig H. (50) in Haft zu nehmen. Zu raffiniert, zu gerissen gibt sich der in zahlreichen eigenen Verhören gestählte Mann. Dennoch ist es nur eine Frage der Zeit, bis er überführt werden kann. Wenn nicht, ja wenn nicht ein neuer Tatverdächtiger die Tat begangen hat. Gerhard Z., eine sehr zwielichtige Figur und in Biberach bestens bekannt, geriet ebenfalls ins Fadenkreuz der Ermittler. Wie uns die emsige und umsichtige Kommissarin Inge Wesel mitteilte, hat allerdings der Hauptverdächtige Ludwig H. den Mann ins Spiel gebracht, was die ganze Sache somit wieder relativiert. In Biberach wird schon gewettet, wie lange es noch dauern wird, bis H. einbricht. Rufen Sie uns an und sagen Sie uns Ihre Meinung zu diesem Fall.

Ludwig wunderte sich, warum Linde Schwegler ihn heute nicht abholte.

»Vielleicht kommt gleich ein Streifenfahrzeug«, meinte Lothar. »Das wäre mir gar nicht recht!«

»Ach, weißt du, ich gehe zu Fuß hin«, meinte Ludwig.

»Bist du wahnsinnig? Wenn dich einer erkennt, lynchen sie dich.«

Lothar sorgte sich um seinen Kumpel.

»Mich erkennt keiner. Mit deiner tollen Tarnung bin ich nicht zu erkennen«, triumphierte Ludwig.

Lothar blieb skeptisch, bis ihm Ludwig erzählte, dass er gestern den ganzen Nachmittag in der Stadt unterwegs gewesen und von niemandem erkannt worden war.

Also ging er los. Ludwig musste sich beeilen, damit er zum vereinbarten Zeitpunkt im Kommissariat erschien. Als er dort ankam, staunte er nicht schlecht. Keine Spur von den Damen. Weder Kommissarin Wesel noch Linde Schwegler waren anwesend.

Stattdessen saß ihm cin ctwa 40-jährigcr, klcincr und schr rundlicher Mann gegenüber. Ludwig war sich sicher, dessen rundes Gesicht mit der Boxernase schon einmal gesehen zu haben. Da ihm der Mann auf Anhieb sympathisch war, wusste er, dass er ihn in angenehmer Erinnerung hatte.

»Wo ist denn die Wesel?«, wollte er von dem Mann wissen.

»Erst mal guten Morgen, Herr Hirschberger. Sie werden heute mit mir vorlieb nehmen müssen. Die Damen sind weg von dem Fall!«

»Waaas? Wieso? Und wer sind Sie?«

»Kriminal-Hauptkommissar Karl-Heinz Joos vom Landeskriminalamt Stuttgart. Wir haben diesen Fall übernommen!«

»Wieso übernimmt das LKA diesen Fall?«

»Eigentlich stelle ich die Fragen hier, das sollten doch gerade Sie wissen.«

Joos lachte schelmisch dazu und Ludwig wusste nun, woher er diesen Mann kannte.

»Spaß beiseite, Herr Hirschberger, wir haben diesen Fall nur vorübergehend übernommen. Morgen übernimmt Wiesbaden!«

»BKA, Bundeskriminalamt? Jetzt verstehe ich überhaupt nichts mehr!«

»Das erzähle ich Ihnen schon noch. Jetzt würde mich mal interessieren, warum Sie noch hier sind. Haben Sie die Damen bei ihren Untersuchungen unterstützt?«

»Nein, ich bin ein Verdächtiger, sogar der Hauptverdächtige. Das wissen Sie doch!«

Karl-Heinz Joos legte seine Stirn in Runzeln und schaute sehr skeptisch drein.

»Quatsch, Sie sind doch seit dem Video entlastet«, sagte er erstaunt.

»Welches Video, verdammt noch mal?«

Ludwig wurde es jetzt eindeutig zu bunt.

»Sie kennen das Video von Oskar Wenninger nicht?«

»Nein, nie gehört, nie gesehen. Ich weiß noch nicht einmal, dass es so ein Video gibt!«

»Jetzt bin ich derjenige, der überhaupt nichts mehr versteht.«

Joos wirkte fassungslos.

»Sie hatten doch in Ihrer ersten Aussage zu Protokoll gegeben, dass Sie zum Tatzeitpunkt gemeinsam mit Monika Müller-Biel von der Toilette gekommen sind und dass Sie, kurz bevor Sie wieder in den Saal hereinkommen wollten, von einer älteren Dame aufgehalten wurden.«

»Ja, aber die Müller-Biel kann sich nicht mehr erinnern, dass ich dabei war. Und eine ältere Dame hat sie überhaupt nicht gesehen. Oder sie lügt, weil sie bösartig ist.«

Kopfschüttelnd hielt Joos die Hände vors Gesicht.

»In dem Video, das Wenninger gedreht hat, hat sich Ihre Aussage eindeutig bestätigt. Die Kollegin Wesel hätte Ihnen das schon gestern mitteilen müssen. Ich kann mich nur für meine Kollegin entschuldigen.«

»Himmelherrgottsakramenthalleluja, diese blöde Kuh«, ereiferte sich Ludwig in breitestem Schwäbisch.

Kein Mensch erwartete, solche Worte vom Fall-Analytiker der Wiener Polizei zu hören. Ludwig sah ein, dass sein Gegenüber für diese Situation überhaupt nichts konnte, und schlug einen anderen Ton an.

»Das ist sehr höflich von Ihnen, Herr Joos, nützt mir aber überhaupt nichts. Ich müsste längst wieder in Wien sein und meiner Arbeit nachgehen. Außerdem vermisse ich meine Familie.«

»Ich kann Ihren Ärger absolut verstehen, Herr Hirschberger. Was sich die Wesel hier erlaubt hat, geht eindeutig zu weit! Zumal sie trotz besserem Wissen auch noch Staatsanwalt Dr. Bellmann eingeschaltet hat. Das wird sie sicher in erhebliche Schwierigkeiten bringen. Aber Sie müssen auch ein bisschen Verständnis für sie aufbringen. Ingeborg Wesel ist eine sehr einsame Person geworden hier in Biberach. Irgendwie ist sie bedauernswert.«

»Ja, Herr Joos, ich verstehe. Alle Einsamen auf unserem Planeten sind bedauernswert. Am bedauernswertesten sind allerdings diejenigen, die einsam sind, weil sie nur einen Menschen lieben können: sich selbst!«

»Oh, da spricht mal wieder der Philosoph aus Ihnen heraus. Ganz im Ernst: Wenn Sie sie melden, hätte das sicher ernste Folgen für sie. Eine Rückkehr zum LKA wäre dann ausgeschlossen. Andererseits muss man sich natürlich auch in Ihre Lage versetzen. Zuerst werden Sie zu Unrecht verdächtigt und dann wird auch noch entlastendes Material zurückgehalten, um Sie weiter zu quälen und zu belasten. Außerdem wurden Sie in den Medien als Mörder dargestellt. Da muss man schon auch Verständnis dafür haben, wenn Sie eine Dienstaufsichtsbeschwerde einleiten.«

Karl-Heinz Joos bemühte sich, seine Kollegin zu schützen, obwohl auch er sie nicht besonders leiden konnte.

Aber bei Ludwig biss er auf Granit. Der war vollends von der Unfähigkeit der Kommissarin überzeugt.

»Ja, ich werde mich über sie beschweren. Übrigens, Herr Joos, ich kenne Sie!«, sagte Ludwig, um dieses Thema möglichst schnell zu verlassen.

»Ich Sie auch, Herr Hirschberger. Aber im Gegensatz zu Ihnen weiß ich sogar noch, wann und wo wir uns kennengelernt haben.«

Jetzt war es an Ludwig zu lächeln.

»1996 im Mai in Heidelberg. Ich gab ein Seminar mit dem Titel: Kindesentführung. Tatort-Analyse und Verschleppungs-Muster.«

Joos war beeindruckt.

»Mein lieber Schwan!«, pfiff er durch die Zähne. »Wir waren mindestens 15 in dem Seminar und Sie haben sicher viele dieser Seminare gegeben. Dass Sie sich ausgerechnet an mein Gesicht erinnern können.«

»Nun ja, ich kann mir sehr viele Gesichter merken, das gehört zu meinem Job. Außerdem haben Sie ja nicht gerade ein Alltagsgesicht, Herr Joos.«

»Dann müssten Sie ja auch wissen, dass die Wesel mit mir in diesem Seminar war!«

»Das ist unmöglich, das würde ich wissen. Zumindest würde ich mich jetzt, da Sie mir das gesagt haben, daran erinnern«, war sich Ludwig seiner Sache relativ sicher.

»Nun, Sie hat sich wesentlich verändert«, meinte Joos, »sie hatte damals gut 30 Kilo mehr auf den Rippen.«

»Wirklich? Die kann ich mir gar nicht mollig vorstellen«, machte sich Ludwig über die Kommissarin lustig. »Was mich allerdings sehr stutzig macht: Das ist schon das zweite Gesicht, das ich nicht wiedererkenne, seit ich in Biberach bin. So etwas passiert mir normalerweise überhaupt nicht.«

»Kein Wunder, sie war damals blond. Sie hat ihre Haare jetzt ja pechschwarz gefärbt. Und da sie verheiratet war, hat sich auch ihr Name geändert. Übrigens, ihr Verhalten Ihnen gegenüber hat mit ihrer Teilnahme an dem Kurs zu tun«, gab sich Karl-Heinz Joos überzeugt.

»Habe ich sie so schlecht behandelt damals?«

»Nein, durchaus nicht.« Joos musste grinsen. »Aber Sie haben sie durch den Kurs rasseln lassen. Und das zu Recht!«

»Oh, und das hatte unmittelbare Folgen für ihre Karriere?«

»Nein, zunächst nicht«, sagte Joos. »Im Gegenteil, die hat zunächst einmal richtig Karriere gemacht. Bei uns.«

»Die war auch beim LKA?«, fragte Ludwig, sichtlich überrascht.

»Ja, in Mannheim.«

»Und wieso ist die jetzt in Biberach bei der Kripo?«

Ludwig war das ziemlich schleierhaft.

»Na ja, das ist es ja. Sie hat in Karlsruhe die Sache mit der Entführung eines Chefarzt-Babys versemmelt.«

Joos wirkte irgendwie zerknirscht.

»Das hätte sie doch gar nicht machen dürfen, dafür war sie doch gar nicht qualifiziert, wenn die durch mein Seminar gerasselt ist.«

»Genau, Ihre Beurteilung wurde erst danach in der Personalakte gefunden!«

»Moment mal, jetzt packen Sie mich bei der Ehre, Herr Joos. Meine Beurteilungen sind prinzipiell klar und eindeutig. Da konnte es gar keinen Zweifel geben.«

»Ich war ja nicht schuld«, verteidigte sich Joos, »aber jemand hat Ihre Beurteilung einfach in die Personalakte gelegt. Als sie dann die Chefarzt-Baby-Sache vermasselt hat, kam diese Beurteilung zum Vorschein. Da hat's dann ordentlich gekracht im Gebälk. Chefausbilder Lauther wurde in den vorzeitigen Ruhestand versetzt und Inge Wesel nach Biberach! Besserwisserisch, beratungsresistent, läuft Gefahr, rücksichtslos vorzugehen, stand damals in Ihrer Beurteilung.«

»Was, der Lauther war das? Hätte ich dem Kerl gar nicht zugetraut. Aber die Wesel hat sich vermutlich unheimlich gefreut!«

»Und ob!« Karl-Heinz Joos musste lachen. »Die hatte immer schon eine Abneigung gegen Schwaben, aber Oberschwaben sei die Höchststrafe für eine Kurpfälzerin. Ihrer Meinung nach hätte der Vatikan nicht in Rom, sondern in Oberschwaben gebaut werden müssen, in diese ihrer Meinung nach schwarze, scheinheilige und stockkonservative Ecke.«

»Ach du liebes Lieschen, mehr an Vorurteilen geht ja gar nicht mehr«, feixte Ludwig.

»Ja und schuld an allem seien Sie. Hätten Sie, Herr Hirschberger, ihr nicht so eine total bescheuerte und vollkommen ungerechte Beurteilung geschrieben, wäre das alles nicht so weit gekommen.«

»Ach so, ich. Und die schiefgelaufene Chefarzt-Baby-Kiste?«

»Unrechtsbewusstsein oder Selbstkritik kommen im Eigenbild von Frau Wesel so gut wie gar nicht vor.«

»Das habe ich allerdings bemerkt. Was ist eigentlich aus dem Baby geworden?«, wollte Ludwig wissen.

»Es war reine Glückssache, dass dem nichts passiert ist. Ein Forstamtmann aus Landau hatte bei einem Rundgang ein wimmerndes Baby in einer Blockhütte gehört und die Polizei informiert. Das Sondereinsatzkommando, das SEK Rheinland-Pfalz hat das Baby danach befreit.«

»Und die Entführer?«, fragte Ludwig.

»Waren über alle Berge. Nachdem die Verhandlungen mit Frau Kollegin Wesel gescheitert waren, sind sie abgehauen und haben das Baby sich selbst überlassen. Eine weitere Nacht in der Blockhütte hätte es im Übrigen nicht überlebt! Wir hatten überall gesucht, aber auf diese Blockhütte in der Pfalz wären wir nie im Leben gekommen!«

»Danke, Herr Joos. Jetzt weiß ich, warum mich die Dame so bevorzugt behandelt hat. Wenn Sie mir jetzt noch sagen, warum Sie ihr diesen Fall hier abgenommen haben und warum morgen sogar das BKA Wiesbaden übernimmt, bin ich wunschlos glücklich!«

»Ganz einfach, Herr Hirschberger. Ihr Schulfreund Bobby Maurer kam durch die ›Easy-Rip‹-Methode ums Leben. Und diese Tötungsart beherrschten und beherrschen nur KGB, CIA und Mossad. Maurer muss in eine Spionage-Affäre geraten sein. Wir wissen noch gar nichts. Wir können nur vermuten, dass er von einer Sache zu viel wusste, von der er eigentlich gar nichts wissen durfte.«

»Das ist ausgeschlossen«, ereiferte sich Ludwig. »Das war eine Umfeldtat, eine Beziehungskiste, eine Eifersuchtstat!«

»Nein, definitiv nein! Sie kennen doch die Easy-Rip-Methode!«

»Klar, was glauben Sie denn. Wien war immer die Hauptstadt der Agenten. Und in meiner langen Zeit in Wien haben die Kollegen mindestens drei, nein vier Easy-Rip-Fälle gehabt. Aber als Profiler kann ich nicht ad hoc feststellen, ob ein Easy-Rip vorliegt. – Aber Bobby? Nie im Leben. Da verwette ich mein Haus dafür!«

»Lassen Sie's mal lieber bleiben, Sie würden alles verlieren.«

Karl-Heinz Joos legte ihm einige Fotos von der Leiche Maurers auf den Tisch.

»Sehen Sie sich die mal an.«

Ludwig sah sich die Bilder aufmerksam durch. Und war schockiert. Ein kleiner blauer Strich von höchstens zwei Millimetern Größe direkt unter dem Kehlkopf. Für gewöhnliche Sterbliche nicht zu erkennen. Bei Bobby kam erschwerend dazu, dass er einen ziemlich abstehenden Kehlkopf hatte. Das war auch der Grund, warum er und der Notarzt die Spur unter dem Kehlkopf nicht entdecken konnten. Nur absolute Spezialisten konnten das.

Und Karl-Heinz Joos war so ein Spezialist. Ludwig erinnerte sich an einen Fall in Wien Anfang der 80er-Jahre: Ein Botschaftsrat aus Paris, dem man gemeinhin enge Verbindungen zum französischen Geheimdienst DGSE nachsagte, wurde nach einem Restaurantbesuch tot in seinem Wagen gefunden. Erstickt. Weil er zuvor Fisch gegessen hatte, ging man davon aus, er sei an einer Gräte erstickt. Als man bei der Autopsie keine Gräte entdeckte, untersuchte man weiter und fand den kleinen Einschnitt unter dem Kehlkopf.

»Unglaublich, ich fasse es nicht. Ich glaube das nicht. Bobby in eine Geheimdienstaffäre verstrickt? Gut, Bobby war immer schon etwas anders gewesen. Eigentümlich. Er war ein großer Verwandlungskünstler. In die Schule ist er immer mit Beatles-Frisur gekommen. Kurz bevor er zu Hause war, hat er sich Brisk in die Haare geschmiert und auf braven Bürgersohn gemacht. Auch die Affäre mit Vera Meerbusch passt zu ihm. Das über so viele Jahre in Biberach geheim zu halten, ist schon ein Kunststück. Eine Art Doppelleben zu führen, passt eindeutig zu Bobby. Aber Spionage? Nie!«

»Wie gesagt, wir tappen noch völlig im Dunkeln. Aber eines steht fest: Grundlos befördern die genannten Organisationen keinen ins Jenseits.«

»Und es gibt überhaupt keine Spuren?«, fragte ein sichtlich verwirrter Ludwig.

»Null, wie immer bei denen, aber das wissen Sie ja.«

Nun war Ludwig völlig erleichtert. Er und alle Teilnehmer auf der Jahrgänger-Feier waren außen vor und nicht mehr verdächtig, und wenn das BKA übernahm, waren sie von der Spionage-Nummer überzeugt und es gab in ganz Biberach keinen Verdächtigen mehr.

»Dann kann ich ja jetzt gehen?«, fragte er den LKA-Mann.

»Im Prinzip schon. Aber Kollwo würde Sie morgen gerne noch sprechen.«

»Wer um Himmels willen ist Kollwo?«

»Jens Kollwo ist der Ermittler beim BKA, Herr Hirschberger, wussten Sie das nicht?«

»Shit, ich glaube, ich werde langsam alt«, sagte Ludwig resigniert.

Irgendetwas an den Bildern war ihm aufgefallen. Er wusste nur nicht genau, was. Eine Kleinigkeit nur. Aber der Gedanke kam ihm erst, nachdem er Joos die Bilder zurückgegeben hatte. Ihn wollte er nicht noch einmal nach den Bildern fragen. Er würde es morgen bei Kollwo nochmals versuchen.

»Werden Sie gegen Monika Müller-Biel vorgehen?«, wollte der LKA-Mann wissen.

»Nein. Hier herrscht Pressefreiheit, hier darf jeder schreiben, was er will. Außerdem will ich ihr nicht zu viel Aufmerksamkeit zukommen lassen. Sonst kommt sie sich ja noch wichtiger vor. Ich nehme an, sie hat sich genug blamiert. Außerdem stelle ich mich bewusst nicht auf eine Stufe mit ihr. Das mag Ihnen arrogant vorkommen. Ich nehme an, ihr oberster Chef wird sie sogar loben!«

»Das kann ich mir jetzt nicht gut vorstellen«, orakelte Joos, »die wird ordentlich eine aufs Dach bekommen. Eine christliche Zeitung und so eine Hetzkampagne!«

»Ach ja? Und die Auflagensteigerung? Die Aufmerksamkeit in ganz Süddeutschland und Österreich. Der *Oberland-Kurier* war doch in aller Munde! Und immer wurde Monika Müller-Biel zitiert.«

»Nehmen Sie trotzdem meine besten Wünsche nach Wien mit. Lassen Sie Ihre Gattin unbekannterweise grüßen und sagen Sie ihr, nicht irgendein Bulle hätte sie ungerechtfertigterweise festgehalten, sondern eine Dame!«

Eine gewisse Ironie konnte Karl-Heinz Joos nicht verbergen.

»Eine Dame? – Eine Suffragette! Habe die Ehre, Herr Joos, ich verzieh mich. Sind Sie morgen Vormittag noch da, wenn ich den Kollwo treffe?«

»Vermutlich nicht«, antwortete Joos. »Aber ich gebe Ihnen meine Karte mit. Wenn Sie mal etwas von mir brauchen, herzlich gerne.«

»Dann sage ich Ihnen jetzt eines: Ich bleibe dabei, es hat nichts mit Spionage zu tun. Bobby Maurer ist durch eine Beziehungstat ums Leben gekommen. Wenn ich nur genügend Zeit hätte, ich würde nicht locker lassen, bis ich den wahren Mörder überführt hätte. Aber leider ist dies nicht meine Baustelle. Meine Baustellen sind in Wien und die waren jetzt ziemlich lange unnötig verwaist. Durch eine völlig inkompetente deutsche Kollegin.«

»Ihr Verdacht richtete sich ja auch gegen Herwig Hutter?«, fragte Joos.

»Ja, schon. Aber der hat ja ein Alibi!«

Dass Joos ihn daraufhin ansprach, fand Ludwig schon interessant.

»Wie groß ist denn Herr Hutter?«, hakte der LKA-Beamte nach.

»Ungefähr 1,73 bis 1,75«, mutmaßte Ludwig.

»Tja, dann hat sich das auch erledigt.«

Karl-Heinz Joos sprach in Rätseln.

»Wie meinen Sie das jetzt?«

Ludwig fing plötzlich wieder Feuer.

»Nun, wir hätten sein Alibi vermutlich noch einmal genauer unter die Lupe genommen, hätten Anwohner in Murrhardt befragt. Aber er kann es nicht gewesen sein. Der Mörder von Robert Maurer war ein Hüne, mindestens 1,97 groß.«

»Woraus schließen Sie das denn, Herr Joos?«

Karl-Heinz Joos legte die Bilder vom Hals des Leichnams noch einmal auf den Tisch.

»Sehen Sie. Bei einem normalen Easy-Rip haben wir die Spuren parallel laufend. Das heißt, sie befinden sich auf der Vorder- und Rückseite des Halses auf einer Ebene. Nicht so in diesem Fall. Bei Herrn Maurer ist die Spur auf der hinteren Seite viel höher als die Spur auf der vorderen Seite. Da wir aufgrund der Zugspuren wissen, dass sich die Tat im Rücken von Robert Maurer zugetragen hat, ist klar, dass der Täter ein Hüne sein muss. Oder er hatte eine Leiter dabei, was wir aber mit ziemlicher Sicherheit ausschließen können.«

Ludwig betrachtete sich die Bilder genau.

»Und wie verhält es sich mit der Einblutung an der Schilddrüse?«

Joos lächelte. Er hatte diese Frage erwartet.

»Die war völlig easy-rip-typisch.«

Ludwig war noch nicht ganz zufrieden.

»Und wenn das Opfer zum Zeitpunkt der Tat nicht stand, sondern kniete?«

»Das können wir aufgrund der Fallspuren ausschließen.«

Er zeigte Ludwig Fotos von Bobbys rechtem Knie, das heftige Aufprallspuren aufwies.

»Hätte er gekniet, hätte das Knie nicht so ausgesehen.«

Auf den Bildern, so glaubte Ludwig, hatte er dennoch etwas Interessantes entdeckt. Aber das behielt er zunächst für sich.

»Und sonst gab es überhaupt keine Spuren?«, hakte Ludwig nach.

»Doch, zunächst einmal hatten wir die DNA-Spur eines Mannes mitten im Gesicht des Mordopfers entdeckt. Da der bei einem Karussell-Betrieb auf dem Rummelplatz mitarbeitete, wähnten wir uns schon am Ziel.«

»Also war er es nicht?«

»Nein«, sagte Joos, »der war den ganzen Abend an der Kasse und hat Tickets verkauft. Er hatte jede Menge Zeugen und konnte als einziger Mitarbeiter an diesem Abend die Kasse und den Betrieb nicht einmal verlassen, um aufs Klo zu gehen.«

»Das war alles an Spuren?«

So wenig auswertbare Spuren hatte Ludwig noch nie bei einem Fall erlebt.

»Magnesium. Wir haben an Robert Maurers Hals Spuren von Magnesium gefunden. Offensichtlich wurde das Mordwerkzeug vorher mit Magnesium kontaminiert. Warum das so war, ist uns allerdings vollkommen schleierhaft.«

Auch Ludwig konnte mit Magnesium gar nichts anfangen. Ihm fiel ad hoc nicht ein, bei irgendeinem Easy-Rip-Fall jemals von Magnesium gehört zu haben.

»Also dann, auf Wiedersehen!«

Ludwig ging in Lothars Wohnung und telefonierte.

»Servus Lea, i bin's, der Ludwig.«

»Heast Wiggerl, hom's die jetzt eingsperrt?«, wollte seine Frau wissen.

»Na, im Gegenteil, i derf haam foahn! I kumm morgen am Nachmittag. Geh, koch mir a Schnitzerl mit an Erdäpfelsalat.«

Ihm lief schon das Wasser im Mund zusammen. So sehr er sich in Wien immer nach seinen geliebten Spätzle sehnte, jetzt wollte er endlich wieder ein echtes Wiener Schnitzel. Vom Kalb und ohne Saft – oder Soße, wie die Schwaben sagten.

»Dees ist dia's Wichtigste?«, fragte sie zurück.

»Schon.«

»Pücher!«

Pücher, diesen wienerischen Ausdruck für Grobian, bekam Ludwig des Öfteren von Lea zu hören, meistens mit einem scherzhaften Unterton. Heute aber klang Pücher wirklich wie eine Beschimpfung und damit irgendwie bedrohlich. So, als ob sie schwer enttäuscht sei.

Am Nachmittag begab sich Ludwig gemeinsam mit Lothar Sattler und den anderen Mitgliedern der Clique zur Beerdigung von Bobby. Nur Richard Koch war nicht mit dabei. Er musste zu einem wichtigen Termin nach Kanada fliegen. Fernsehanstalten nahmen keine Rücksicht auf Beerdigungen von Freunden.

Ludwig hatte sich den Gang zu der Beerdigung lange durch den Kopf gehen lassen. Einerseits wollte er dem Schulkameraden die letzte Ehre erweisen, andererseits wollte er nicht wieder an den Mob geraten. Mit Perücke und Sonnenbrille wollte er nicht hingehen. Er wäre sich deplatziert vorgekommen.

Lothar zerstreute alle Zweifel.

»Die Nachricht von deiner Unschuld hat sich wie ein Lauffeuer in der Stadt verbreitet. Die hacken jetzt alle auf der Müller-Biel herum, weil sie sich zum Handwerkszeug der Wesel hat machen lassen. Du kannst aufrechten Hauptes auf diese Beerdigung gehen. Außerdem ist genügend Polizei in Zivil dabei, wie ich erfahren habe.«

Ludwig stimmte zu und die beiden Freunde gingen auf die Straße, wo schon alle anderen warteten.

Es würde also kein Spießrutenlaufen werden für ihn. Er bekam von der Predigt des Pfarrers vor dem Grab nichts mit. Nicht, dass es ihn nicht interessiert hätte, aber Ludwig war zu sehr damit beschäftigt, die Hutters zu beobachten. Insbesondere Herwig Hutter galt sein Augenmerk. Herwig Hutter stand mit geröteten Augen da und war sehr blass. Elga Hutter stand wie versteinert neben ihrem Mann. Während der gesamten Trauerzeremonie gab es zwischen den beiden Eheleuten keinen Blickkontakt. Ludwig wollte das aber nicht überbewerten, in so einer Situation hatte jeder mit sich selbst genügend zu tun. Beide kümmerten sich rührend um Gabi, die wie ein Häuflein Elend dastand. Zwei Reihen weiter hinten sah er Vera Meerbusch. Ihr erging es nicht viel besser als Gabi. Die rote Rose, die sie in der Hand hielt, nahm sie mal in die rechte, mal in die linke Hand.

Ein Bläserquartett spielte das Biberacher Pastorale. Diese wunderschön anheimelnde Melodie trieb Ludwig Tränen in die Augen. Er hatte sie seit seiner Jugendzeit nicht mehr gehört. All die Anspannung in ihm schien sich zu lösen.

Als der Sarg mit Bobby ins Grab gelassen wurde, brach Gabi zusammen. Sie wäre beinahe mit ins Grab gefallen, hätte sie nicht ihr Vater mit einer katzenhaften Bewegung gerettet.

»Der ist doch noch ganz schön fit, mein lieber Scholli«, flüsterte Lothar.

Von Beileidsbezeugungen am Grab wurde abgesehen. Dennoch ging Ludwig zu Herwig Hutter und drückte ihm die Hand. Sehr fest drückte er ihm die Hand.

»Herr Hutter, ich verspreche Ihnen, ich werde den Mörder Ihres Schwiegersohnes finden.«

Dabei sah er ihm fest in die Augen.

»Das wird ihn Gabi auch nicht zurückbringen«, sagte Elga Hutter und brach wieder in Tränen aus.

Lothar nahm Ludwig am Arm und zog ihn weg.

»Verdammt noch mal, muss das sein? Du weißt doch, dass er es nicht gewesen sein kann, er hat ein sicheres Alibi.«

»Ich weiß es, Lothar, aber der Kerl ist mir nicht mehr geheuer.«

Ludwig wusste, dass laut Alibi Herwig Hutter nicht der Mörder von Bobby gewesen sein konnte. Trotzdem blieb ein Rest von Zweifel.

»Manchmal kannst du ein richtiger Idiot sein, Lude«, brummte Lothar.

»Komisch, das sagt meine Frau auch immer«, sagte Ludwig und sah gerade noch, wie Gabi von einem Arzt behandelt wurde.

Am nächsten Morgen packte Ludwig seinen Koffer. Niemals hätte er gedacht, in seiner Geburtsstadt einmal so lange unfreiwillig festzusitzen. Niemals hätte er im Entferntesten daran geglaubt, in eine derartige Situation zu geraten. Aber, so tröstete er sich, es war auch wichtig, selbst einmal eine solche Situation zu erleben; scheinbar unentrinnbar ausgeliefert zu sein, am Pranger zu stehen, ohne auch nur das Geringste dafür zu können. Er hatte nicht besonders gut geschlafen. Aber das war auch schon die Nächte davor der Fall gewesen.

Ludwig versuchte sich zu erinnern, ob er selbst einmal einen Menschen in eine solche Situation gebracht hatte. Ein einziger Fall fiel ihm ein: Bei einer Vergewaltigungstat verdächtigte Ludwig den Nachbarn des Opfers, weil er sich ständig in Widersprüche verwickelte. Hinterher stellte sich heraus, dass der Mann die Frau tatsächlich nicht vergewaltigt hatte, aber ein Spanner war und sich deshalb widersprochen hatte.

So drastisch allerdings, wie man mit ihm umgesprungen war, war Ludwig mit dem Spanner beileibe nicht umgegangen. Dennoch wollte er in Zukunft sein Verhalten gegenüber Verdächtigen noch viel vorsichtiger gestalten als bisher. Ludwig verabschiedete sich von Lothar, bedankte sich noch einmal herzlich für die Gastfreundschaft und lud ihn nach Wien ein. Es war das erste Mal, dass er jemanden aus Biberach zu sich nach Wien einlud. Aber Lothar hatte sich diese Einladung redlich verdient.

»Danke, wenn es meine Zeit erlaubt, werde ich sicher irgendwann einmal vor deiner Haustür stehen. Aber es kann dauern, ich habe schon mindestens 15 Jahre keinen Urlaub mehr gemacht. Viel lieber wäre mir, du würdest Elvira mit nach Wien nehmen, und zwar gleich.«

Aha, er wollte also nicht mehr das liebe Lolole sein und hatte die Nase voll von Elvira.

»Wieso denn, sie ist doch eine bildhübsche Frau mit herrlich langen Beinen, wie ja unschwer zu erkennen war.«

Ludwig machte aus seinem Herzen keine Mördergrube.

»Ja, das stimmt, sie ist auch eine Kanone im Bett«, sagte Lothar, »aber sie wird mir langsam zu anhänglich. Neulich hat sie sogar das Wort Hochzeit in den Mund genommen. Da war mir klar, jetzt muss ich mich abseilen. Hahahaha.«

Sein lautes Lachen war bestimmt drei Häuser weiter noch zu hören.

»Außerdem gehen mir ihre ständigen Verkleinerungen entsetzlich auf den Geist, Ich kann solche Worte wie ciaole oder hallole oder tschüssle nicht leiden.«

»Oder Lolole, das hat mich schier die Beherrschung gekostet«, lachte Ludwig.

»Das sowieso. Es ist ein Jammer. Ich bin einfach nicht zu einer langen Beziehung fähig. Sobald ich spüre, dass mich eine in ihre Krallen bekommen will, suche ich das Weite. Bei Elvira hab ich das noch vor mir. Komm, nimm mir das ab, dann sind wir quitt«, verlangte Lothar.

»Nee, Lolo, das weißt du ganz genau, diese Suppe musst du selber auslöffeln. Im Gegensatz zu dir bin ich nämlich ein Familienmensch. Ich habe zwar viel zu wenig Zeit für meine Familie, aber sie ist unheimlich wichtig für mich. So hübsch und so sexy deine Elvira auch ist, um nichts in der Welt würde ich sie gegen meine Lea eintauschen.«

Ludwig wusste, dass er Lothar gegenüber sehr deutlich werden musste. Der hörte in der Regel nämlich nur das, was er gerne hören wollte.

Natürlich würde er die Mehrkosten, die ihm entstanden waren, der Staatsanwaltschaft in Rechnung stellen. Schließlich war er teilweise auch genötigt worden zu bleiben. Er wollte nicht in der Haut von Ingeborg Wesel stecken in den nächsten Tagen.

Vor der Tür von Lothars Wohnung wartete Linde Schwegler.

»Guten Morgen, Herr Hirschberger. Darf ich Sie zum Kommissariat begleiten? Nicht dienstlich, sondern privat.«

Sie trottete eine Weile neben Ludwig her und sagte dann: »Ich wollte mich ausdrücklich bei Ihnen entschuldigen. Es tut mir sehr leid, wie die Befragungen verlaufen sind und in welche Schwierigkeiten wir Sie gebracht haben. Vor allem die Sache mit dem Video war ganz schlecht und ein unverzeihlicher Fehler! Doktor Bellmann hat beinahe einen Tobsuchtsanfall bekommen deswegen.«

»Na ja, ein Fehler war's ja wohl keiner. Eher eine Schikane. Aber ich glaube nicht, dass das auf Ihrer Miste gewachsen ist, Frau Schwegler. Das hat die Wesel zu verantworten. Und es war pure Absicht«, sagte Ludwig der Polizistin geradewegs ins Gesicht.

Linde Schwegler druckste herum. Ihr war die ganze Situation sichtlich peinlich. Ludwig wollte auch nicht, dass sie Probleme bekam. Schließlich hatte sie sich ihm gegenüber immer fair und anständig verhalten. Und nie war etwas an die Öffentlichkeit gekommen, wenn sie ihn verhört hatte. Nur wenn ihn die Wesel verhört hatte, stand am nächsten Morgen das Vernehmungsergebnis grottenbreit im *Oberland-Kurier*. Außerdem hatte sich Linde Schwegler gerade bei Ludwig entschuldigt. Das fand er gut. Dass sich die Kommissarin Wesel nicht bei ihm entschuldigen würde, war ihm sonnenklar.

»Lassen Sie es gut sein, Frau Schwegler, ich danke Ihnen für Ihre Entschuldigung und Ihre faire Behandlung. Ich habe sehr genau registriert, was in der Presse erschienen ist und was nicht. Aber grüßen Sie Ihre Kollegin bitte ausdrücklich nicht von mir«, schmunzelte Ludwig.

»Das werde ich tun.«

Linde Schwegler wirkte sehr erleichtert, dass Ludwig ihre Entschuldigung angenommen hatte.

»Und eine gute Heimreise nach Wien!«, wünschte sie ihm noch.

»Dass ich's nicht vergesse«, hakte Ludwig nach, »Sie werden sehen, es hat nichts mit irgendwelchen Geheimdiensten zu tun. Es ist und bleibt eine Beziehungstat!«

Die Polizeibeamtin blickte Ludwig nach, bis der das Büro von Jens Kollwo betrat. Sie legte die Stirn in Runzeln. Auch sie war von einer Beziehungstat überzeugt. Sie hatte nur keine Ahnung, wer es getan haben könnte. Alle Verdächtigen waren eindeutig entlastet oder hatten überprüfte Alibis. Sie war äußerst gespannt, was die Kollegen vom BKA ermitteln würden.

Jens Kollwo war wesentlich jünger als Ludwig. Er war ein hemdsärmeliger Typ, der von Anfang an deutlich machte, wer hier und jetzt das Sagen hatte. Bereits nach wenigen Minuten war Ludwig klar, dass es sich nicht um ein informelles Gespräch handelte, sondern um eine reine Höflichkeitsaktion des BKA-Beamten. Dennoch wollte Ludwig dem Mann seine Eindrücke mit auf den Weg geben. Keiner sollte hinterher behaupten können, er sei nicht zur Zusammenarbeit bereit gewesen, nachdem man ihm so übel mitgespielt hatte.

»Ich will mich wirklich nicht in Ihren Job einmischen, Herr Kollwo, aber ich glaube nicht so recht an die Version der Geheimdienste. Bobby Maurer hatte nach aller Kenntnis der Dinge, wie sie sich mir eröffnet haben, keinen Bezug zu irgendeinem Geheimdienst auf der Welt. Ich sehe auch keine Verbindung ins Ausland. Auch alle Freunde aus unserer früheren Clique sind dieser Meinung. Was mich aber am allerstärksten von Ihrer Version abhält, sind die Umstände dieser Tat. Kein Geheimdienst dieser Welt erdrosselt ein Opfer im Umfeld von Tausenden von Menschen. Wenn die Robert Maurer hätten töten wollen, hätten sie garantiert einen anderen Ort und Zeitpunkt gewählt. Das, lieber Herr Kollwo, war eine Beziehungstat. Davon bringen Sie mich nicht ab!«

Jens Kollwo lehnte sich nach hinten und musterte Ludwig, als ob er sich seine Worte genau durch den Kopf gehen ließ. Nach einer endlos langen Minute hob er die Hände und sagte mit seiner tiefen, sonoren Stimme:

»Ach, wissen Sie, Herr Hirschberger, es mag für Sie tatsächlich wie eine Beziehungstat aussehen. Aber das machen die Geheimdienste manchmal ganz gerne, dass sie eine Tat auf diese Art verschleiern. Das ist allerdings rein hypothetisch. Was jedoch Fakt ist: Wer von den in Beziehung mit Robert Maurer stehenden Menschen hätte die Easy-Rip-Methode anwenden können? Es gibt keinerlei Hinweis, dass irgendein Mensch aus seinem persönlichen Umfeld von dieser Methode Kenntnis hat, geschweige denn diese so schwierige Tötungsart beherrscht. Außer Ihnen. Aber Sie sind ja entlastet. Insofern hat die Kollegin Wesel gar nicht so falsch gehandelt, wenn auch unwissentlich.«

Ludwig gab nicht nach.

»Wer die Easy-Rip-Methode kennt, beherrscht sie noch lange nicht, Herr Kollwo. Die Kenntnis hätte mich noch lange nicht zum Verdächtigen machen dürfen. Klar, dass Polizisten im beschaulichen Biberach diese Methode nicht kennen. Aber Frau Wesel war beim LKA, die hat die Easy-Rip-Methode gekannt!«

»Rein theoretisch, ja«, gab Kollwo zu, »aber praktisch hat sie wohl vorher nie einen Easy-Rip zu Gesicht bekommen.

Ich kann mich in Baden Württemberg in den letzten zehn Jahren nicht an einen einzigen Easy-Rip-Fall erinnern. Berlin, Hamburg, Düsseldorf, Frankfurt und München waren die Städte, wo es das gab. Aber Stuttgart, Mannheim oder Karlsruhe nie und Biberach schon gar nicht.«

»Sehen Sie. Und deshalb glaube ich nicht an Ihre Theorie.«

Ludwig blieb beharrlich. Allerdings war ihm auch klar, dass die Tötungsart eindeutig war. Es musste eine Verbindung geben zwischen den Beziehungen Bobbys und einem Geheimdienstmann. War es möglich, dass Vera Meerbusch nicht die Einzige war, mit der Bobby ein Verhältnis hatte? Könnte es nicht genauso gut gewesen sein, dass er sich bei seinen häufigen auswärtigen Aufenthalten auch ein Verhältnis zugelegt hatte? Möglicherweise ein Verhältnis mit einer Verbindung zu einem Geheimdienstmann, der seinen Nebenbuhler auf diese Art und Weise »entsorgte«? Dagegen sprach aber eindeutig wieder seine eigene Meinung, wonach ein Geheimdienst-Killer seine Opfer dort umbrachte, wo möglichst wenig Zeugen vorhanden waren. Der Schützensamstag mit seinen vielen Gästen war dafür denkbar ungeeignet. Zu riskant für einen erfahrenen Geheimdienstmann.

Wo war die Verbindung?

»Und ich glaube nicht an die Ihre, Herr Hirschberger. So einfach ist das. Halten Sie es wirklich nicht für möglich, dass Herr Maurer Verbindungen zu einem fremden Dienst hatte?«

»Nun, ausschließen kann man das natürlich nicht«, meinte Ludwig, »aber ich halte es für sehr unwahrscheinlich. Sie könnten ja mal untersuchen, ob er für irgendwelche Potentaten geheime Bunkeranlagen gebaut hat und die sich eines Geheimnisträgers entledigen wollten. Das erscheint mir jedoch reichlich weit hergeholt und abstrus. Auch aufgrund seiner Hobbys und Neigungen sehe ich keinerlei mögliche Verbindungen zum Geheimdienst. Waffen und Kämpfen war nie sein Ding. Bobby war ein erklärter Pazifist.«

Ludwig brachte noch eine andere Geschichte ins Spiel:

»Gerhard Zielinski, ein ehemaliger Klassenkamerad von uns während der Grundschulzeit, hätte eventuell die Easy-Rip-Methode gekannt. Außerdem war er schon als Schüler einen Kopf größer als alle anderen Schüler. Er hat sich als Söldner im Nahen Osten verdingt, ist dort aber höchstwahrscheinlich ums Leben gekommen.«

»So? Woher wissen Sie denn das?«, fragte Kollwo nach.

»Es muss Ihnen schon klar sein, dass ich genügend Beziehungen habe, um das herauszubringen.«

Ludwig konnte seine Quelle ja nicht preisgeben.

»Der Tod von Gerhard Zielinski ist aber nicht bewiesen, weshalb wir ihn durchaus auf dem Radar haben.«

Kollwo hatte Ludwig doch einen Tipp gegeben. Die Sache Gerhard Zielinski war entweder noch nicht ausgestanden oder Kollwo wollte ihm absichtlich eine falsche Information geben.

»Dann wünsche ich Ihnen viel Erfolg, Herr Kollwo.«

»Na, dann werden wir uns mal an die Arbeit machen. Sollten wir etwas herausbekommen, lassen wir Sie es natürlich wissen, Herr Hirschberger. Gute Reise und schönen Tag noch. Übrigens: Der Täter hatte sein Tatwerkzeug dabei. Alleine schon das weist auf eine von langer Hand geplante Tat hin. Also nix mit Spontanhandlung. Das sollte gerade Ihnen bekannt sein.«

Ludwig war klar, dass er von diesem Mann nie etwas zu diesem Fall hören würde. Zum einen vermutete er, dass das BKA nichts, aber auch gar nichts herausfinden würde, was Bobby auch nur in die Nähe der Geheimdienste brächte, zum anderen würde ihm Jens Kollwo aber nie etwas sagen, falls er doch etwas herausbekäme. Und dass Gerhard Zielinski noch am Leben war, glaubte auch Kollwo ganz offensichtlich nicht.

»Damit haben Sie allerdings völlig recht. Die Sache mit dem Tatwerkzeug wiegt natürlich schwer, da werden Sie eine ordentliche Nuss zu knacken haben. In dem Fall, auch Ihnen einen schönen Tag und viel Erfolg, Herr Kollwo.«

Als Ludwig den Gang betrat, saß Gabi da. Offensichtlich war sie die nächste, die Kollwo vernehmen wollte. Ludwig wusste nicht, ob er sie ansprechen sollte, schließlich war erst gestern ihr Mann beerdigt worden.

»Hallo Gabi«, sagte Ludwig.

Aber seine Jugendliebe antwortete ihm nicht. Zumindest jetzt, nachdem man ihn ungerechtfertigt beschuldigt hatte, ihren Mann getötet zu haben, könnte sie doch etwas sagen. Gerade jetzt, da sich herausgestellt hatte, dass Ludwig völlig unschuldig war und unnötig lange festgehalten worden war, hätte er sich über ein Wort von ihr gefreut. Aber Gabi blieb stumm. Kopfschüttelnd verließ Ludwig das Gebäude und ging zu seinem Wagen. Schnurstracks verließ er seine Geburtsstadt in Richtung Wien.

Nachdem Ludwig in Wien angekommen war, erstellte er sofort für sich eine Sequenz-Analyse des Tathergangs. Da ihm keine Einsicht in die Untersuchungsergebnisse gewährt worden war, musste er sich auf das beziehen, was ihm bekannt war. Das betraf hauptsächlich den Tatort und die Tatzeit. Daneben gab es aber noch die Bilder von Karl-Heinz Joos, die er sich hatte ansehen können. Nach längerem Nachdenken hielt Ludwig fest:

1. Der Täter wusste genau, dass Bobby Maurer zu einem bestimmten Zeitpunkt zum Hundertguldenloch kommen wird.
2. Außer Bobby wusste das nur Vera Meerbusch.
3. Ergo musste der Täter Bobby und Vera beobachtet und belauscht haben.
4. Der Täter oder die Täterin handelte gezielt, blitzschnell und verließ den Tatort unmittelbar.
5. Ein Trigger-Auslöser wie etwa bei einem Triebtäter kann ausgeschlossen werden.
6. Kein Overkill, das heißt kein Übertöten wie bei Beziehungstaten, wenn Menschen in völliger Rage ihre Opfer erdrosseln, erwürgen und zugleich erstechen.
7. Keine Nachtat-Handlung, also kein »Herrichten« des Opfers durch den Mörder nach der Tat – so, als ob er alles ungeschehen machen möchte, was besonders bei Beziehungstaten vorkommt.

Vieles sprach für einen professionellen Killer, also gegen eine Beziehungstat, und doch schloss er diese nicht aus. Und noch etwas sprach für einen Profi-Killer: Hinter dem Ohr hatte Ludwig eine Art Markierung entdeckt. Diese Markierung hatte er noch nie bei einem Easy-Rip gesehen. Er wusste, dass es manche Profis gab, die die Leiche quasi »signierten«. Sie brachten ein kleines Merkmal an der Leiche an wie ein Maler auf seinem Bild. Sie betrachteten ihre Tat quasi als Kunstwerk.

Es waren gut und gerne vier Wochen ins Land gezogen. Ludwig ging wieder seiner Arbeit nach, analysierte und stellte Verbindungen her. Und bei jedem Fall fragte er sich: Qui bono, wem nützt die Tat? Und jeden Abend und jedes Wochenende nahm er sich eine Menge Akten mit nach Hause, um diese zu studieren.

Von Jens Kollwo hörte Ludwig nie mehr etwas. Das hatte er auch nicht anders erwartet. Aber auch in der Presse war nichts zu lesen über den mysteriösen Mord von Biberach. Ludwig rief mehrere Male bei Lothar Sattler an, um sich zu vergewissern, was aus dem Fall geworden sei, doch der Freund meldete immer dasselbe: Fehlanzeige. Außer: Inzwischen wusste man, dass Gerhard Zielinski tatsächlich nicht mehr lebte. Derdak hatte recht gehabt: Der Mossad hatte den unliebsamen Deutschen beseitigt, da er in Gaddafis Auftrag in Israel spioniert und Entführungspläne vorbereitet hatte.

Aber Ludwig fragte sich, ob es eventuell Verbindungen zwischen Gerhard Zielinski und Bobby gegeben hatte. Doch dies kam ihm völlig abstrus vor. Nach seiner Erinnerung konnten sich die beiden nie leiden. Hier der Architektensohn, der in den 50er-Jahren schon vom Wirtschaftswunder profitierte – und dort der Heimatvertriebene Gerhard Zielinski, dessen Eltern 1946 gerade mal das mit nach Deutschland nehmen durften, was sie am Leib trugen. Der Vater, durch einen Kopfschuss im Krieg von unsäglichen Schmerzen gepeinigt, wurde darob zum Alkoholiker. Jeden Tag verdrosch er seinen Sohn. Und wenig später verließ er die Familie.

Das Leben hatte es also nicht unbedingt gut mit Gerhard Zielinski gemeint. Dann noch die Sache mit dem Einbruch in der Hindenburgstraße, quasi dem Beginn seiner kriminellen Karriere.

Nein, eine Verbindung zwischen den beiden sah Ludwig beim besten Willen nicht. Und so gab es für ihn auch keine Verbindung zwischen Bobby und dem Mossad.

Es erhob sich im Weiteren die Frage, ob Bobby möglicherweise doch Verbindungen zur CIA oder zum KGB hatte. Den KGB gab es in seiner ursprünglichen Form seit fast zehn Jahren nicht mehr und Bobby gehörte nun wahrlich nicht zum linken politischen Spektrum. Er wollte zwar nie das brave Bürgersöhnchen mimen. Klar. Aber politisch links? Kaum vorstellbar. Lothar Sattler, ein echter Alt-68er würde sich totlachen, wenn einer behauptete, Bobby habe für den KGB gearbeitet.

Blieb noch der CIA. Lothar, der bestinformierte Mann von Biberach, hielt das einfach für »nicht möglich«. Ludwig hatte ihn deshalb extra angerufen. Gut, Bobby war viel im Ausland unterwegs, um seine Bauten zu überwachen, aber dabei handelte es sich zumeist um große Bürogebäude deutscher Firmen in westeuropäischen Ländern.

»Und wie gesagt, Laura von Leeven hat völlig recht: In den letzten Jahren ist Bobby nicht mehr zu den großen Aufträgen gekommen. Da war er, bis auf ein paar Urlaube, immer in Biberach.«

Lothar hatte sich zwischenzeitlich sogar einmal mit Gabi unterhalten können. Auch ihr waren angebliche Verbindungen zu Geheimdiensten lächerlich vorgekommen.

»Bleibt noch Vera Meerbusch«, warf Ludwig ein. »Du hättest doch die Möglichkeit, ihre Personalakte einzusehen. Sieh doch mal nach, ob dir da etwas ins Auge sticht. Vielleicht hatte sie ja Verbindungen zur CIA und hat Bobby hineingezogen.«

Ludwig wollte einfach nur alle noch so merkwürdigen Möglichkeiten ausschließen.

»Jetzt geht der Gaul aber endgültig mit dir durch. Die Vera war und ist eine sehr zuverlässige Mitarbeiterin des Landratsamtes. Nie hat sie sich etwas zuschulden kommen lassen, nie ist sie aufgefallen. Erstens steht in der Personalakte höchstwahrscheinlich gar nix drin und zweitens würde ich Amtsmissbrauch begehen. Das mach ich nicht, auch nicht für dich!«

Da war er wieder, der Gerechtigkeitsfanatiker. Aber natürlich hatte er recht: Was sollte eine 50-jährige Frau, die Zeit ihres Lebens nie aus Biberach hinausgekommen war, mit der CIA zu tun haben? Ludwig schlug sich diese ganzen Räuberpistolen aus dem Kopf. Sie würden ihn ganz bestimmt nicht weiterführen.

Außerdem hatte er mit seinen Fällen genug zu tun. Auch wenn man ihm den Fall Natascha Kampusch nicht mehr zurückgab. Den hatte Pöltinger anderweitig vergeben und wollte ihn nach Ludwigs Rückkehr dem anderen Kollegen nicht mehr wegnehmen.

Überhaupt, der Herr Pöltinger. Das Verhältnis zwischen Ludwig und seinem Vorgesetzten kühlte sich deutlich ab nach den Vorfällen von Biberach. Fallen lassen hatte ihn Pöltinger, wie eine heiße Kartoffel, entgegen seinen Versprechungen. Nichts hatte der für ihn getan. Gar nichts. Nach seiner Rückkehr nuschelte er irgendetwas von Vorgaben aus dem Innenministerium. Ludwig indes glaubte ihm kein Wort. Und er würde dem Vorgesetzten von nun an nur noch das Allernotwendigste mitteilen, wollte ihn nicht mehr direkt an seinen Fällen teilhaben lassen. Vertrauensbruch blieb Vertrauensbruch, zumal Ludwig aus dem Innenministerium erfuhr, dass man von dort aus sehr wohl intervenieren wollte. Aber Pöltinger habe abgeraten. Dass ihn sein eigener Chef für einen möglichen Mörder gehalten hatte, konnte Ludwig weder verzeihen noch vergessen.

Kollegen meinten, er solle sich in einen anderen Bezirk versetzen lassen, was Ludwig aber mit dem Argument ablehnte, seine Fälle könnten schließlich nichts für Pöltingers schäbiges Verhalten.

Zwischenzeitlich hatte sich Ludwig alle Easy-Rip-Fälle in Österreich – es gab nur welche in Wien – der letzten 20 Jahre geben lassen und am Wochenende studiert. Es war kein Fall dabei, der nicht parallele Würgemarken aufwies. Also hatte kein Hüne in Wien sein Unwesen getrieben. Und vor allem, kein Easy-Rip hatte eine sogenannte »Signatur«. Der Täter von Biberach musste entweder neu im Gewerbe sein oder sich nie in Österreich betätigt haben. Das war allerdings in der Geheimdienstbranche bei den Nachbarländern eher unüblich. Fragen über Fragen. Er würde sich am liebsten die gesammelten Unterlagen über den Fall Robert Maurer beim Bundeskriminalamt in Wiesbaden mittels Amtshilfeabkommen einholen. Aber dazu benötigte er die Genehmigung seines Vorgesetzten. Und der hieß immer noch Hofrat Pöltinger.

Am 26. Oktober klingelte am Abend das Telefon bei ihm zu Hause. Lea nahm ab.

»Hirschberger, hallo. Bitte, wer sind Sie? Ah, Sie wollen meinen Mann sprechen? Ein kleines Momenterl, bitte.«

Sie gab Ludwig den Hörer.

»Eine Frau Schwegler von der Polizei in Biberach.«

Was will denn die von mir, dachte sich Ludwig.

»Hirschberger?«

»Hallo Herr Hirschberger, hier ist Linde Schwegler aus Biberach. Na, schon Feierabend heute?«

»Nein – oder besser gesagt doch. Den ganzen Tag heute schon. Bei uns ist heute der Nationalfeiertag.«

»Oh, das wusste ich nicht. Ich hoffe, ich störe Sie nicht!«, sagte die Polizistin am anderen Ende.

»Nein, natürlich nicht. Was gibt's denn Neues in Biberach?«

»Ich glaube, Sie hatten recht, Herr Hirschberger.«

»Aha?«

Ludwig wurde neugierig.

»Ja, das BKA hat uns heute die Akten zurückgeschickt. Mit dem Vermerk: keine Hinweise auf eine fremde geheimdienstliche Tätigkeit. Zur lokalen Weiterbearbeitung, stand darauf. Sonst nichts. Kein Wort. Keine Hinweise auf das, was sie die ganze Zeit ermittelt haben. Nichts! Was sagen Sie dazu?«

»Habe ich nicht anders erwartet, Frau Schwegler. Habe ich es Ihnen nicht prophezeit? Das war mir vom ersten Augenblick an klar. Und jetzt, wie geht's weiter, was macht Ihre Kollegin Wesel jetzt? Wird sie mich wieder einbestellen?«

»Ganz sicher nicht. Die bestellt derzeit überhaupt niemanden ein«, sagte Linde Schwegler.

»Wieso nicht?«, wollte Ludwig wissen.

»Die ist seit Ihrer Dienstaufsichtsbeschwerde krankgeschrieben. Leidet unter psychischen Problemen.«

Linde Schwegler wirkte offenherziger, freier, souveräner als noch vor ein paar Monaten in Biberach.

»Ach, die Ärmste. Soso, krank ist sie. Und schuld ist bestimmt wieder der böse Herr Hirschberger aus Wien«, feixte Ludwig. »Aber sagen Sie, wie geht's denn meiner lieben Jahrgängerin Monika Müller-Biel?«

»Ach, die macht weiterhin ihren Job. Aber es hat eine Weisung von ganz oben gegeben, dass sie nur noch über die Pressestelle der Polizei informiert werden darf. Nicht mehr direkt. Jetzt sitzt sie auf dem Trockenen.«

Es war Linde Schwegler anzumerken, dass auch sie die Müller-Biel nicht besonders mochte.

»Geschieht ihr recht. Sollten Sie irgendwelche Hilfe von mir benötigen, dürfen Sie mich jederzeit anrufen. Allerdings nur bis zu dem Zeitpunkt, an dem die Wesel den Fall wieder übernimmt«, lachte Ludwig ins Telefon.

»Mir wär's viel lieber, Sie kämen mal wieder nach Biberach und würden mir hier mit Rat zur Seite stehen. Wir kommen nämlich keinen Schritt voran.«

Linde Schwegler hätte offenbar gerne mit Ludwig gearbeitet.

»Nein danke, liebe Frau Schwegler, mein Bedarf an Biberach ist für längere Zeit gedeckt. Aber wenn Sie mir die Bilder der Leiche von Robert Maurer zusenden könnten, wäre ich Ihnen sehr dankbar. Mir ist nämlich beim kurzen Betrachten etwas Komisches aufgefallen. Ich hatte aber danach keine Gelegenheit mehr, mir die Bilder genauer anzusehen. Aber ich weiß es ja, Sie dürfen Beweismittel nicht weitergeben, schon gar nicht an einen Kollegen aus Wien. In diesem Falle: Auf Wiedersehn Frau Schwegler und eine gute Zeit wünsche ich Ihnen.«

»Ihnen auch, Herr Hirschberger. Und wenn Sie doch mal nach Biberach kommen, würde ich mich über Ihren Besuch sehr freuen. Ciao.«

»So freundlich hast in Wien no mit kaaner Kiberin gredt«, meinte Lea.

»Das war auch die Einzige, mit der man normal reden konnte. Nur durch sie habe ich weiterhin an die gerechte Sache der Polizei geglaubt.«

Damit war es Ludwig ernst.

»Dann kannst sie ja heiraten«, sagte Lea ohne einen Anflug von Ironie, was für sie sehr außergewöhnlich war. Auch redete sie jetzt nicht mehr im Dialekt, was sie nur machte, wenn es um ganz ernste Themen ging.

»Bist jetzt vollkommen deppert?«, entgegnete Ludwig.

»Na, durchaus nicht. Ich werd mich von dir trennen, Ludwig.«

Es zog ihm den Boden unter den Füßen weg. Mit allem hätte er gerechnet, aber nicht mit diesem Satz. Er setzte sich erst einmal hin. Dass Lea mit so etwas nicht spaßte, war ihm klar. Aber er konnte sich keinen Grund denken. Sie hätten schließlich im nächsten Jahr die silberne Hochzeit gefeiert. 24 Jahre warf man nicht grundlos weg. Nicht Lea, nicht seine Frau. Nicht Lea, die Mutter ihres gemeinsamen Sohnes Marco. Er war sprachlos. Völlig unfähig, auch nur ein Wort zu sagen.

»Es gibt keinen anderen, Wiggerl. Aber während du so lange in Biberach warst, wurde mir bewusst, dass ich auch ein Leben habe. Dass ich nicht nur die Frau Polizei bin. Die nichts anderes zu tun hat, als den ganzen Tag dafür zu sorgen, dass es dem Herrn Hirschberger ja an nichts fehlt. Dass sein Sohn wohlerzogen ist. Dass seine Hemden immer frisch gebügelt sind, seine Schuhe sauber geputzt. Dass seine Krawatte immer richtig sitzt. Dass sie an offiziellen Empfängen immer schön an seiner Seite sitzt. Dass sie beim Opernball stolz auf ihren Mann ist, dabei sein zu dürfen, obwohl sie das gar nicht will. Ich habe entschieden, die nächsten 15 Jahre bis zu deiner Pensionierung nicht zu warten. Ich habe mich dafür entschieden, noch einmal für 15 Jahre Lea Leithner zu sein und nicht mehr die Frau vom Kiberer. Ich will selbst noch etwas bewegen, selbst kreativ werden. Ich will die Welt wieder durch meine Augen sehen, Ludwig. Ganz alleine durch meine Augen. Nicht durch deine und nicht durch Marcos Augen.«

»Und Marco?«

Das war das Einzige, was Ludwig herausbekam. Ihm war, als hätte er sich an einem ganz üblen Brocken verschluckt.

»Marco ist erwachsen, falls du das noch nicht bemerkt haben solltest. Er braucht dich nicht mehr und er braucht auch mich nicht mehr. Er wird im Jänner für ein Jahr nach Pittsburgh gehen und ein praktisches Jahr an der University of Pennsylvania belegen.«

»Was? Da weiß ich ja gar nichts davon!«

Ludwig fand langsam seine Sprache wieder.

»Jaja. Mindestens zehnmal hat er versucht, mit dir darüber zu reden. Aber der Herr Kiberer hat ja keine Zeit für seinen Buben. Der hat ja immer nur seine Fälle und seine Seminare im Kopf. Seit August hat er eine neue Freundin. Manuela heißt sie. Wie oft wollte er sie dir vorstellen. Wollte seinen ganzen Stolz zeigen, dass er so eine wunderbare Freundin hat. Aber unser Herr Kiberer hat keine Zeit. Unser Herr Kiberer ist ein ganz bedeutender Polizist. Die haben keine Familie, die haben nur die Polizei.«

Wie ein geschlagener Hund saß Ludwig auf dem Sofa. Lea hatte recht. Vollkommen recht. Das war das Schlimme an der ganzen Sache. Er hatte sie über Jahre, nein über Jahrzehnte vernachlässigt. Er hatte Marco vernachlässigt. Er hatte geglaubt, je höher er im Beruf stieg, je größer sein Ansehen in der Öffentlichkeit wurde, je mehr Geld er mit nach Hause brachte, um so mehr müsste auch sein Ansehen in seiner Familie steigen. Aber jetzt wurde ihm klar: Die Familie brauchte keinen öffentlichen Ehemann oder Vater, sie brauchte in erster Linie einen Partner und verlässlichen Vater. Einer der da war und Zeit hatte und sich für sie interessierte. Der mit ihnen diskutierte, Probleme behandelte und nicht am Ersten seinen Scheck hinlegte und sich wieder seinen Fällen widmete.

Was war das für eine neue Freundin von Marco? Klar, er hatte ein paarmal von einer neuen Freundin erzählt. Aber Ludwig hatte kaum von seinem Aktenberg aufgeschaut, den er jeden Abend mit nach Hause brachte. Wann hatte er zuletzt mit Lea geschlafen? Einmal im Juli, als er aus Biberach zurückgekommen war. Davor sicher ein Jahr nicht mehr. Lea hatte recht. Vollkommen recht. Leider. Hätte ihm heute Morgen jemand erzählt, was ihm heute widerfahren würde, er hätte ihn für verrückt erklärt. Aber jetzt war diese Situation eingetreten. Plötzlich und endgültig. Er kannte Lea zu gut und wusste, dass es nichts gab, was geeignet wäre, sie umzustimmen.

»Ich möchte bloß keinen Rosenkrieg. Ich hoffe, wir beide bekommen wenigstens das noch einigermaßen hin, dass wir uns wie vernünftige Menschen trennen können.«

Die Resignation war in Ludwigs Stimme deutlich zu hören.

»Keine Angst, ich werde keine überhöhten finanziellen Forderungen an dich stellen, falls du das meinst!«, sagte Lea.

»Nein, das meine ich nicht. Gar nicht.«

Bitterkeit stieg in Ludwig hoch.

»Ich will, dass du dieses Haus behältst, Lea.«

»Aber du hast es doch bezahlt!«

Lea schien überrascht.

»Und du hast es mit Leben erfüllt. Ich kann ohne dich hier nicht leben. Es wäre ein lebloses Gemäuer ohne dich. Deshalb ist es dein Haus. Es ist dein Garten. Du hast es so liebevoll gepflegt, deshalb möchte ich, dass du es behältst. Wo der Kiberer mit seinen tausend Akten wohnt, ist völlig sekundär. Ihm fehlt jeder Sinn für das Schöne. Ihm ist nie aufgefallen, mit wie viel Liebe und Mühe und Kreativität und Eleganz du dieses Haus und diesen Garten gestaltet hast.«

Ludwig sprach über sich in der dritten Person, als ob er sich selbst fremd geworden sei.

Ludwig blieb nichts anderes übrig, als sich eine kleine Wohnung in der Nähe seines Kommissariats zu suchen, er wurde in der Kleinen Sperlgasse fündig. Den Trennungsschmerz von seiner Lea und von Marco, der inzwischen sein Studium in Pennsylvania aufgenommen hatte, versuchte er, mit noch mehr Arbeit zu kompensieren. Was hätte er in seiner Freizeit auch sonst tun sollen? Immer mehr fiel ihm auf, was er in der Vergangenheit alles falsch gemacht hatte. Er hatte Lea, diesen wertvollen Menschen, in den vergangenen Jahren mehr oder weniger sich selbst überlassen, hatte sie als Staffage bei Empfängen und Veranstaltungen missbraucht, sie als Haushälterin benutzt, als Putzfrau und als Mutter seines Sohnes. Den Menschen Lea oder die Geliebte Lea hatte er, ohne es zu wollen und ohne sich darüber im Klaren zu sein, zur Seite geschoben. Welch ein Fehler, was für eine Katastrophe!

Umso bitterer kam ihn an, erkennen zu müssen, dass diejenigen, für die er das getan hatte, ihn hatten fallen lassen wie einen Haufen Dreck. Wie eine ranzige Kakerlake. Für Franz Pöltinger empfand er nur noch Verachtung und Ekel. Ludwig war zwar von seinem Naturell her nicht rachsüchtig, ganz im Gegenteil. Hofrat Pöltinger jedoch bekam von Ludwig niemals mehr die Fülle an Informationen, mit der er wie zu besseren Zeiten beim Innenministerium punkten konnte. Ganz bewusst ließ Ludwig ihn regelmäßig zappeln und nicht nur einmal erfuhr sein Vorgesetzter von Ermittlungsergebnissen erst aus der Presse. Pöltinger setzte Himmel und Hölle in Bewegung, um Ludwig in einen anderen Bezirk versetzen zu lassen. Da er selbst aber keine brauchbaren Ergebnisse mehr an das Ministerium des Inneren liefern konnte, war sein Einfluss massiv geschwunden und Ludwig konnte auf seinem Posten bleiben.

Als sich Natascha Kampusch in einer aufsehenerregenden Aktion von ihrem Peiniger befreien konnte, geriet Hofrat Pöltinger so unter Druck, dass er um seinen vorzeitigen Ruhestand ansuchte. Insbesondere, als der ORF Fakten aufdeckte, wonach Hirschberger die lebende Natascha Kampusch gesucht hatte und Hofrat Pöltinger, nachdem er Ludwig den Fall entzogen hatte, gar nicht mehr nach ihr suchen ließ. Danach war Pöltinger absolut unten durch.

Ludwig musste feststellen, dass seine Verweise aus den Ermittlungsakten entfernt worden waren. Daraufhin zeigte er Hofrat Pöltinger an. Weil man dem Hofrat aber nicht nachweisen konnte, dass er es war, der Ludwigs Vermerke entfernt hatte, wurde er freigesprochen. Trotzdem verließ er anschließend Österreich und zog zu einem Cousin nach Südtirol.

Das alles passierte, während Marco mit seiner schwangeren Frau Manuela von Pittsburgh nach Rhode Island in New York zog. Ludwig nahm sich sechs Wochen Urlaub, half den beiden, wo er nur konnte. Er arbeitete, werkelte, tapezierte, strich Wände und konnte sich wenigstens mit seinem Sohn und seiner Schwiegertochter wieder ein bisschen versöhnen.

Dass ihn sein Kommissariat in dieser Zeit schwer vermisste, störte Ludwig wenig. Seine Familie – oder das, was davon übrig geblieben war – war ihm inzwischen wichtiger.

Mit Lea verband ihn ein sehr freundschaftliches Verhältnis. Seine kulturbeflissene Frau war inzwischen als Führerin im Kunsthistorischen Museum in Wien tätig. Eine Position, die sie völlig ausfüllte und in der sie aufging. Hin und wieder trafen sie sich zu einem Kaffee oder zum Essen. Zur Geburt ihrer Enkelin flogen beide gemeinsam nach New York.

Schmerzlich wurde Ludwig auf dieser Reise bewusst, dass er erst nach Amerika reisen musste, um mit seiner Familie ein harmonisches Familienfest feiern zu können.

Diese Erfahrungen hinterließen viele Spuren bei Ludwig. Wehmütig wurde ihm nach der Rückkehr nach Wien bewusst, dass er das Rad der Zeit nicht zurückdrehen konnte. Er hatte seine Chance vertan. Aus. Vorbei.

»Du Narr«, sagte er öfters zu sich.

Und immer öfter dachte er an den immer noch ungeklärten Fall Robert Maurer im fernen Biberach. Niemand hatte etwas herausgebracht. Niemand hatte auch nur eine Spur entdeckt. Noch nicht einmal gen-fähige Spuren hatte man am Tatort und an den Asservaten finden können.

Immer wenn jemand vom perfekten Verbrechen sprach, wurde Ludwig Hirschberger fuchsteufelswild.

»Es gibt kein perfektes Verbrechen, es gibt nur schlampige und fehlerhafte Ermittlungen.«

Ausgerechnet bei seinem Freund Bobby Maurer sollte es das perfekte Verbrechen gegeben haben? Damit konnte er sich, damit wollte er sich und damit würde er sich niemals abfinden.

Zehn Jahre später

Ludwig ließ sich von gewissen Dingen immer mehr beeindrucken. Vieles ging ihm im Gegensatz zu früher sehr nahe. Die ganzen schlimmen Fälle, das Elend der Menschen, die Abgründe der Verbrechen, all dies nagte an ihm. Immer mehr, immer schlimmer. Und auch der Zahn der Zeit nagte an ihm. Gerade hatte er seinen 60. Geburtstag gefeiert. Ohne viel Trara, ohne Brimborium oder »Brimbramborium«, wie man in Oberschwaben sagte.

Sein größtes Geburtstagsgeschenk war der überraschende Besuch von Lea. Noch immer begegneten sich die beiden inzwischen getrennten Eheleute mit viel Respekt und Höflichkeit. Und die Freude war riesig, als Lea mit drei Flaschen Grünen Veltliner von seinem Lieblings-Weingut, zwei Wiener Schnitzerln und einer gehörigen Portion Erdäpfelsalat bei ihm eintraf. Sofort nahm sie eine Pfanne und briet die Schnitzel an. Und es schmeckte Ludwig wie früher. Zum Nachtisch gab es Zwetschkenröster mit Palatschinken. Ludwig fühlte sich wie im Himmel. Nicht nur jetzt bedauerte er es, dass Lea ihn verlassen hatte. Als dann noch Marco via Skype bei ihm anrief und gratulierte und auch Manuela und Enkelin Larissa ihm einen dicken Kuss zuhauchten, war Ludwig glücklich.

Jetzt aber kam ein ganz anderer Tag: der Tag seiner Verabschiedung. Ludwig hatte um seine frühzeitige Pensionierung gebeten, der schließlich stattgegeben wurde. Heute war sein letzter Arbeitstag. Im Amt gab es einen großen Empfang.

Neben dem Polizeipräsidenten kam sogar der Innenminister, um Ludwig seine Ehre zu erweisen. Immerhin verliere man einen profilierten Fall-Analytiker schwadronierte der Innenminister, der launig darauf hinwies, wie viele Verbrecher wohl noch frei herumlaufen würden, hätte nicht Ludwigs messerscharfe Analyse die bösen Buben aufgespürt.

Überraschenderweise war auch Hofrat Emil Jelinek von der Staatspolizei anwesend. Er hatte fünfjähriges Pensionisten-Jubiläum und wurde vom Innenminister mit einer Urkunde geehrt.

Am Abend trafen sich ein paar ausgesuchte Kollegen im »Salm-Bräu« am Rennweg, um Ludwigs Abschied zu feiern. Ludwig bat den Hofrat, einfach mitzukommen. Er hatte zu Jelinek immer ein sehr gutes Verhältnis. Der Staatspolizist hatte sehr viel mit Tötungsdelikten in Spionagefällen zu tun gehabt und Ludwig wollte sich die Gelegenheit nicht nehmen lassen, mit dem erfahrenen Hofrat über die Easy-Rip-Methode zu sprechen.

Schließlich würde er in ein paar Wochen wieder nach Biberach fahren. Zur 60er-Jahrgänger-Feier. Und da wollte er noch ein bisschen in diesem ungelösten Fall herumstochern. Er hatte jetzt genügend Zeit. Und nichts und niemand würden ihn davon abbringen, höchst ausgiebig zu ermitteln.

Der Hofrat war überrascht, dass sich Ludwig so intensiv über die Easy-Rip-Methode erkundigte.

»Warum willst du denn das so genau wissen, Piefke?«

»Du weißt doch noch die Gschicht vor zehn Jahren, bei mir z'Haus in Deutschland, als i selber unter Verdacht graten bin. Des war a Easy-Rip. Und i glaub net, dass des a Geheimdienstgschichterl war!«

»Aber ein Easy-Rip war's?«, fragte der Hofrat

»Eindeutig und ohne Zweifel, das hat die Sache ja so verwirrend gemacht und deshalb haben deine Kollegen aus Wiesbaden nix rausgefunden«, meinte Ludwig.

»Und die finden viel raus am End vom Tag«, lobte der Hofrat die deutschen Kollegen.

»Welche Dienste haben außer KGB, CIA und Mossad vor zehn Jahren die Methode noch angewendet?«, bohrte Ludwig.

»Keiner«, war sich Jelinek sicher.

»Und wer von denen hat Easy-Rip erfunden?«, hakte Ludwig nach.

Der Hofrat überlegte. Nach einer kurzen Pause sagte er: »Keiner von denen.«

»Wie bitte? Wenn ich eine Methode erfinde, wende ich sie auch an. Wieso hat sie nicht derjenige, der sie erfunden hat, auch angewendet?«

Das hörte Ludwig jetzt zum ersten Mal. Das stand in keinem Dienstbuch, in keiner Anleitung. Das hatte ihm auch keiner gesagt.

»Der hat sie sehr wohl angewendet. Nur hieß die Methode zum Zeitpunkt ihrer Erfindung nicht Easy-Rip, sondern Beck-Schleife«, dozierte Hofrat Jelinek.

»Wie bitte? Beck-Schleife?« Ludwig war jetzt vollkommen ratlos. »Und wer war dieser Beck?«

»SS-Sturmführer Beck. Mitglied der Gruppe Skorzeny!«

Ludwig sprang fast aus seinem Sessel hoch. Wie immer in Fällen höchster Anspannung und Konzentration bekam er total rote Ohren.

»Otto Skorzeny?«

»Ja genau der, der den Duce befreit hat am Gran Sasso, oder besser gesagt, entführt hat. Der den Eichmann entführen wollte in Tel Aviv und so weiter!«

Er war eine unerschöpfliche Quelle, dieser Hofrat Jelinek. Warum hatte er diesen Mann nicht schon vor zehn Jahren befragt? Ludwig hätte sich ohrfeigen können.

»Lebt von der Gruppe Skorzeny noch jemand?«, fragte Ludwig den Hofrat.

Der war nun richtig in seinem Element. Seit seiner Außerdienststellung vor fünf Jahren hatte ihn niemand mehr so intensiv befragt wie der Profiler.

»Das weiß ich nicht. Da habe ich keine Ahnung, da muss ich passen. Ich denke, theoretisch könnte es noch welche geben. Wannst da ermittelst, musst aber höllisch aufpassen, die Odessa ist immer noch höchst aktiv. Vor allem in Südamerika und den USA sind die Kerle noch eine richtige Macht.«

Nach einer kurzen Pause sagte Jelinek:

»Aber eine Tochter hat er noch in Wien, der Skorzeny. Waltraut heißt sie. Die müsste noch leben. Die dürfte ungefähr in meinem Alter sein.«

»Weißt du, wo ich die erreichen kann?«

Ludwig brannte innerlich.

»Natürlich nicht«, sagte Hofrat Jelinek, »aber wannst mich morgen am Nachmittag anrufst, kann ich dir's vielleicht sagen.«

Am liebsten hätte Ludwig den Hofrat geküsst.

Es war kaum 15 Uhr, als Ludwig beim Hofrat anrief.

»Jelinek hier und du bis sicher der Wiggerl.«

»Klar, Emil, ich kann's kaum erwarten, zu erfahren, ob es diese Tochter noch gibt.«

»Also, es gibt sie. Aber sie wohnt in Graz. du wirst nach Graz fahren müssen, Wiggerl.«

Der Hofrat gab Ludwig die Adresse, unter der Ludwig die Tochter von Otto Skorzeny finden könne.

»Danke, Emil. Vielen Dank. Ich glaube, jetzt hast du mir richtig geholfen, du hast etwas gut bei mir.«

»Sehr gut, Wiggerl«, meinte Jelinek. »Ein Abendessen beim ›Alten Heller‹ im dritten Bezirk wär angemessen.«

»Abgemacht, Emil. Ich melde mich bald bei dir.«

Ludwig legte auf und setzte sich sofort in sein Auto Richtung Graz.

Bis Ende dieses Monats war er noch offiziell im Dienst und das wollte Ludwig ausnützen. Dieses eine Mal, dieses einzige Mal würde er Amtsmissbrauch begehen und die Tochter von Otto Skorzeny unter dem Vorwand aufsuchen, sie dienstlich zu befragen.

Nach gut drei Stunden erreichte er die steirische Landeshauptstadt an der Mur. Ach, was war es gut, dass er jetzt ein Navi besaß. Lange hatte sich Ludwig gegen solchen Schnickschnack gewehrt, aber jetzt war er schon froh, dass ihn dieser kleine Helfer schnurstracks vor das Haus der Frau führte.

Ludwig klingelte und eine ältere, hochgewachsene Dame öffnete ihm. Sie konnte ihren Vater nicht verleugnen, das sah Ludwig sofort. Er hatte sich noch in der Nacht, als er vom Hofrat die Geschichte mit der Beck-Schleife und der Gruppe Skorzeny erfahren hatte, via Google ein genaues Bild des SS-Haudegens gemacht.

»Guten Tag, mein Name ist Ludwig Hirschberger vom Zweiten Wiener Polizeikommissariat.«

»Grüß Gott, Herr Hirschberger. Ja was wollen S' denn von mir? Womit kann ich Ihnen dienen?«

Die Frau war sehr freundlich und sehr entgegenkommend und ließ Ludwig sofort in ihr Haus hinein.

Sie kochte Kaffee, brachte Kekse und saß mit Ludwig an einem kleinen runden Biedermeier-Tisch.

»Was hab ich denn Schlimmes verbrochen, Herr Hirschberger?«

»Gar nichts, liebe Frau. Ich habe nur ein paar Fragen. Sind Sie die Tochter von Otto Skorzeny?!«

»Aha, daher weht der Wind. Ja, das bin ich.«

Sie war etwas enttäuscht, dass es schon wieder um ihren berühmt-berüchtigten Vater ging.

Ludwig war so von der Freundlichkeit der Dame angetan, dass er sich entschloss, ihr sofort die Wahrheit zu sagen.

»Ich bin quasi privat bei Ihnen, gnä' Frau. Ich werde Ende dieses Monats pensioniert und möchte mich dann privat um einen ungeklärten Fall in meiner Heimat in Süddeutschland kümmern.«

»Und dabei kann ich Ihnen helfen?«, fragte die Dame überrascht.

»Möglicherweise. Könnten Sie mir bitte Bilder Ihres Herrn Vater zeigen, auf denen er mit möglichst vielen von seinen Soldaten zu sehen ist?«

Ludwig hoffte, dass ihm die Dame diese Bitte nicht abschlagen würde.

»Den Herrn können Sie bei meinem Vater weglassen. Ich find nicht, dass er ein Herr war. Heute würde man ihn als Macho bezeichnen oder als Womanizer. Er war in allen Beziehungen ein rücksichtsloser Draufgänger, ein familienflüchtiger Mensch, der von seiner inneren Unruhe getrieben war. Und ganz bestimmt kein guter Vater. Weder während des Krieges noch danach. Aber Bilder hat er mir hinterlassen. Ja, jede Menge Bilder. Warten Sie, ich hole sie herein.«

Ludwig bedauerte, der Dame keinen Blumenstrauß mitgebracht zu haben. Aber er wollte sich ja dienstlich bei ihr melden und welcher Polizist brachte schon einen Blumenstrauß mit. Aber keine Frage, er würde dies nachholen.

Waltraut Skorzeny brachte einen großen Karton mit Bildern herein.

»So, da haben S' das ganze Fotoarchiv. Ich koch uns noch ein Kaffetscherl und Sie können sich in aller Ruhe die Bilder ansehen.«

Dieses Angebot war unglaublich verlockend. Denn nicht nur Kaffee und Kekse waren von allererster Qualität, sondern auch die Fotos, die sich Ludwig ansah.

Die überwiegende Anzahl der Bilder zeigten Otto Skorzeny mit Benito Mussolini, dem »Duce«. Leider waren die Männer im Hintergrund, die mit Skorzeny den Duce am Gran Sasso befreit hatten, unscharf, sodass Ludwig nichts erkennen konnte. Otto Skorzeny musste ein sehr eitler Mensch gewesen sein, denn auf nahezu allen Fotos war nur einer zu sehen: Otto Skorzeny. Die Mannschaften bildeten nur die Staffage. Es bestand natürlich auch die Möglichkeit, dass jemand hier gewesen war und entsprechende Fotos beseitigt hatte. Oder vielleicht hatte Skorzeny das sogar selbst erledigt. Ludwig war fast mit dem Karton durch und stand schon vor einer neuerlichen Resignation. Plötzlich entdeckte er ein schwarz-weißes Bild von Otto Skorzeny, das ihm komisch vorkam. Fotografien auf Karton waren damals sicher noch nicht möglich gewesen. Dieses Foto war einfach zu stark.

Er hielt es gegen das grelle Sonnenlicht und erkannte, dass darunter noch eine Fotografie war. Er fragte Waltraut Skorzeny, ob er an dem Bildkarton manipulieren dürfe. Sie nahm ihm das Bild aus der Hand und fuhr mit ihrem Fingernagel hinein. Beide waren sehr verwundert. Zum Vorschein kam ein weiteres Bild mit folgender Unterschrift: *Das Befreiungs-Kommando Adolf Eichmann vor der Abreise nach Tel Aviv am 19. Juli 1961*. Darauf waren ungefähr 15 Männer und Otto Skorzeny zu sehen. Außerdem waren etliche Frauen und auch einige Kinder auf dem Bild. Das verwirrte Ludwig ein bisschen. Ludwig sah sich das Bild ganz genau an, hielt plötzlich inne und sagte:

»Aha!«

Er erkannte gleich drei Personen auf dem Bild. Und alle drei Personen kannte er aus Biberach. Eine weitere Person kam ihm ebenfalls bekannt vor. Möglich, dass er sich das nur einbildete, aber für gewöhnlich konnte er sich auf sein Gefühl verlassen. Und wenn er diesen Mann kannte, musste er ihn zuordnen können. Das konnte Ludwig aber nicht. Es war ihm nämlich nicht klar, ob er ihn von einem Einsatz aus Wien kannte oder ob er ebenfalls aus Biberach stammte. Jedenfalls wurde Ludwig das Gefühl nicht los, dass ihn das Gesicht dieses Mannes an Gerhard Zielinski erinnerte. Bloß war der am 19. Juli 1961 gerade mal zwölf Jahre alt gewesen und hatte gerade einen Arrest abgesessen, weil er auf das neue Gebäude des Wieland-Gymnasiums in der Stadion-Allee mit dem Pinsel *Klugscheißer-Tempel* geschrieben hatte. Alleine aus der Wortwahl hatte man damals Gerhard Zielinski als Täter identifizieren können.

»Ist es das, wonach Sie gesucht haben?«, fragte die Dame.

»Und ob«, entgegnete Ludwig. »Wissen Sie, wer das ist?«

Ludwig zeigte auf den Mann auf dem Bild, bei dem er sich sicher war, ihn zu kennen.

»Ja, den kenn ich, der war öfter bei uns in Wien, in den 50er- und 60er-Jahren. Lassen Sie mich überlegen, mir fällt der Name noch ein. Er kam aus Mährisch-Ostrau, das weiß ich noch ganz genau.«

Ludwig stöberte weiter in dem Karton, ohne auf weitere interessante Fotos zu stoßen.

Die Bildunterschrift erregte Ludwigs Interesse. Unter den Personen, die er erkannte, stand *W. Z. mit Familie*. Und unter dem Mann, den er zu erkennen glaubte, aber nicht zuordnen konnte, stand *H. Z.*

Brüder konnten die beiden wohl kaum sein. Während W. Z. ein eher schmächtiger, filigraner Mann war, zeigte sich H. Z. als Zwei-Meter-Riese mit deutlichem Übergewicht und einer ausgeprägten Stirnglatze.

»Und diesen Mann, kennen Sie den?«

Ludwig zeigte auf den Hünen.

»Den hab ich noch nie gesehen. Das muss ein Mitläufer gewesen sein.«

»Sind Sie sich sicher, dass die Kürzel mit den Namen unter den Bildern stimmen?«, fragte ein äußerst erregter Ludwig.

»Ja, ich glaube schon, dass die stimmen. Aber etliche von denen haben sich nach dem Krieg eine neue Identität zugelegt«, berichtete Waltraut Skorzeny.

Ludwig bohrte weiter:

»W. Z. mit Familie. Und Sie können sich wirklich nicht erinnern, für welchen Namen W. Z. stand?«

»Ad hoc nicht. Aber ich werde darüber nachdenken. Rufen Sie mich einfach in den nächsten Wochen an, bis dahin ist mir der Name ganz sicher wieder eingefallen!«

»Liebe Frau Skorzeny, bitte lassen Sie mich Ihnen ganz herzlich danken. Sie wissen gar nicht, wie sehr Sie mir geholfen haben. Möglicherweise haben Sie dazu beigetragen, dass ein Mord, der vor zehn Jahren begangen und nie aufgeklärt wurde, jetzt vor der Aufklärung steht. Ich stehe tief in Ihrer Schuld!«

Ludwig verneigte sich vor der Dame, verabschiedete sich und machte sich auf den Heimweg.

Zu Hause in Wien ging er zuerst in das Blumengeschäft vis-à-vis und ließ Waltraut Skorzeny einen riesigen Blumenstrauß schicken. Auf der Karte, die er beilegen ließ, bedankte er sich noch einmal ganz herzlich für ihre Gastfreundschaft, den hervorragenden Kaffee und dafür, dass er sich die Bilder hatte ansehen dürfen.

Danach begann er mit den Reisevorbereitungen für das Jahrgänger-Treffen in Biberach.

Nein, er würde nicht mehr die strapaziöse Reise mit dem Auto machen wie vor zehn Jahren. Ein Flugzeug sollte ihn nach Friedrichshafen am Bodensee bringen. Von dort aus würde er mit der Bahn nach Biberach fahren. Es war gut, dass man heutzutage von Wien aus praktisch überall hinfliegen konnte. Ein Hotel benötigte er nicht mehr. Lothar Sattler hatte Richard Koch und ihn zu sich nach Hause eingeladen.

»Ich freu mich, wenn meine alten Kumpanen wieder im Lande sind und über das Schützenfest Leben ins Haus Sattler bringen. Es muss ja nicht so viel Trubel sein wie vor zehn Jahren, als man Bobby umgebracht hat und du unter Verdacht geraten bist.«

Nach ein paar Tagen erhielt er Post von Waltraut Skorzeny. In dem Brief schrieb sie ihm, dass sie noch ein Bild von W.Z. gefunden habe. Also hatte sie ihm doch nicht alle Bilder gezeigt. Aber sie schickte ihm dieses Bild zu, das W.Z. alleine zeigte. Darunter hatte Otto Skorzeny geschrieben: *Willibald Z., mein bester und treuester Mann.* Aber der Nachname war ihr bis dato nicht eingefallen. Und an den Riesen könne sie sich auch nach längerem Nachdenken nicht erinnern.

Kurz vor seiner Abreise rief er Lea an und teilte ihr mit, dass er für längere Zeit nach Biberach fahre, zur 60er-Feier. Lea wünschte ihm viel Spaß und sagte zum Schluss:

»Aber bittschön, net wieder an Freind umbringen, Wiggerl!!«

Sie musste heftig über ihren eigenen Spaß lachen. Auch Ludwig lachte mit. Dann sagte er:

»Du wirst es nicht glauben, aber ich habe fest vor, den Mord von vor zehn Jahren aufzuklären. Ich stehe kurz vor dem Durchbruch. Aber behalte es bitte für dich.«

»Na, dann viel Erfolg, ich hätte mich auch sehr gewundert, wenn du das nicht versuchen würdest. Aber wenn du den Fall aufklärst, Wiggerl, pass auf, dass du keinem auf den Schlips trittst. Du weißt ja, das passt manchen Herren gar nicht«, mahnte ihn Lea, die immer noch seine Ehefrau war, obwohl sie seit fast zehn Jahren getrennt lebten.

Ludwig überlegte sich genau, ob er den Mord noch vor oder erst nach der Feier aufklären sollte. Danach, befand er. Vorher, da würde er sich unter Zeitdruck setzen. Und das wollte er partout nicht. Er wollte die Schmach von vor zehn Jahren tilgen. Und er würde sie gründlich tilgen. Sollten doch Monika Müller-Biel und Konsorten ihren Triumph bei der Feier zunächst auskosten, dass Ludwig Hirschberger auch nach zehn Jahren nicht in der Lage war, den Mord an seinem Jugendfreund aufzuklären. Er konnte dem völlig gelassen und relaxed entgegenblicken, denn seine Stunde würde kommen. Dessen war er sich sicher.

Am frühen Morgen fuhr Ludwig mit der S-Bahn zum Flughafen Wien-Schwechat. Er checkte ein, gab sein Gepäck auf und wartete in der Abflughalle auf seinen Flug. Zuvor ging er noch in die Flughafenfiliale des Hotels »Sacher«, um Lothar Sattler eine große Sacher-Torte mitzubringen. Lothar, das wusste er, hatte eine Schwäche für Süßes und eine Sacher-Torte musste für ihn etwas Unwiderstehliches sein.

Kurz darauf wurde sein Flug aufgerufen. Ein Bus brachte Ludwig zu seiner Maschine. Die Dash 8-300 mit ihren 50 Sitzen war an diesem Morgen gut ausgebucht und Ludwig hatte alle Mühe, einen Fensterplatz auf der linken Seite zu ergattern. Er wusste, dass an klaren Tagen wie heute der Flug entlang der Alpen ein wahrer Augenschmaus sein konnte. Und so war es dann auch. Die Zeit verging im wahrsten Sinne des Wortes wie im Flug und viel zu schnell landete die InterSky-Maschine auf dem Bodensee-Airport. Ludwig wunderte sich über das riesige Abfertigungsgebäude. Als er Mitte der 70er-Jahre einmal hier gelandet war, hatte es nur eine Baracke gegeben, die als Filmkulisse für »Des Teufels General« hätte dienen können. Und jetzt so ein tolles Abfertigungsgebäude. Ludwig staunte nicht schlecht. Er ging zur Information und fragte, wie er am besten zum Bahnhof komme.

»Wohin wollen Sie denn fahren?«, fragte eine freundliche Dame.

»Nach Biberach«, antwortete Ludwig.

»Da brauchen Sie nicht auf den Bahnhof. Gehen Sie einfach aus dem Gebäude, überqueren Sie die Straße und von Gleis 2 fährt in – Moment – 22 Minuten ein Zug nach Biberach.«

»Besten Dank, gnä' Frau, das ist ja ein Super-Service und ein Super-Flughafen. Donnerwetter!«

Ludwig war jetzt echt beeindruckt. Der Zug hielt noch in Ravensburg, Aulendorf und Bad Schussenried – ob wohl die Frau Zielinski noch lebt, dachte er bei sich – und war dann schon in Biberach. Bequemer und schneller war er noch nie in seine Geburtsstadt gekommen.

Direkt auf dem Bahnsteig begrüßte ihn eine Dame von etwa 40 Jahren:

»Guten Tag. Herr Hirschberger?«

Ludwig war etwas erstaunt. Er hatte Lothar Sattler erwartet.

»Ja, das bin ich.«

»Ich bin Jelena, die Lebensgefährtin von Lothar. Ich soll Sie abholen, weil er gerade noch zu einem Termin musste.«

Dem Zungenschlag nach musste die Dame vom Balkan kommen.

»Oh, das ist mir sehr angenehm. Ich hatte einen 60-jährigen Mann erwartet. Stattdessen holt mich eine bildhübsche Dame ab. Was will man mehr? Woher wissen Sie denn, dass ich das bin?«, fragte Ludwig.

»Hier, dieses Foto hat mir Lolo mitgegeben.«

Sie streckte ihm das Foto von der 50er-Feier entgegen, vermutlich das letzte Foto, auf dem Bobby Maurer lebend zu sehen war.

»Und darauf haben Sie mich erkannt? Auf einem zehn Jahre alten Foto?«, reagierte Ludwig erstaunt.

»Sie haben sich ja gar nicht verändert.«

Jelena rollte das R wunderbar.

»Na ja, Mindestens fünf Kilo und ein paar Falten sind schon dazugekommen, dafür fehlen ein paar Haare.«

Ludwig fühlte sich dennoch geschmeichelt. Immerhin hatte ihn Jelena erkannt.

»Der weiße BMW da drüben, Herr Hirschberger«, sagte Jelena und zeigte auf einen Dreier-BMW.

»Ach komm, nenn mich doch Ludwig, Jelena! Ist doch viel einfacher.«

»Oh, mit einem so bekannten Mann per Du, da bin ich aber stolz.«

Jelena war sehr höflich.

»Hat dir der Lothar den Bären aufgebunden?«

Was hatte ihr Lothar bloß erzählt?

»Wissen Sie, ich stamme aus Maribor in Slowenien. Da haben wir ganz oft österreichisches Fernsehen gesehen. Und da habe ich Sie mal gesehen, als Sie den Bombenschicker entlarvt haben. Deshalb habe ich Sie auch sofort erkannt.«

Also doch nichts mit dem Kompliment. Von wegen auf einem zehn Jahre alten Foto wiedererkannt. Jelena stammte also aus Marburg, der frühere deutsche Name für das heutige Maribor.

Sie fuhren durch die Stadt zu Lothar Sattlers Haus. Als sie dort ankamen, übergab er ihr die Sacher-Torte mit der Bitte, sie in den Kühlschrank zu stellen.

»Oh, eine Sacher-Torte. Eine echte Sacher-Torte? Wie wunderbar!!«

Also diese Freude von Jelena war wirklich nicht gespielt.

»Weißt du, ich hatte eine Tante in Wien, eine Oma-Tante. Die hat uns einmal eine ganz kleine Sacher-Torte mitgebracht nach Maribor. Meine Mama hat mir ein ganz kleines Stückchen davon gegeben. Es war das Wunderbarste, was ich je in meinem Leben gegessen habe. Und nie mehr danach habe ich eine echte Sacher-Torte gegessen!«

Wie Jelena das R bei dem Wort Wunderbarste rollen ließ, war sensationell. Es ließ einem das Wasser im Mund zusammenlaufen.

Es klingelte: Richard Koch war es. Er war schon am Vortag in Biberach angekommen und hatte sich bereits mit Jelena angefreundet. Auch Richard und Jelena duzten sich schon.

Ludwig begrüßte den Freund aus Kanada und sofort erzählten sie sich, wie die letzten zehn Jahre verlaufen waren. Außerdem wollte Richard natürlich wissen, was aus dem Fall Bobby Maurer geworden war. Plötzlich platzte Jelena in die Unterhaltung hinein:

»So, ich muss euch beide jetzt alleine lassen, ich hole den Lothar in Warthausen ab, der hält da eine Rede bei einem Schul-Neubau. Wir kommen gleich wieder! Ciao.«

»Da hat er ja einen echten Glücksgriff gemacht, unser Lothar, das ist ja eine klasse Frau!«, meinte Richard.

»Ja, aber Glück hatte der Lothar immer, dem sind die Frauen schon in der Schule nachgelaufen. Aber weißt du, was mir an dieser Jelena am besten gefällt? Wie die das R rollt. Das ist sensationell«, sagte Ludwig.

»Kannst du dich noch an den Beere erinnern, unseren Geografie-Lehrer?«, schmunzelte Richard. »Der hatte das R auch immer so schön gerollt. Kannst du dich noch an unseren Wettbewerb erinnern in der Schule, als es darum ging, wer ihm die Wörter mit den meisten R entlocken konnte?«

»Klar. Und wir teilten uns die Themen auf, du musstest ihm Worte mit politischem Hintergrund entlocken und ich solche mit geografischem. Mann, war das immer witzig.«

Ludwig fühlte sich in der Umgebung von Richard sauwohl und die beiden heckten einen herrlichen Plan für den Abend aus: Jeder musste Jelena Worte mit möglichst vielen R entlocken, wobei Richard nach Worten aus der Geografie fragen musste und Ludwig nach solchen aus der Biologie.

Lange war Ludwig nicht mehr so entspannt, lange hatte er nicht mehr so herzlich und ausgiebig gelacht wie jetzt in diesen Tagen vor seiner Jahrgänger-Feier. Die Aussicht, den Fall Maurer mehr oder weniger in der Tasche zu haben und es vorerst keinem zu sagen, genoss Ludwig schon sehr.

Lothar und Jelena kamen nach Hause. Ludwig begrüßte den Freund, der gleich stolz fragte:

»Na, was sagst du zu meiner Jelena?«

»Nicht viel, mir hat's nämlich fast den Atem geraubt!«

Ludwig sah, dass Jelena dieses Kompliment genoss.

»Jelena kocht jetzt erst mal Kaffee. Sie hat schon die ganze Strecke von deinem Mitbringsel erzählt. Da werden wir wohl gleich die Sacher-Torte verputzen«, donnerte Lothar durch sein Haus.

Auch seine Frau hatte ihn verlassen, allerdings schon vor 20 Jahren, und auch seine Kinder waren aus dem Haus. Allerdings hatte seine Frau einen ganz anderen Grund gehabt als Lea. Oder besser gesagt, mehrere Gründe. Und Ludwig glaubte auch nicht daran, dass Jelena die letzte Eroberung Lothars sein würde.

Solange sie Kaffee tranken, sagte Jelena mindestens fünfmal »wunderrbaarr«, was Richard und Ludwig jedes Mal ein fast unmerkliches Grinsen ins Gesicht zauberte. Keiner von ihnen schaffte mehr als ein Stück von der Sacher-Torte, sodass noch weit mehr als die Hälfte übrig blieb.

Am Vorabend vor dem Jahrgänger-Fest war Grillen bei Lothar und seinen Freunden angesagt. Ludwig war froh, dass Lothar nicht ein Riesenfest aus dem Grillabend machte und sie vier unter sich bleiben konnten. Richard und Ludwig genossen die gegrillten Biberacher Schützenwürste und griffen kräftig zu. Jelenas Salate waren frisch und schmeckten hervorragend.

Zwischenzeitlich begann der Wettbewerb zwischen Richard und Ludwig. Wer würde es wohl schaffen, Jelena das Wort mit den meisten R zu entlocken? Richard versuchte es mit der Landschaft und den Städten Sloweniens, während Ludwig Pflanzen und Tiere bevorzugte. Und Lothar Sattler wunderte sich, warum die beiden Uralt-Kumpel seiner neuesten Flamme derart blöde Fragen stellten. Irgendwann kam man noch einmal auf die Sacher-Torte zu sprechen. Was da wohl alles drin sei, rätselte man und Ludwig sagte, die Ingredienzen der Sacher-Torte seien eines der bestgehüteten Geheimnisse Wiens. Jeder hatte so seinen Tipp, als Ludwig ein genialer Gedanke kam.

An Jelena gewandt sagte er:

»Mensch, wie heißt die Frucht noch mal? Man nimmt die roten Stängel, roh sind sie sauer, aber gekocht eine leckere Nachspeise.«

Die Antwort kam prompt:

»RRhabarrberr«, tönte Jelena, was den Wettkampf eindeutig zu Ludwigs Gunsten entschied.

Beide Freunde, Richard und Ludwig, mussten sich irrsinnig zusammenreißen, um nicht laut loszuprusten.

Später kam natürlich noch einmal die Sache mit Bobby Maurer zur Sprache. Lothar meinte:

»Ich habe ja nie daran geglaubt, dass Bobby von einem Geheimdienst umgebracht wurde!«

Ludwig hätte ihm sagen können, er wisse, dass Lothar recht und kein Geheimdienst Bobby ermordet habe. Aber er wollte seinen Plan und sein neu erworbenes Wissen niemandem verraten.

»Wenn sich das BKA einschaltet, ist meistens etwas dran an der Geschichte. Bloß: Ich habe mir zehn Jahre das Hirn zermartert und mir überlegt, was Bobby mit einem

Geheimdienst zu tun gehabt haben könnte und bin bis heute zu keiner Lösung gekommen. Dass aber das BKA so schnell die Segel gestrichen hat, war dann doch etwas überraschend für mich.«

Ludwig trank noch ein Farny Kristall-Weizen. Wenn er schon mal hier war, wollte er sein Lieblings-Bier genießen. Jelena erwies sich als Meisterin im Einschenken von Weizenbier. Kein Topfen ging oben hinaus und es bildete sich eine Schaumkrone wie in der Werbung. Ludwig ließ es zischen.

Jedes Mal, wenn Jelena ihm etwas brachte, hatte er das Gefühl, sie würde ihn absichtlich aus Versehen berühren. Er ignorierte das aber und brachte das Gespräch immer wieder auf Bobby und Gabi Maurer.

»Die schizophrene Mutter von dem Zielinski hat mich damals in eine ganz blöde Situation gebracht. Sie war hauptsächlich schuld, dass mich die Kommissarin im Visier hatte. Bis heute weiß ich nicht, wie die zur Stadthalle gekommen ist.«

»Aber ich«, tönte Lothar. »Mensch, bin ich blöd. Ich wollte dich damals noch in Wien anrufen und hab's vergessen.«

»Wie?«

Ludwig wirkte erstaunt.

»Na ja, an Heilig Abend desselben Jahres wurde sie beim Christkindle-Rablassen von der Polizei aufgegriffen, als sie dort ihren Sohn suchte. Die Linde Schwegler hat die Sache sofort untersucht und festgestellt, dass ihr Pfleger ein Biberacher ist und die Dame am Schützenfest und beim Christkindle-Rablassen mit dem Zug mit nach Biberach genommen hat, um an den Festen teilnehmen zu können, obwohl er Dienst hatte. Durch den Hintereingang verließ er mit der kranken Frau das Gebäude, fuhr nach Biberach und hat sie dort sich selbst überlassen. Er wusste, dass sie immer irgendwann zum Bahnhof zurückkehrt und ist dann wieder mit ihr nach Schussenried zurückgefahren.«

Ludwig trieb es auch nach zehn Jahren die Zornesröte in das Gesicht.

»Dieser Idiot, dieser Hornochse, der muss doch in der Zeitung von meiner misslichen Situation gelesen haben. Wieso hat sich der nicht gemeldet?«

»Ganz einfach, der hatte Angst um seinen Job. Den war er auch ganz schnell los, nachdem die Sache aufgeflogen ist«, meinte Lothar. »Aber der größte Skandal ist, dass er behauptet hat, Kommissarin Wesel gestanden zu haben, dass er mit Frau Zielinski an jenem Abend in Biberach gewesen war.«

»Das bringt uns aber noch immer nicht auf den wahren Täter.« Richard Koch wandte sich an Ludwig: »Bist du immer noch der Meinung, dass es sich um eine Beziehungstat handelt?«

»Absolut, zu 100 Prozent«, antwortete Ludwig.

»Du hattest ja damals Gabis Vater verdächtigt!«, warf Richard ein.

»Ja, aber der hatte ein wasserdichtes Alibi. An dem war überhaupt nicht zu rütteln«, sagte Ludwig.

»Und außerdem war der damals schon viel zu alt für so eine Tat. Das muss ein ganz Junger gewesen sein, ein Sportler, ein Turner, vielleicht sogar ein Akrobat«, warf Lothar ein.

»Nein, ich vermute tatsächlich einen Geheimdienstmann. Einen Riesen. Einen Zwei-Meter-Mann. So viel weiß man heute. Aber keinen, der dienstlich gehandelt hat, sondern einer, der quasi privatissimo gehandelt hat. Vielleicht ist Bobby in seiner ständigen Suche nach Frauengeschichten an eine geraten, deren Freund bei irgendeinem Dienst war.«

Ludwig legte absichtlich eine falsche Fährte.

»Liebe Jelena, du bist hoffentlich nicht mit einem Geheimdienstmann liiert, sonst bin ich morgen das nächste Opfer«, brüllte Lothar und konnte sich kaum halten vor Lachen.

»Komm mein Schatz, wir gehen in den Keller und suchen eine Flasche Wein. Für meine Freunde kommt nur ein guter Tropfen in Frage.«

Das war mal wieder typisch Politiker.

»Diese Jelena hat die berühmten 300 Gramm zu viel auf den Rippen, die einen Mann zum Wahnsinn treiben können«, flüsterte Richard. »Übrigens, die steht auf dich!«

»Ich glaube, du hast 'ne Meise«, entgegnete Ludwig. »Die ist felsenfest beim Lothar und so bleibt das auch«, wehrte er sich.

Aber Richard war ein Frauenkenner. Er hatte ganz genau mitbekommen, was hier ablief, und wollte Ludwig provozieren, der aber auf diesen Versuch nicht hereinfiel.

Nachdem Lothar einen köstlichen Barolo – zur Feier des Tages einen aus dem Jahrgang 1999 – kredenzt hatte, gingen die drei Freunde alle leicht beschwipst zu Bett und sahen ihrem 60er-Fest am nächsten Tag entgegen.

Ludwig fiel sofort auf, dass die Uhrzeiten anders waren als beim Fest vor zehn Jahren. Es fing alles viel später an als 1999.

Aber ansonsten hatte sich das Prozedere überhaupt nicht verändert. Gemeinsam mit Richard Koch marschierte er wieder zur Stadtpfarrkirche. Am Nonnenschöpfle musste man sich »immatrikulieren«, wie das Anmelden schwülstig genannt wurde. Schließlich muss in Oberschwaben alles seine Ordnung haben, dachte Ludwig. Seine Freunde in Wien »pflanzten« ihn immer mit folgender Frage:

»Weißt du den Unterschied zwischen Deutschland und Österreich? – In Deutschland ist grundsätzlich alles verboten, was nicht ausdrücklich erlaubt ist. Und in Österreich ist alles erlaubt, was nicht ausdrücklich verboten ist, gell Piefke!«

Leider trafen sie mit dieser Aussage den Nagel auf den Kopf.

Der Gottesdienst in der hoffnungslos überfüllten Simultan-Kirche begann. Die beiden Geistlichen beklagten zuerst die Toten, die in den vergangenen zehn Jahren gestorben waren und an diesem Fest nicht mehr teilhaben konnten.

»Die meisten sind eines natürlichen Todes gestorben. Viele sind aber auch verunglückt. Gerade bei den 60ern haben wir zwei besonders tragische Fälle zu beklagen: Robert Maurer, der vor genau zehn Jahren während dem 50er-Fest einem gemeinen Meuchelmord zum Opfer fiel, und Laura von Leeven, die bei einem blindwütigen und sinnlosen Attentat gerichtet wurde.«

Ludwig war wie vom Schlag getroffen. Das mit Laura von Leeven hatte er bis jetzt nicht gewusst. Fragend und kopfschüttelnd sah er Richard Koch in die Augen.

»Nine Eleven«, flüsterte ihm der ins Ohr.

Richard Koch musste es wissen. Er war Fernsehkorrespondent zu der Zeit gewesen und Ludwig hatte ihn damals täglich im Fernsehen gesehen. Er war zwar in Kanada stationiert gewesen, aber da keine Flugzeuge mehr nach Amerika hatten fliegen dürfen, hatte ihn seine Gesellschaft mit der Bahn von Toronto nach New York City beordert.

Ludwig konnte dem Gottesdienst kaum mehr folgen. Immer, wenn er nach Biberach kam, widerfuhren ihm derart schreckliche Dinge. Gleich nach dem Ende des Gottesdienstes fragte Ludwig den Freund nach Laura von Leeven.

»Sie saß in dem Flugzeug, das in den ersten der beiden Twin-Towers gekracht ist. Sie war gerade dabei, den nordamerikanischen Markt zu erobern. Aber bitte, Lude, lassen wir's dabei, ich will heute nicht schon wieder über Nine Eleven reden.«

Ludwig hatte Verständnis dafür und beendete das Thema. Schließlich hatte auch er keine Lust, den ganzen Tag über seine Fälle in Wien zu reden. Aber, lieber Richard, so dachte er sich, das wird dir heute Abend wohl kaum erspart bleiben.

Wieder begann der Umzug der Jahrgänger. Ludwig fiel auf, dass er noch viel bunter war als vor zehn Jahren. Nahezu jeder zweite Teilnehmer hatte sich mit einer Idee verkleidet. Fast so, als handele es sich um Fasnet oder Karneval. Und kaum zu glauben: Es befanden sich noch mehr Menschen in der Stadt als vor zehn Jahren.

Und viele Menschen erkannten Ludwig Hirschberger wieder. Jenen Mann, der vor zehn Jahren zum 50er-Fest nach Biberach gekommen war und dem man hinterher so Unrecht getan hatte, indem man ihn des Mordes verdächtigt und übel in der Zeitung beschmiert hatte. Aus diesem Grunde wurde er viel mehr behängt als vor zehn Jahren. Auch Jelena hängte ihm und Richard Koch etwas um.

Monika Müller-Biel ging ihm sichtlich aus dem Weg, Er hatte sie bereits in der Kirche gesehen. Jetzt begab sie sich an das Ende ihrer Gruppe, während Ludwig mit Lothar und Richard an der Spitze lief. Für Lothar kam schließlich nichts anderes in Frage, als an der Spitze zu laufen.

Die größte Überraschung war jedoch, dass ihm Linde Schwegler, seinerzeit Assistentin von Inge Wesel, ein selbstgebasteltes Blumengebinde umhängte. Da hatte sie echt viel Zeit investiert. Ein kleiner Umschlag hing auch an dem Gebinde. Ludwig nahm ihn gleich ab und steckte ihn in seine Brusttasche. Er war gespannt, was ihm die Polizistin geschrieben hatte, und wollte den Umschlag gleich nach dem Umzug öffnen.

Die Gruppe der 60er feierte nicht in der Stadthalle, sondern im Schützenkeller. Den kannte Ludwig noch von seinem Sportunterricht im Jahr 1960. Jetzt befand sich darin ein nettes Lokal mit einer sehr guten Küche.

In einem unbeobachteten Augenblick nahm Ludwig das Kuvert von Linde Schwegler in die Hand und begann zu lesen:

Lieber Herr Hirschberger, ich hoffe, Sie können sich noch an mich erinnern. Ich war die Assistentin von Inge Wesel, die Sie vor zehn Jahren so gepiesackt hat. Wenn es Ihnen nichts ausmacht, würde ich sehr gerne über unseren immer noch ungelösten Fall sprechen. Sie finden mich in dem Büro, in dem Frau Wesel vor zehn Jahren gesessen hat. Bis (hoffentlich) bald! Linde Schwegler, Kommissarin.

Sie hatte also die Position von Inge Wesel übernommen. Das war ihm sehr angenehm. Und ganz selbstverständlich würde er zu ihr hingehen. Mädchen, du wirst dich noch wundern, dachte sich Ludwig und begab sich wieder ins Getümmel.

Klar, der Fall Bobby Maurer bewegte auch nach zehn Jahren immer noch die Gemüter.

»Dass die immer noch nichts herausbekommen haben«, hörte man immer wieder.

»Na ja, die Geheimdienste, da bringt man eh nichts heraus.«

Diese Sätze ließen Ludwigs Herz höher schlagen. Er würde den Fall lösen. In ganz kurzer Zeit. Er war sich ziemlich sicher.

Auch der tragische Tod von Laura von Leeven bei dem Attentat in New York am 11. September 2001 war ein großes Thema. Und natürlich wurde Richard Koch, der Fernsehkorrespondent von damals, immer und immer wieder befragt. Und Ludwig wunderte sich über dessen Geduld. Zig Mal musste er dieselbe Story erzählen.

»Mann, mir würde das aber langsam zum Halse heraushängen«, sagte Ludwig.

»Ja, weißt du, das wirkliche Problem ist ein anderes: Die sehen dich im Fernsehen und meinen, du erzählst vor der Flimmerkiste nur das, was der Sender, die Politiker oder die oberen Zehntausend erlauben. Und meinen, ich könnte ihnen Dinge erzählen, die sonst niemand weiß. Dabei ist es doch der Job des Korrespondenten, möglichst viel herauszubekommen und jedes Detail über die Glotze zu verbreiten. Was glaubst du, wie viele Anrufe ich in den ersten Jahren nach dem Attentat bekommen habe. Und alle wollten sie wissen, ob es nun tatsächlich eine Verschwörung war.«

»Und, war's eine?«, fragte Elli Pfundstein.

»Was, glaubst du, hätte ich gemacht, wenn ich herausgefunden hätte, dass es eine war? Mein Job ist, Bericht zu erstatten. Davon lebe ich. Also was, glaubst du, hätte ich in dem Fall getan? Na klar, ich hätte es über die Bildschirme flimmern lassen und wäre heute ein berühmter Mann!«

Ludwig wurde außerdem sehr oft zum Fall Natascha Kampusch befragt. Wie Richard Koch gab auch er bereitwillig Auskunft.

»Mein Team war damals relativ nah dran an ihr. Wir haben die Meinung vertreten, dass sie noch lebt und gefangen gehalten wird. Natürlich mehr aus Hoffnung als aus Überzeugung. Wenn du aber nach über einem Jahr noch keine Leiche gefunden hast, wirst du immer stutziger und mit jedem Tag steigt die Hoffnung. Und dann sitze ich hier in Biberach fest und der Fall Natascha Kampusch wird an ein anderes Team übertragen. Ein Team, das von Anfang an davon ausgeht, dass das kleine Mädchen nicht mehr lebt. Dass ich durch den Mordfall Bobby Maurer in dieser Sache nicht mehr weiter ermitteln konnte, hat mich im Nachhinein am meisten gewurmt.«

Werner Schutz fragte Ludwig nach seiner Einschätzung zum Fall Bobby, doch der musste sich zurückhalten und begab sich in Ausflüchte:

»Nun, ich war ja von den Ermittlungen des BKA völlig ausgeschlossen. Rechtshilfe habe ich ja nicht beantragen können, weil der Fall keinerlei Beziehung zu Österreich hat. Insofern weiß ich tatsächlich nicht mehr als ihr.«

Es tat ihm schon weh, seine Kumpel zu belügen, aber es ging nicht anders.

Im Morgengrauen gingen die drei Freunde zu Lothar nach Hause, um endlich zu schlafen. Am nächsten Morgen beim Frühstück fragte Ludwig, ob es Lothar etwas ausmachen würde, wenn er noch eine weitere Nacht hierbleibe.

»Die Kommissarin Linde Schwegler will mich zum Fall Bobby noch etwas fragen.«

»Du kannst hierbleiben, so lange du willst, das ist doch selbstverständlich. Ich glaube, Jelena freut sich sogar, wenn sie jemanden hat, der ihr ein bisschen Gesellschaft leistet.«

Lothar hatte keine Ahnung, wie sehr es zwischen Jelena und Ludwig knisterte.

»Wunderrbaarr«, freute sich Jelena.

Alle vier machten sich auf den Weg zum Festplatz auf dem Gigelberg.

Gleich am nächsten Morgen suchte Ludwig die Kommissarin auf. Die war sehr erfreut, dass Ludwig ihre Einladung angenommen hatte und servierte ihm gleich einen Kaffee.

»Und heute mault niemand, dass ich Ihnen Kaffe koche. Mögen Sie ihn immer noch schwarz und sehr stark?«

Linde Schwegler lächelte ihren Gast freundlich und verbindlich an.

»Wissen Sie«, meinte sie, »dieser Fall liegt mir immer noch schwer im Magen.«

»Das glaube ich Ihnen gerne«, antwortete Ludwig. »Aber wenn Sie sich erinnern können, habe ich Ihnen damals prophezeit, dass das BKA nichts herausbekommen wird. Die Sache hatte nichts mit dem Geheimdienst zu tun. Es war, und dabei bleibe ich, eine Beziehungstat!«

»Würden Sie mir helfen?« Fast flehend schaute die Kommissarin Ludwig an. »Natürlich nur, wenn es Ihre Zeit erlaubt, Herr Hirschberger.«

»Ihnen helfe ich sehr gerne, Frau Schwegler, solange ich nicht mit der Wesel zusammenarbeiten muss«, gab Ludwig zurück.

»Nein, ganz sicher nicht!« Nun lachte die Kommissarin ihren Gast freundlich an. »Die kümmert sich jetzt beim LKA um die Mafia.«

Ludwig wunderte sich.

»Komisch, ich dachte, nach ihrer grandiosen Leistung vor zehn Jahren wären ihr alle Wege zum LKA versperrt gewesen.«

»Waren sie lange Zeit auch«, meinte Linde Schwegler, »aber sie hat sich die Sache damals ziemlich zu Herzen genommen. Sie wurde nach Bretten bei Karlsruhe versetzt, wo sie sich etliche Meriten erwerben konnte, was ihr schließlich die Rückkehr zum LKA ermöglicht hat. Und jetzt führt sie einen erbitterten Kampf gegen das organisierte Verbrechen.«

»Na, da kommen wir uns ja garantiert nicht in die Quere«, freute sich Ludwig. »Aber als nächsten Schritt muss ich zuerst nach Murrhardt fahren!«

»Hoffentlich verrennen Sie sich nicht. Sie wissen ja, dass Herwig Hutter ein absolut wasserdichtes Alibi hatte und viel zu klein ist, um die Tat begangen zu haben«, sagte Linde Schwegler.

»Ich weiß es noch. Das Alibi des Herwig Hutters ist absolut dicht. Er kann der Mörder nicht sein. Außerdem, was hätte er davon gehabt, Bobby Maurer zu töten? Viel mehr frage ich mich immer noch nach dem Qui bono. Wer hatte einen Nutzen am Tod von Bobby Maurer? Haben Sie etwas herausbekommen?«

»Nein«, antwortete Linde Schwegler, »das macht diese Sache ja auch so fürchterlich undurchsichtig. Auch nach zehn Jahren hat sich nicht herauskristallisiert, wer von seinem Tod profitiert haben soll.«

Ludwig sah der Kommissarin in die Augen.

»Das ist es, woran ich seit zehn Jahren knabbere. Wer könnte überhaupt ein Motiv gehabt haben, Bobby zu töten, außer seiner Frau? Die aber war es definitiv nicht. Und so, wie sie sich hinterher verhalten hat, hat sie auch garantiert niemanden damit beauftragt.«

»Ja, das hatten wir bis zum Erbrechen durchgespielt. Aber da kam gar nichts heraus.«

»Liebe Frau Schwegler, ich habe eine andere Arbeitshypothese: Wenn Herwig Hutter nicht der Mörder von Bobby Maurer war, könnte es sein, dass er weiß, wer Robert Maurer getötet hat? Und dass er diesen Unbekannten seit zehn Jahren deckt?«

Mehr wollte Ludwig Hirschberger im Augenblick nicht verraten.

»Ich muss wissen, wen er deckt. Und warum er ihn deckt. Auch das will ich klären. Deswegen muss ich unbedingt nach Murrhardt fahren. Sobald ich diese Informationen habe, komme ich wieder nach Biberach zurück.«

»Das ist ja hochinteressant. Und etwas ganz Neues. Wie kommen Sie denn zu diesem Erkenntnisstand?«

»Bitte haben Sie Verständnis, dass ich Ihnen dazu im Augenblick gar nichts sagen kann, Frau Schwegler. Bis zur Festnahme des Täters muss gewährleistet sein, dass meine Informanten auf gar keinen Fall geoutet werden. Das hat nichts mit Ihnen zu tun. Nehmen Sie es bitte nicht persönlich!«

»Nein, um Gottes willen, ich nehme das nicht persönlich. Wenn Sie meinen, dass Sie das für sich behalten müssen, werden Sie wohl Ihre guten Gründe dafür haben. Mir genügt es, wenn Sie mir den Mörder nach Ihrer Rückkehr auf dem Silbertablett servieren.«

»Oder die Mörderin«, ergänzte Ludwig und lächelte dabei vielsagend.

»Eine zwei Meter große? Jetzt wird's aber dramatisch, da bin ich echt gespannt«, sagte die Kommissarin mit einer hörbaren Spur Skepsis in der Stimme.

»Noch etwas wollte ich Ihnen sagen, Herr Hirschberger. Wissen Sie eigentlich, warum ich schon 1999 felsenfest davon überzeugt war, dass Sie nichts mit dem Mord an Robert Maurer zu tun hatten?«, fragte Linde Schwegler.

»Ich nehme an, wegen meiner klaren Argumente«, gab sich Ludwig überzeugt.

»Irrtum, Herr Hirschberger, Gabi Maurer hat sich für Sie verbürgt. Sie hat mir gesagt, Sie hätten sie zwar einmal fürchterlich enttäuscht in ihrem Leben und diese Enttäuschung habe sie mehr getroffen als die ganzen Affären ihres Mannes, aber ein Mörder seien Sie nicht. Dafür würde sie sich ihre Hand abhacken lassen.«

Das haute Ludwig fast um. Gabi hatte sich für ihn eingesetzt! Gabi Maurer, geborene Hutter, die seit gut 40 Jahren kein Wort mehr mit ihm redete. Die ihn links liegen ließ. Gabi, die ihn noch nicht einmal ignorierte.

»Und womit ich sie so arg enttäuscht habe, hat sie Ihnen nicht gesagt?«

»Nicht dass ich wüsste«, gab Linde Schwegler zu. »Ist es denn sehr wichtig für Sie, das zu wissen?«

»Oh ja, sehr. Seit über 40 Jahren grübele ich darüber nach, was ich dieser Frau damals angetan habe. Und ich weiß es bis heute nicht!«

Ludwig schaute der Kommissarin in die Augen.

»Sie hatte in ihrer Jugend die gleichen schönen und leuchtenden Augen wie Sie. Aber die Augen von Gabi Maurer sind leider erloschen. Genau wie ihre Liebe damals zu mir. Von einem Tag auf den anderen. Ohne Angabe von Gründen, wie es in unserem Amtsdeutsch so schön heißt.

Und trotzdem werde ich jetzt die Mörder ihres Mannes finden.«

»Na, dann viel Erfolg, Herr Hirschberger – und passen Sie auf sich auf!«

War die Kommissarin etwa besorgt um Ludwig?

Deswegen gehörte für Linde Schwegler Ludwig Hirschberger keinesfalls zu den Tatverdächtigen. Noch nie. Auch am Anfang der Ermittlungen nicht, als noch gar nicht feststand, dass es sich um einen Easy-Rip-Fall handelte. Von dem sie bis dahin noch nicht einmal wusste, dass es ihn gab. So etwas wurde auf der Polizeiakademie nicht gelehrt.

Jelena schien etwas traurig, als ihr Ludwig eröffnete, für eine Weile auf ihre liebenswürdige Gastfreundschaft zu verzichten. Er müsse zur Klärung des Falls eine Reise unternehmen. Dass er nach Murrhardt fahren werde, sagte er Jelena nicht. Das ging sie und das ging vor allem Lothar nichts an.

Ludwig drückte Jelena zum Schluss noch einen Zettel in die Hand. Er hatte ihr ein Gedicht gewidmet. Dieses Gedicht sollte ihr einerseits seine Zuneigung zeigen, ihr aber andererseits klipp und klar bedeuten, dass eine Beziehung zwischen beiden nur ein Traum bleiben konnte. Das Gedicht hieß deshalb »Nur geträumt«.

Nur geträumt

Ich sehe Dich
Du stehst an einer Wand
Nur dein Rücken ist zu sehen
Ich gehe zu Dir
Ich halte Dir die Augen zu
Du drehst dich um

Dein Lächeln verrät Dich
Du hast mich erkannt
Unsere Lippen bewegen sich aufeinander zu
Ein Kuss? Endlich!
Laut brüllend
raubt mir der Wecker
diesen wohl schönsten Moment
Nur geträumt geträumt geträumt geträumt

Es war sonnenklar, dass Ludwig Jelenas diskrete Avancen nicht erwidern würde. Nicht bei der Freundin von einem Freund. Schon gar nicht bei Lothar. Nach dem, was der vor zehn Jahren für ihn getan hatte.

Andererseits schien Jelena ein ganz helles Köpfchen zu sein und von der Endlichkeit von Lothars Liebe ihr gegenüber etwas zu ahnen. Wenn Ludwig seine Mission erfüllt hatte, würde man weitersehen. Möglicherweise bat Lothar ihn sogar wieder, sich um Jelena zu kümmern, wie seinerzeit bei Elvira. Es gab natürlich einen gewaltigen Unterschied zur Situation vor zehn Jahren: Jetzt war Ludwig frei. Und er wusste nicht, wie er reagieren würde.

Da sich Ludwig rechtzeitig mit der Bahn auf den Weg gemacht hatte, erreichte er den Murrhardter Bahnhof schon gegen halb elf. Er begab sich schnurstracks zum Hotel »Sonne-Post«, um dann enttäuscht festzustellen, dass in dem Gebäude etwas ganz anderes als ein Hotel untergebracht war. Glücklicherweise sah er sofort, dass das Hotel in einen Neubau gegenüber gezogen war, und beschloss, sich dort ein Zimmer zu nehmen.

»Guten Morgen, was kostet das billigste Einzelzimmer bei Ihnen?«

»67 Euro, inklusive Frühstück, mein Herr.«

Ludwig schluckte. 67 Euro pro Tag würden sein Budget ordentlich strapazieren. Aber vielleicht klärte sich hier im Schwäbischen Wald alles viel schneller, als er erwartete.

Als Erstes wollte er herausfinden, ob die Hutters immer noch in der Gerhart-Hauptmann-Straße wohnten so wie Renate damals, der blonde Engel!

Renate! Er wollte versuchen, sie zu finden. Sicher war auch sie verheiratet und schon Oma. Herrgott noch mal, wo ist die Zeit hingegangen? Aber wenn sie verheiratet war, hieß sie natürlich nicht mehr Hächt. Er sah im Telefonbuch nach, das auf seinem Zimmer lag.

»Hächt, Hächt, klar, es gibt keine Renate Hächt mehr in Murrhardt«, murmelte Ludwig leise vor sich hin.

Da fiel ihm ein, dass sie ein Scheidungskind war und ein paar Mal den Namen wechseln musste. Mal trug sie den ihrer Mutter, mal den ihres Vaters. Bloß, wie lautete der andere Name? Ludwig zermarterte sich das Hirn, aber es fiel ihm einfach nicht ein. Er legte sich auf sein Bett und döste vor sich hin. Plötzlich war er kurz eingeschlafen. Und als er erwachte, fiel ihm der andere Name von Renate wieder ein. Sander, Renate Sander könnte sie noch heißen. Er schlug das Telefonbuch auf und sah nach – und tatsächlich gab es eine Renate Sander. Nicht in Murrhardt, aber in Fornsbach, einem Dorf in der Nähe von Murrhardt.

Er griff zum Telefon, legte es aber sofort wieder hin. Erst mal musste ein Plan gemacht werden. Was mache ich, wenn sie's ist, was mache ich, wenn sie es nicht ist?

Eine halbe Stunde saß Ludwig auf dem Bett. Dann rief er an!

»Ja, hallo?«

»Guten Tag, spreche ich mit Frau Renate Sander?«

»Ja, was gibt's denn, wer sind Sie denn?«

Ludwig hatte gehofft, sie an der Stimme zu erkennen, aber er erkannte die Stimme natürlich nicht. Wie auch, nach so langer Zeit.

»Ich bin auf der Suche nach einer Renate Sander. Ich weiß aber nicht, ob Sie das sind. Wenn Sie einverstanden sind, stelle ich Ihnen ein paar Fragen. Sobald Sie die erste Frage mit Nein beantworten, hat sich unser Gespräch erledigt, weil Sie dann nicht die Renate Sander sein können, die ich suche!«

»Was wollen Sie, was soll ich mit Nein beantworten?«

Ludwig wiederholte sein Anliegen und die inzwischen etwas nervös gewordene Dame willigte schließlich ein.

»Sind Sie etwa zwischen 1950 und 1952 geboren?«

»Ja.«

»Haben Sie Anfang der 70er-Jahre in Murrhardt bei Ihren Großeltern gelebt?«

»Nein. Hm – Doch! Ende 73 bis Mitte 74 habe ich bei meinen Großeltern in Murrhardt gelebt.«

»In der Gerhart-Hauptmann-Straße?«

»Jaah.«

Das Ja zog sich, immer neugieriger werdend, nach hinten hinaus.

»Sind Sie während dieser Zeit in der Diskothek ›Orion‹ verkehrt?«

»Ja, ich glaub, so hieß die damals. War fast jeden Abend dort. Gott, ist das lange her!«

»Können Sie sich an einen jungen, dunkelhaarigen Mann erinnern, der sich sehr um Sie bemüht hat? Er hatte einen blauen VW Käfer mit einem auswärtigen Kennzeichen.«

»Ja, Er hatte BC am Auto. Nicht BK, wie wir damals. Er hatte BC für Biberach. Ludi, bist du das?«, fragte Renate.

»Und ob!«

Ludi hatte sie ihn genannt. Niemand hatte ihn seither Ludi genannt. Und das nach 40 Jahren. Und sie trug ihren Mädchennamen immer noch!

»Das darf doch nicht wahr sein, nach 40 Jahren erinnerst du dich noch an mich?«

Sie war total überrascht.

»Ja klar doch, du hast dich doch auch noch an mich erinnert, oder?«

»Wo bist du?«, wollte sie von Ludi wissen.

»In Murrhardt, im Hotel ›Sonne-Post‹!«

»Bist du alleine da?«

»Jawohl.«

»Sollen wir uns treffen?«

»Unbedingt!«

Da Ludwig kein Auto dabeihatte, wollte Renate Sander sofort ins Hotel kommen, um ihn zum Kaffee abzuholen.

»Ich hätte da einen viel besseren Vorschlag. Wir gehen heute Abend zum Essen aus. Ich lade dich ein! Wie wär's um 19 Uhr hier im Hotel? Ich hoffe, die Küche ist immer noch so gut wie früher.«

»Keine Ahnung, ich war da mindestens seit 20 Jahren nicht mehr beim Essen. Aber für dich mache ich natürlich eine Ausnahme. Ich bin pünktlich um 19 Uhr am Hotel.«

»Die Pünktlichkeit habe ich damals schon sehr an dir geschätzt.«

Es war einfach unglaublich. Renate Sander hieß immer noch Renate Sander. Sie war ledig oder geschieden. Das alles würde Ludwig heute Abend erfahren. Jedenfalls schien sie völlig alleine zu leben. In Fornsbach. Auch dieses Dorf kannte er natürlich. Einmal durch seine Einsätze als Streifenpolizist, zum anderen durch den Fußball. Er hatte gespielt, damals. Allerdings in der untersten Liga, die man seinerzeit C-Klasse nannte, sie hatten ein paar Mal in Fornsbach spielen müssen.

Er war froh, neben seiner schwierigen Aufgabe noch ein Anliegen in dem Städtchen zu haben, in dem seine Polizei-Karriere begonnen hatte. Möglicherweise, dachte Ludwig, haben Renates Großeltern noch gelebt, als die Hutters nach Murrhardt gezogen sind, und sie kann sich an das Ehepaar aus Biberach noch erinnern. Und möglicherweise kann sie mir noch etwas zu Hutters sagen.

Ludwig ging kurz unter die Dusche. Kaum war er fertig, da klingelte auch schon das Telefon.

»Herr Hirschberger, hier spricht die Rezeption. Hier unten steht eine Frau Sander und will zu Ihnen.«

»Sagen Sie ihr, ich bin sofort unten«, antwortete er und verließ kurz darauf sein Hotelzimmer.

Nein, er hätte sie nicht sofort als Renate Sander wiedererkannt, wenn sie sich zufällig auf der Straße begegnet wären. Aber kann man sich an ein Gesicht erinnern, das man 40 Jahre lang nicht gesehen hat, dachte Ludwig bei sich. Auf jeden Fall war er von der Erscheinung Renate Sanders hin- und hergerissen. Eine immer noch gertenschlanke Frau stand da vor ihm. Chic, aber unaufdringlich gekleidet und immer noch mit blondiertem Haar, wie damals. Nur trug sie es nicht mehr so lange. Und sie trug eine Brille, wie Ludwig. Er konnte nicht umhin, die Frau kurz zu umarmen, was sie gerne mit sich machen ließ. Und just in diesem Moment fiel ihm der Duft an Renate wieder auf. Wie damals. Es handelte sich immer noch um denselben Duft, der ihn damals schon so betört hatte.

»Hallo Renate, schön dich zu sehen. Ich freue mich sehr. Wirklich!«

Ludwig bemerkte gar nicht, dass er immer noch ihre Hand hielt.

»Hallo Ludi, mich freut es auch wahnsinnig. Ich hätte nie gedacht, dich noch einmal zu sehen. Kann es sein, dass ich dich einmal im Fernsehen gesehen habe bei einem österreichischen Kriminalfall?«

»Tja, da wirst du mich jetzt nicht mehr sehen. Seit 1. Juli bin ich pensioniert. Und glaube mir, ich bin froh darüber!«

Ludwig lächelte. Nach langer Zeit konnte er wieder einmal lächeln, ohne dass er sich zwingen musste.

»Du, das kann ich mir vorstellen. Diese ganzen kaputten Typen, diese schaurigen Mörder, mit denen du es zu tun hattest. Das muss ja entsetzlich gewesen sein.«

Man gewöhne sich ja an vieles, meinte er dann, nahm ostentativ ihren Arm, sodass sie sich einhaken konnte, bevor sie das Restaurant betraten.

»Bestellst du immer noch so gerne Rahmschnitzel mit Spätzle und Kartoffelsalat?«, fragte Renate.

»Eigentlich nicht. In Wien gewöhnt man sich an eine andere Küche. Ist aber keine schlechte Idee. Könnt ich mal wieder essen.«

Er bestellte sich ein Rahmschnitzel und ein Bier, während Renate wesentlich zurückhaltender war und sich mit einem gemischten Salat und einem Mineralwasser zufriedengab.

»Man sieht, dass du dir in Wien eine etwas, na sagen wir mal, barocke Lebensweise angeeignet hast.«

Renate war ehrlich, versuchte aber, höflich zu bleiben.

»Ja, da hast du völlig recht. Ich lebe inzwischen nach dem Motto: ›Ist die Figur erst ruiniert, frisst sich's gänzlich ungeniert‹.«

Beide mussten lachen.

»Was treibt dich nach so langer Zeit wieder einmal nach Murrhardt? Für ein Abendessen mit mir bist du wohl kaum von Wien hierhergefahren.«

»Nein«, antwortete Ludwig, »obwohl es das auch wert wäre. Ich bin auch gar nicht aus Wien direkt angereist, sondern aus Biberach, meiner alten Heimat. Hierher treibt mich eigentlich ein Fall, den ich seit zehn Jahren aufklären will, aber aus der Ferne hatte ich keine Möglichkeit dazu. Jetzt habe ich Zeit und jetzt will ich es anpacken.«

»Hier in Murrhardt, in diesem verschlafenen Städtchen? Ein Fall für einen Polizisten aus Wien? Dass ich nicht lache! Das kannst du deiner Oma erzählen, aber nicht mir!«

Ludwig hatte das Gefühl, Renate fühlte sich echt veralbert, und musste ihr etwas mehr Informationen geben, als ihm lieb war.

»Doch, hier in Murrhardt. Und es geht um einen Mord. Begangen vor zehn Jahren in Biberach. Und ich war damals fast eine Woche lang der Hauptverdächtige, wurde schon in der lokalen Presse als Mörder bezeichnet …«

»Jaja, das habe ich damals mitbekommen. Das stand sogar in der *Bild*-Zeitung. Aber was hat das Ganze mit Murrhardt zu tun?«, fragte Renate.

»Das kann ich dir verraten, wenn du mir versprichst, mit keinem anderen Menschen darüber zu reden!«

Ludwig fühlte sich leicht unbehaglich.

»Nun mach's nicht so spannend«, meinte Renate »wem soll ich altes Haus was von einem Mord erzählen, der sich vor zehn Jahren in Biberach, so weit weg von hier, abgespielt hat?«

»Also gut. Ich selbst hatte immer den Schwiegervater des Opfers im Visier. Aber er kann es nicht gewesen sein, er hat ein hundertprozentiges Alibi. Zwischenzeitlich habe ich aber herausgefunden, dass der Schwiegervater den Mörder kennen muss!«

»Ich seh immer noch keinen Bezug zu Murrhardt«, unterbrach ihn Renate.

»Dieser Schwiegervater wohnte damals schon und wohnt heute noch in Murrhardt. Wenn du es genau wissen willst, in der Gerhart-Hauptmann-Straße.«

»Da habe ich doch damals gewohnt.«

Schon wieder hatte ihn Renate unterbrochen.

»Genau, liebe Renate. Und als ich die Adresse Murrhardt, Gerhart-Hauptmann-Straße gehört habe, bis du mir wieder eingefallen. Und deswegen sitzen wir heute hier.«

»Schade, ich habe mir schon eingebildet, du bist meinetwegen nach Murrhardt gekommen«, schmollte Renate, meinte es aber nicht ernst. »Wie heißt denn der Typ?«

»Das sage ich dir, wenn wir draußen sind und du nicht mehr so laut redest«, mahnte Ludwig.

»Tut mir leid, ich höre ein bisschen schlecht.«

Das hatte Ludwig schon während der Unterhaltung bemerkt. Zwischenzeitlich waren ihre Mahlzeiten serviert worden. Renate war relativ schnell fertig, bei Ludwig dauerte es einiges länger. Als es ans Zahlen ging, meinte Renate:

»Komm doch noch mit mir nach Hause, da kannst du mir noch ein bisschen was über den Fall erzählen, du hast mich ganz schön neugierig gemacht.«

»Schade, und ich dachte, du wärst neugierig auf mich!«, konterte Ludwig, nahm die Einladung aber gerne an.

Zu Hause bei Renate in Fornsbach kredenzte sie ihm einen einfachen, aber wundervollen Rioja.

»Habe ich aus Denia mitgebracht. Da hat meine Cousine ein Haus, wo ich immer Urlaub mache.«

Sie selbst trank keinen Wein, weil sie Ludwig ja noch zu seinem Hotel fahren musste. Ludwig erzählte die ganze Geschichte seiner Ermittlungen.

»Und du glaubst, dass er den Mörder kennt?«, fragte sie.

»Weißt du, Renate, glauben hat in meinem Beruf nichts zu suchen. Hier zählen alleine die Fakten. Und Fakt ist, dass Herwig Hutter ein einwandfreies Alibi hat. Fakt ist, dass der Mörder ein Zwei-Meter-Mann sein muss und Herwig Hutter ist gerade mal 1,75 groß. Fakt ist aber auch, dass bis heute noch kein Mörder gefunden wurde. Und meine Vermutung ist, dass Herwig Hutter wissen muss, wer seinen Schwiegersohn um die Ecke gebracht hat. Also müssen die Ermittlungen wieder bei Null beginnen. Meine Aufgabe hier ist es, Herwig Hutter den Namen des Mörders zu entlocken.«

Ludwig vertraute Renate. Außerdem war er jetzt als Privat-Ermittler unterwegs und nicht mehr an die Schweigepflicht gebunden. Er durfte nur nichts aus den Polizei-Akten an die Öffentlichkeit bringen.

Es war schon halb eins, als sie endlich aufbrachen.

Auf dem Weg ins Hotel fragte Renate, was er denn für eine Nacht im Hotel bezahlen müsse.

»67 Euro, inklusive Frühstück!«

»Puh, das ist ganz schön heftig. Zieh doch so lange zu mir nach Fornsbach«, schlug sie Ludwig vor. »Ich habe ein Gästezimmer mit eigener Bad-Nische.«

Wie unkompliziert doch alles war, wenn man nur ein gewisses Alter erreicht hatte. Oder besser gesagt, wenn die anderen von einem glaubten, die Laster hätten einen verlassen.

»Hältst du das wirklich für eine gute Idee? Ich meine, was werden deine Nachbarn sagen?«

»Na, die werden sich wundern«, lachte Renate, »dass ausgerechnet die liebe brave immer anständige Renate plötzlich Herrenbesuch hat. Und der schläft sogar noch bei ihr! So was! Weißt du, Ludwig, das will ich mir schon einmal geben. Diese Gesichter will ich schon einmal sehen.«

»Und was wirst du ihnen sagen? Dass du einen auf der Straße aufgesammelt hast?«

Renates Antwort verblüffte ihn.

»Ich sage ihnen, es gab mal einen Mann, für den ich damals dieses schöne Schlafzimmer gekauft habe. Aber dieser Kerl hat mich verlassen und nicht ein einziges Mal darin geschlafen. Jetzt ist er gekommen und will endlich nachsehen, was er damals versäumt hat.«

»Und, hat er was versäumt?«

»Das bleibt ein Geheimnis. Zumindest vorerst!«

Sollte er da hinter den Worten Avancen erahnen? Ludwig konnte sich dieses Eindrucks nicht erwehren.

»Also gut, Renate, hör zu, du tippst mir jetzt deine Telefonnummer in mein Handy und ich rufe dich morgen an. Lass mich einfach eine Nacht darüber schlafen. Ich lebe zwar von meiner Frau seit fast zehn Jahren getrennt, wir sind aber immer noch nicht geschieden.«

Renate gab ihm einen vorbereiteten Zettel mit ihrer Telefonnummer, drückte ihm einen Kuss auf die Wange und verschwand in der Dunkelheit.

Er musste sich wirklich noch einmal überlegen, ob das Renate war. Jener zurückhaltende, blonde Engel von damals. Die Zeit macht nur vor dem Teufel halt, Ludwig, dachte er.

Nach einer sehr guten Nacht, in der er wunderbar geschlafen hatte, frühstückte Ludwig in seinem Hotel. Er war kein ausgiebiger Frühstücker. Es war schade um das schöne Buffet, das er ja sowieso bezahlen musste.

»Alea iacta est, die Würfel sind gefallen«, brummte er vor sich hin und beglich seine Hotelrechnung. Er fragte, ob er das Gepäck bis zum Abend im Hotel deponieren könne. Er werde es später abholen. Er nahm eine Perücke und einen Bart aus der Reisetasche, fixierte beides sorgfältig, steckte eine Sonnenbrille ein und begab sich auf den Weg zur Gerhart-Hauptmann-Straße.

Vorsicht ist die Mutter der Porzellan-Kiste, dachte sich Ludwig, als er in die Gerhart-Hauptmann-Straße einbog. Die Häuser wirkten nicht mehr so gepflegt wie damals. Na klar, sie hatten zwischenzeitlich 40 Jahre mehr auf dem Buckel. Damals waren sie relativ neu. Auch schien Ludwig, dass sich die Bevölkerung im Niveau von gut bürgerlich etwas nach unten bewegt hatte.

Wirklich darüber gewundert hatte er sich allerdings nicht. Während sich in Wien solche Häuserzeilen von den Anwohnern her kaum veränderten, gab es hier in Murrhardt große Unterschiede. Genau das Gleiche hatte er vor ein paar Tagen in Biberach erlebt. Eine alte Tante von ihm hatte früher im Talfeld in der Mozartstraße gewohnt. Die Mehrfamilienhäuser dort waren um dieselbe Zeit gebaut worden wie die Häuser hier in der Gerhart-Hauptmann-Straße. Das zumindest verriet der Baustil. Sie ähnelten sich wie ein Ei dem anderen. Und auch in Biberach wohnten nun ganz andere Personen in den Häusern als damals.

Die Gerhart-Hauptmann-Straße entpuppte sich als eine sehr schlechte Observierungs-Straße, denn sie war relativ kurz und wunderbar einsehbar. Es gab praktisch keine

Möglichkeit, sie zu beobachten, ohne dass man selbst auffiel.

Glücklicherweise befand sich gegenüber in der Berliner Straße, einer Querstraße der Gerhart-Hauptmann-Straße, eine Bushaltestelle. Von der Wartebank aus konnte man die Straße prima einsehen. Ludwig platzierte sich und begann mit der Observierung.

Auf der Berliner Straße herrschte reger Verkehr. Niemand schien den älteren Herrn mit den dunklen Lockenhaaren, dem Schnauzbart und der Sonnenbrille zu beachten.

Wer noch nie observiert hatte, machte sich keine Vorstellung, wie lange zwei Stunden sein konnten. Vor allem, wenn man nicht wusste, ob der oder die zu Observierende überhaupt erscheinen würde. Ludwig fiel dabei ein Satz ein, den er einmal bei einem Seminar gehört hatte: Albert Einstein wurde demnach einmal von einer blonden Schönheit nach der Relativitätstheorie gefragt. Worauf er antwortete: »Wissen Sie, Madame: Zwei Stunden mit Ihnen zusammenzusitzen, ist eine relativ kurze Zeit, zwei Minuten auf einem heißen Ofen zu sitzen, jedoch eine relativ lange Zeit.«

Er hatte sich eine neue Ausgabe des *Spiegels* mitgenommen. So richtig konzentrieren konnte er sich aber auf die Artikel nicht. Herwig Hutter durfte ihm nicht durch die Lappen gehen.

Vor ihm lag die Berliner Straße, direkt dahinter die Gerhart-Hauptmann-Straße. In seinem Rücken befand sich ein Sportgelände, umrahmt von einer großen Wiese.

Dem schloss sich offenbar ein Kindergarten an. Aus den Autos stiegen Frauen mit kleinen Kindern aus und nach ein paar Minuten fuhren die Frauen alleine wieder weg.

Ludwig saß auf der Bank und las scheinbar in seinem Magazin. Dennoch glaubte er, die Situation vollkommen im Griff zu haben. Wenn Herwig Hutter hier auftauchte, würde Ludwig ihn sofort wiedererkennen. Dessen war er sich sicher.

Trotzdem war die Wartezeit nicht gerade angenehm. Die Perücke juckte und er begann, darunter zu schwitzen. Das Bedürfnis, die Perücke abzunehmen und sich am Kopf zu kratzen, stieg mit jeder Minute.

Inzwischen spielten die Kinder hinter ihm im Freien. Sie hatten ein richtig kleines Paradies und tollten auf den Anlagen umher, als plötzlich ein alter Mann auf die Kinder zutrat.

»Hallo Opa, hast du wieder Brausebonbons dabei?«, brüllten ihm die Kinder entgegen.

Der alte Mann ging hin und gab den Kindern welche. Er setzte sich auf eine Bank und die Kinder redeten mit ihm, lachten mit ihm und lutschten seine Bonbons.

»Opa, die schmecken wunderbar und kitzeln so schön auf der Zunge«, meinte eines der Kinder.

Das erinnerte Ludwig an seine eigene Kindheit, an den großen Stand mit Süßigkeiten auf dem Schützenfest. Dort hatte man auch Brausebonbons bekommen und seine Tante hatte ihm als Kind jedes Jahr welche gekauft.

Irgendwann mussten die Kinder trotz des schönen Wetters wieder hinein in den Kindergarten. Kaum waren sie drinnen, kam der nächste Pulk aus dem Kindergarten gestürmt, Die Zeremonie wiederholte sich, der alte Mann holte eine weitere Packung Brausebonbons aus seiner alten Ledertasche.

Ludwig wurde ein fotografisches Gedächtnis nachgesagt. Wenn er sich eine Person, eine Szene oder eine Sache einmal eingeprägt hatte, konnte er sie auch noch nach Jahrzehnten sofort wiedererkennen.

Dies war eines Abends der Fall, als Ludwig mit ein paar Kollegen in dem von Friedensreich Hundertwasser erbauten Kunsthaus Wien im dortigen Restaurant saß. Am Tisch daneben unterhielt sich ein Paar. Ludwig erkannte die Frau sofort. Sie hatte 1963 in einem Lebensmittelgeschäft in Biberach gearbeitet. Damals hatte Ludwig in den Ferien gejobbt und für die Handwerker, deren Handlanger er gewesen war, immer Vesper holen müssen. Und diese Frau hatte ihn 1963 immer bedient. Ludwig erzählte dies seinen Kollegen, die ihm kein Wort glaubten. Es wurde um eintausend Schillinge gewettet.

Ludwig ging auf die Frau zu und sagte:

»Entschuldigen Sie, gnä' Frau, ich will nicht aufdringlich sein, aber es geht hier um eine Wette. Kann es sein, dass Sie im Jahr 1963 in Biberach in einem Lebensmittelgeschäft gearbeitet haben?«

Die Frau war sprachlos. Da kam mitten in Wien ein wildfremder Mann auf sie zu und erkannte sie, weil er bei ihr vor zig Jahren 600 Kilometer entfernt belegte Brötchen gekauft hatte. Sie stammelte nur und schüttelte lachend den Kopf.

»Nein«, antwortete ihr Begleiter, der sich später als ihr Mann entpuppte, »sie hat nicht dort gearbeitet, das Geschäft hat uns gehört!«

Ludwig outete sich nun als gebürtiger Biberacher und das Hallo war groß. Die gewonnenen tausend Schillinge wurden gemeinsam verprasst.

Und genau dieser Effekt trat jetzt wieder ein: die Ledertasche! Ludwig erkannte die Ledertasche sofort. Sie gehörte Herwig Hutter, also war der Mann, der den Kindern die Brausebonbons schenkte, kein Geringerer als Herwig Hutter.

Später, als auch die andere Gruppe von Kindern wieder in den Kindergarten gegangen war, öffnete der Mann die Tasche und holte Boccia-Kugeln hervor. Aus Holz. Er warf die kleine weiße Kugel und spielte dann gegen sich selbst.

Genau hier witterte Ludwig seine Chance. Bei zahlreichen Urlauben in Lignano an der italienischen Adria, dem Lieblingsplatz der Wiener am Mittelmeer, hatte sich Ludwig als ganz passabler Boccia-Spieler profiliert. Dies wollte er jetzt ausnützen. Er ging auf Herwig Hutter zu und war sich sicher, dass der ihn ob seiner Verkleidung nicht erkennen würde.

»Wer gewinnt denn von euch beiden?«, fragte Ludwig.

»Der weiße«, antwortete Herwig Hutter.

»Spielen Sie immer gegen sich selber?«

»Nein«, antwortete Herwig, »erst seit einem halben Jahr, seit mein Freund verstorben ist, der immer mit mir gespielt hat.«

»Und es findet sich niemand, der mitspielt?«, wollte Ludwig wissen.

»Sehen Sie sich doch die Gegend hier mal an, da spielt doch niemand Boccia mit einem alten Mann. Die Bewohner gehen entweder zur Arbeit oder sind Hartz-IV-Empfänger. Kaum einer von denen spricht Deutsch.«

Herwig Hutter sagte das in einem sehr resignierten Ton.

»Wenn Sie wollen, spiele ich gegen Sie!«, bot Ludwig an.

»Gerne, welche Farbe nehmen Sie?«

»Schwarz«, antwortete Ludwig, der die erste Partie, die auf der Wiese ausgetragen wurde, prompt gewann.

»Ich sehe schon, Sie können etwas«, konstatierte der alte Mann, »wir könnten einen Dreikampf spielen.«

»Dreikampf? Kenne ich nicht. Was ist das?«, fragte Ludwig.

»Das habe ich mit Ewald immer gespielt. Ewald war mein Freund, der vor einem halben Jahr … Sie wissen ja.«

Er erklärte Ludwig den Dreikampf. Auf dem Gelände gab es einen Tartan-Kickplatz, eine riesige Weitsprunggrube mit Sand und – eben diese Wiese. Wer sich nach dem Spiel auf allen drei Plätzen als Sieger hervortat, hatte den Dreikampf gewonnen.

Ludwig gewann auf dem Rasen, verlor jedoch die beiden anderen Partien. Nicht ganz ohne Absicht.

»Das schreit aber nach Revanche«, forderte Ludwig.

»Morgen, gleiche Zeit, gleicher Ort.« Herwig Hutter lächelte. »Sagen Sie, ich habe Sie hier noch nie gesehen, wohnen Sie hier in der Straße?«

Wurde der Mann womöglich misstrauisch? Ludwig hatte sich aber bereits eine Legende zurechtgelegt.

»Nein. Nein, ich bin nur zu Besuch hier. Zwei Wochen. Meine Frau hilft Ihrer Nichte. Die hat ein Kind bekommen. Meine Schwägerin, die Oma des Kindes, ist gehbehindert, jetzt muss meine Frau die Omama spielen!«

»Zwei Wochen ? Der wievielte Tag ist das heute?«, wollte der alte Mann wissen.

»Der erste, wir sind heute Früh aus Augsburg angereist, mit der Bahn. Und mich konnten die Damen nicht brauchen, also habe ich mich auf den Weg gemacht und dieses Städtchen erkundet. Aber irgendwie habe ich mich verlaufen. Hierher wollte ich eigentlich gar nicht. Aber alles hat etwas Gutes, jetzt habe ich Sie kennengelernt und komme zu einer Boccia-Partie.«

Ludwig war überzeugt, dass Herwig Hutter ihm diese Geschichte abkaufte.

Sie verabredeten sich für den nächsten Morgen und Ludwig fuhr mit dem Taxi zu Renate nach Hause.

»Oh, die Observierung schon beendet? Wohl kein Glück gehabt?«, fragte sie neugierig.

»Ganz im Gegenteil, ich habe schon eine Runde Boccia gespielt gegen den Mann, aber leider verloren. Jetzt habe ich ihn um eine Revanche gebeten. Morgen Früh.«

Renate holte einen leckeren Gemüseauflauf aus dem Ofen. Als Ludwig eine zweite Portion schöpfen wollte, meinte sie:

»Sag mal, musst du denn so viel essen? Ich meine, es geht mich ja nichts an, aber du hast reichlich Übergewicht. Ein bisschen mehr Disziplin täte dir sicher gut.«

Ludwig ließ sich nicht beirren, wenn es ums Essen ging.

»Sorry, aber sieh dir doch mal deine Kugel an, als ob du einen Medizinball geschluckt hättest. Als du zum letzten Mal bei mir warst, wie viel hast du damals gewogen?«

Renate fiel gleich mit der Tür ins Haus, das passte Ludwig nicht so recht.

»Ich glaube 63 Kilo«, antwortete er.

»Und jetzt? Wie viele sind es jetzt?«

»Mal über 100, mal unter 100, je nachdem!«

»Das sind 70 Prozent mehr Gewicht, das ist eindeutig zu viel. Das ist krank!«

Renate hatte ein richtiges Sendungsbewusstsein.

»Nein, das nenne ich barocken Lebensstil«, ließ sich Ludwig nicht aus der Ruhe bringen.

»Das werden wir doch mal sehen!«, sagte Renate energisch, lachte aber schelmisch dazu. »Sieh her, ich habe damals 52 Kilo gewogen, heute wiege ich auch mehr. Klar. Aber nicht so wie du!«

»Und, wie viel wiegst du?«, wollte Ludwig wissen.

»Mal über 60, mal unter 60.«

Jetzt war es Ludwig, der lachen musste. Insgeheim aber dachte er sich, dass Renate völlig recht hatte. Na klar, sie hatte ihn 40 Jahre nicht mehr gesehen. Sie hatte den spindeldürren Jungpolizisten in Erinnerung, bei dem man Angst haben musste, der nächste Windzug könnte ihn umwerfen.

»Komm, wir fahren ins Hotel und holen deine Sachen«, wechselte Renate das Thema.

»Na ja, ich weiß nicht, ob ich nicht doch dort bleiben soll. Die freuen sich, wenn ich noch eine Portion beim Essen nachbestelle.«

Lachend fuhren die beiden ins Hotel und holten Ludwigs Gepäck ab.

Ludwig genoss es, wieder einmal nicht alleine frühstücken zu müssen. Zwar vermisste er seine Morgenzeitung, die ihm in den letzten Jahren zur Gewohnheit geworden war. Sie war morgens sein einziger Begleiter, seit ihn Lea verlassen hatte.

Gut geschlafen hatte er allerdings nicht. Das lag weniger am bequemen Bett in dem hübschen, aber einfachen Gästezimmer. Dass er eine eigene Dusche samt WC hatte, war ihm natürlich sehr recht. Es waren die Gedanken um Herwig Hutter, die ihn nicht zur Ruhe kommen ließen. Außerdem beschlich ihn das Gefühl, Renate habe in der Nacht noch Besuch bekommen. Er traute sich natürlich nicht, nachzufragen. Sie konnte in ihrer Wohnung tun und lassen, was sie wollte. Er war hier nur zu Gast. Aber komisch war es trotzdem. Vor allem, weil er nur ganz kurz etwas gehört hatte und auch kein Licht eingeschaltet worden war. Hätte sie einen Liebhaber, dann hätte sie ihm kaum das Angebot gemacht, bei ihr zu wohnen.

Sie kam wieder auf seine Figur zu sprechen. Ludwig hatte sich nie derart an seiner Körperfülle gestört. Auch Lea hatte außer ein paar bissigen Bemerkungen nie größere Notiz davon genommen. Aber Renate, die ihn nun seit ewiger Zeit nicht mehr gesehen und die ihn als schlanken Jüngling in Erinnerung hatte, störte sich offensichtlich an seiner Figur.

»Vielleicht hast du ja recht, Renate. Vielleicht bin ich wirklich zu dick. Ich sollte mal eine Hungerkur einlegen.«

Ludwigs Überlegung ging dahin, in den paar Tagen, die er bei Renate wohnte, weniger zu essen. Das würde ihm auf keinen Fall schaden.

»Das geht gar nicht. Diäten sind Gift. Da nimmst du schnell mal zehn Kilo ab und hinterher wieder 15 zu. Du musst deine Ernährung umstellen. Zuerst musst du lernen, langsamer zu essen, du schlingst das Essen regelrecht in dich hinein! Es nimmt dir doch niemand etwas weg!«

Renate hatte wieder recht. Als er berufstätig war, drängte stets die Zeit. Die Mahlzeit musste schnell gegessen werden, dieses Verhalten sollte Ludwig ändern.

Zuerst allerdings musste er aus dem Haus. Herwig Hutter wartete. Ludwig wollte auf keinen Fall zu spät kommen. Renate fuhr ihn mit ihrem Wagen nach Murrhardt und setzte Ludwig einen halben Kilometer vor dem verabredeten Platz ab.

»Danke dir, Renate, ich ruf dich an, wenn ich fertig bin.«

Ludwig hatte keine Ahnung, dass er beobachtet wurde, als er aus Renates Wagen ausstieg und in Richtung Hörschbach-Kindergarten loslief.

Er kam nahezu zeitgleich mit Herwig Hutter dort an. Der begrüßte ihn freundlich.

»Schönen guten Morgen, der Herr, na, fit für die Revanche? Übrigens, ich bin der Herwig. Ich heiße Herwig Hutter.«

»Und ich bin der Martin, Doktor Martin Brandstetter.«

Ludwig musste den alten Mann belügen, schließlich brauchte er ja eine Legende.

»Bist du Arzt?«

Herwig sah ihn mit großen Augen an.

»Nein, Psychologe. Ich war Psychologe, bin jetzt aber im Ruhestand. Deshalb bin ich ja auch hier.«

Der alte Mann schien Ludwig zu glauben. Er hatte ja auch keinen Grund, an Ludwigs Aussage zu zweifeln.

»Aha, ein Seelenklempner«, meinte Herwig, »da muss ich mich bei der Revanche ja vor psychologischer Kriegsführung in Acht nehmen.«

Ludwig lachte, als er antwortete:

»Ich fürchte, das wird mir bei Ihrer Überlegenheit nicht viel nutzen. Wie ist es, machen wir heute einen Dreikampf?«

»Gerne«, entgegnete der alte Mann, »aber zuerst muss ich warten, bis meine Kinder Pause haben. Die warten schon auf mich, heute habe ich Gummibärchen für sie mitgebracht.«

Warum bringt er diesen Kindern jeden Tag Süßigkeiten mit, fragte sich Ludwig im Stillen. Was will er damit kompensieren? Dass seine Gabi keine Enkel geboren hat? Dass er offensichtlich alleine lebt, weil seine Frau nicht zu sehen ist. Will er mit dem Kontakt zu den Kindern einen Ausgleich dafür schaffen, dass er niemanden mehr hat?

Dabei waren den Kindern die Süßigkeiten viel wichtiger als der Opa, der sie mitbrachte. Das konnte Herwig Hutter doch nicht entgangen sein!

»Sehen Sie, jetzt kommen sie heraus, gleich werden sie auf mich zurennen.«

Herwig Hutter war ein sehr feinfühliger Mensch. Er hatte sofort erkannt, dass Ludwig das Du nicht erwiderte und war automatisch zum Sie zurückgewechselt. Ludwig wollte so viel Vertrautheit zum jetzigen Zeitpunkt nicht.

Die Zeremonie mit den Kindern wiederholte sich wie am Vortag. Sie kamen in zwei Gruppen und jedes der Kinder bekam Gummibärchen.

»Womit fangen wir an?«

Ludwig tat so, als sei er ganz versessen auf die Revanche.

»Tartan«, schlug Herwig Hutter vor.

Und sie begannen mit dem Spiel.

Wieder gewann Herwig Hutter 2:1. Dieses Mal war es das Spiel auf Sand, das Ludwig gewann.

»Ich werde aufpassen müssen, Martin. Jetzt haben Sie mich schon in zwei verschiedenen Disziplinen geschlagen. Sofern Sie noch einmal eine Revanche fordern, werde ich mich warm anziehen müssen.«

Herwig Hutter würde gerne noch eine Partie spielen. Na klar, wann hatte der alte Mann das letzte Mal einen Gegner gehabt?

»Darf ich Sie etwas Privates fragen, Herbert?«

Ludwig nannte absichtlich einen falschen Namen.

»Herwig, nicht Herbert, fragen Sie mich ruhig!«

»Sind Sie alleinstehend? Haben Sie keine Familie?«

Ludwig bemerkte, dass der alte Mann zwei tiefe Falten über der Nasenwurzel bekam. Das machte ihn sicher, dass er ihn getroffen hatte.

»Ach, meine Frau ist vor fast zehn Jahren gestorben, seither bin ich alleine. Ich habe noch eine Tochter, aber die wohnt im Oberland. Die ist auch schon Witwe«, entgegnete Herwig.

»Aber Sie haben doch sicher Enkel?«, hakte Ludwig nach.

»Nein, dazu war mein Schwiegersohn nicht fähig, der hatte nur Häuserbauen im Kopf!« Beinahe flüsternd fügte Herwig an: »… und andere Weiber.«

»Wie bitte?«

Ludwig tat, als hätte er den Nachsatz nicht verstanden.

»Ach nichts.«

Herwig wurde etwas mürrisch.

»Also Martin, morgen Früh. Gleiche Zeit, gleicher Ort.«

Ludwig war sich völlig darüber im Klaren, dass er den Kontakt mit Herwig dosieren musste. Er durfte sich nicht hektisch mit ihm anfreunden. Seine Strategie war klar: Herwig musste das Tempo bestimmen, musste den nächsten Schritt einleiten. Ungeduld würde womöglich alles zerstören.

Renate hatte ein wunderbares Abendessen zubereitet. Es gab Steak und grünen Salat, Tomatensalat und Selleriesalat. Dazu gab es aber nur ein stilles Wasser. Und die Portion war auch nicht allzu groß.

»Du musst jeden Bissen 50-mal kauen, dann brauchst du zum Essen genauso lange wie vorher bei deinen Riesenportionen. Und nach jedem Mal kauen musst du einen Schluck Wasser trinken!«

Renate wollte ihm wirklich helfen.

»Sag mal, ich lebe hier bei dir wie die Made im Speck. Ich komme mir fast schon schäbig vor. Morgen lade ich dich mal zum Essen ein.«

»Ja, das würde dir so passen. Gleich wieder in die Vollen gehen. Hm, ich hätte aber eine Idee. In Backnang gibt es ein wunderbares vegetarisches Restaurant. Da könnten wir hingehen. Ist aber nicht ganz billig.«

Die Begeisterung für diese Idee hielt sich bei Ludwig in Grenzen. Nicht, weil das Restaurant nicht ganz billig war. Nein, er wollte Renate ja etwas bieten. Ihm wäre aber ein Rahmschnitzel mit einer gehörigen Portion Spätzle, die in einer Menge Soße schwammen, viel lieber.

Am nächsten Morgen beim Frühstück meinte Ludwig:

»Sag mal, Renate, schläfst du immer bei offener Balkontür? Heute Nacht hatte ich nämlich das Gefühl, als ob jemand bei dir im Zimmer gewesen wäre!«

»Das war bestimmt der Hausfreund, weil du nicht zu mir herübergekommen bist!«

Renate musste heftig über ihren eigenen Witz lachen.

»Nein, ich glaube, das war bestimmt die Katze vom Nachbarn. Die war schon öfter hier drin!«

»Der war gut!«, sagte Ludwig, »Aber jetzt musst du mich wieder in die Stadt fahren. Herwig wartet auf mich.«

Er zog die Perücke über seinen spärlich behaarten Kopf, klebte sich den Bart an und setzte die Sonnenbrille auf.

»Na, Mister Undercover, gehen wir wieder auf Verbrecherjagd?«

»Ermittlungen, ich führe nur Ermittlungen«, meinte Ludwig. »Wie gefällt dir denn meine Verkleidung?«

»Na ja, du siehst aus wie eine Mischung aus Albert Einstein und Albert Schweitzer«, lachte Renate, »ich würde dich so jedenfalls nicht erkennen. Aber ganz ehrlich, mir wäre diese Verkleidung lästig.«

»Ist sie mir auch«, Ludwig kratze sich am Kopf, »aber ich muss das leider machen, das ist für diesen Fall absolut notwendig.«

»Wenn du meinst, du bist ja der Bulle!«

Ludwig war heute vor Herwig auf dem Platz. Er setzte sich auf das Bänkchen und wartete. Herwig erschien pünktlich auf die Minute. Heute hatte er eine Tüte Kekse für »seine Kinder« dabei. »Mit Schokolade«, wie er genüsslich anmerkte.

Ludwig unternahm gewaltige Anstrengungen an diesem Morgen. Und tatsächlich: Er gewann den Dreikampf 2:1 gegen Herwig. Lediglich auf Tartan war er unterlegen. Aber auch hier machte er Fortschritte.

»Wie oft besucht Sie Ihre Tochter, Herwig. Oder besuchen Sie sie im Oberland?«, brachte Ludwig danach das Gespräch wieder in die gewünschte Richtung.

»Gar nie, weder besucht sie mich, noch besuche ich sie. Wir sind hoffnungslos zerstritten.«

Wieder traten diese tiefen Falten über Herwigs Nasenwurzel auf.

»Wie lange schon?«

»Seit meine Frau gestorben ist. Irgendwie gab mir Gabi die Schuld an ihrem Tod!«

Herwig wirkte sehr traurig bei dem Thema.

»So lange schon? Und es gibt keine Möglichkeit, das zu applanieren?«

Ludwig mimte den treu sorgenden Psychologen.

»Wie denn? Schreibe ich ihr, bekomme ich keine Antwort. Wenn ich mit ihr telefoniere, legt sie auf, und wenn ich sie besuchen will, schlägt sie mir die Türe vor der Nase zu. Sie lässt mir gar keine Chance. Ich weiß nicht, wie ich mich ihr nähern kann.«

Der alte Mann wirkte wirklich verzweifelt. Und Ludwig konnte dies nachempfinden, er kannte dieses Verhalten von Gabi nur zu gut.

»Aber wozu erzähle ich Ihnen das. Sie können ja nicht wissen, was vorgefallen ist.«

»Vielleicht kann ich Ihnen ja helfen«, bot sich Ludwig an.

»Wie wollen Sie mir helfen? Sie kennen meine Tochter doch gar nicht!«

Herwig wurde wieder unwirsch.

»Gerade das ist mein Vorteil«, sagte Ludwig. »Mich wird sie empfangen. Mit mir wird sie reden. Ich kann Ihren Botschafter – oder besser noch, Ihren Anwalt spielen.«

Der alte Mann blickte Ludwig in die Augen.

»Das würden Sie für mich tun, Martin?«

»Warum denn nicht, ich sehe doch, wie einsam und verzweifelt Sie sind. Seit wir uns kennengelernt haben, haben Sie außer mit mir und den Kindern mit keiner Menschenseele ein Wort gewechselt. Ich habe ein berufliches Gespür für Menschen und deshalb biete ich Ihnen das an. Außerdem ist mir mein Ruhestand manchmal langweilig. Wenn ich mit meiner Frau wieder nach Augsburg zurückkehre, fehlt mir ja mein Boccia-Gegner Herwig. Da habe ich wieder viel zu viel Zeit!«

Ludwig hatte seinen scheinbaren Wohnort mit Bedacht ausgewählt. Augsburg war sowohl von Murrhardt als auch von Biberach nicht allzu weit entfernt.

Für seine Legende war das wichtig, weil es sonst keinen Sinn gemacht hätte, dass sie extra hierherkamen, um ihre Nichte zu unterstützen. Und Gabi wohnte schließlich in Biberach.

»Sie würden für mich nach Biberach fahren und mit meiner Gabi sprechen? Was wollen Sie ihr denn sagen?«

Herwig wirkte immer noch mürrisch.

»Das weiß ich doch jetzt noch nicht, Herwig! Woher denn auch?« Auch Ludwig wurde etwas lauter. »Sie müssen mir zuvor schon etwas mehr erzählen über sich, über Ihre Frau und über Ihre Tochter. Sonst kann ich nichts für Sie tun!«

»Das muss ich mir erst noch gut überlegen«, meinte Herwig. »Morgen Früh, gleicher Platz, gleiche Zeit? Heute bin ich es, der die Revanche einfordern muss«, sagte Herwig und verschwand.

Ludwig war sich bewusst, dass er den alten Herrn verwirrt hatte, zumindest zwang er ihn zum Nachdenken.

Irgendwie kam ihm die ganze Geschichte schon sehr zäh vor. Vier Tage hielt er sich jetzt in Murrhardt auf und war seinem Ziel noch keinen Schritt näher gekommen: Herauszufinden, ob Herwig Hutter den Mörder seines Schwiegersohnes kannte und ob sein Alibi wirklich so stimmte, wie es die ganzen Polizei-Organe vor zehn Jahren zweifelsfrei bestätigt hatten. Aber neu stand jetzt die Frage im Raum: Warum sprach Gabi nicht mehr mit ihrem Vater? Warum gab sie ihm die Schuld am Tod ihrer Mutter? Und warum musste er gerade jetzt an dieses Foto von Bobbys Leiche mit den Markierungen hinter dem Ohr denken?

Am Nachmittag hatte er noch einen wichtigen Anruf zu erledigen. Das hatte er bisher versäumt. Aber jetzt war das Telefonat unumgänglich. Er wählte die Nummer von Waltraut Skorzeny in Graz.

»Ja hallo, wer ist da?«, fragte die Dame.

»Grüß Gott Frau Skorzeny, hier spricht Ludwig Hirschberger aus Wien. Der Kommissar, der Sie besucht hat und dem Sie die Bilder gezeigt haben.«

Ludwig war sehr freundlich zu der Frau.

»Ja ich grüße Sie, Herr Hirschberger. Mit Ihrem Anruf habe ich schon lange gerechnet. Ich dachte schon, die Spur hätte sich im Sande verlaufen und Sie würden mich gar nicht mehr anrufen!«

Wie immer war Waltraut Skorzeny sehr höflich und zuvorkommend.

»Konnten Sie inzwischen herausbekommen, was W.Z. unter dem Foto Ihres Vaters bedeutet?«, wollte Ludwig wissen.

»Klar, mein Gedächtnis holpert zwar hin und wieder, aber es funktioniert noch einwandfrei«, meinte Waltraut Skorzeny.

»Zeller hieß der Mann, Willibald Zeller aus Mährisch-Ostrau. Mein Vater hielt große Stücke auf ihn.«

»Ganz herzlichen Dank, liebe Frau Skorzeny. Sie haben mir wieder einmal außerordentliche Hilfe geleistet. Ich weiß gar nicht, wie ich das jemals wieder gutmachen kann.«

Diese Nachricht würde er in den nächsten Tagen ganz sicher noch brauchen können.

»Sie brauchen mir aber keine Blumen mehr zu schicken. Mir genügt es, wenn Sie mir sagen, sollten Sie den Fall lösen, was das Ganze mit Willibald Zeller und meinem Vater zu tun hatte.«

»Versprochen. Ganz heiliges Ehrenwort, gnä' Frau. Und den Riesen, den H.Z., konnten Sie den inzwischen immer noch nicht erkennen?«

»Nein, beim besten Willen nicht. Ich habe diesen Mann bestimmt noch nie gesehen.«

»Trotzdem, nochmals Dank und bis bald!«

Ludwig lächelte und beendete das Gespräch.

Warum die SS-Männer ihre Familien mit nach Wien genommen hatten, während sie zu einem höchst gefährlichen

Auftrag nach Tel Aviv unterwegs gewesen waren, blieb Ludwig einigermaßen schleierhaft.

Wie vereinbart fuhr er mit Renate am Abend in das vegetarische Restaurant nach Backnang. Das Essen war zwar wohlschmeckend, aber die Portion war Ludwig eindeutig zu klein.

»Sei mir nicht böse, es schmeckt zwar echt gut, aber ein saftiges Filetsteak wäre mir für diesen Preis wesentlich lieber gewesen.«

Ludwig machte aus seinem Herzen keine Mördergrube.

»Also, dafür trinken wir in Fornsbach in einem netten Lokal noch ein Gläschen Sekt oder Wein zusammen. Einverstanden?«

»Gerne«, erwiderte Ludwig, »aber nur, wenn auch das auf meine Rechnung geht!«

Sie fuhren nach Fornsbach, stellten das Auto vor Renates Wohnung ab und marschierten ein paar Meter zu einem Lokal. Renate schmeckte der Sekt ausgesprochen gut. Er selbst trank zwei Gläser eines vorzüglichen, trockenen Rieslings. Leicht beschwipst machten sich beide auf den Heimweg.

Und plötzlich landeten sie in Renates Bett. Aber die Enttäuschung war riesengroß; es klappte nicht und es lag an Ludwig, was ihn sehr deprimierte.

»Na ja, so schlimm ist das jetzt nicht«, tröstete ihn Renate, »und auch nicht verwunderlich. Wann hast du zuletzt mit einer Frau geschlafen?«

»Ziemlich genau vor zehn Jahren.«

Ludwig wurde wortkarg.

»Und wahrscheinlich bei zehn Kilo weniger, du bist aus der Übung, Ludwig, das ist alles. Nimm 15 Kilo ab und du wirst sehen, er bewegt sich wieder, frei nach Galileo Galilei.«

Beschämt ging Ludwig in sein Zimmer und schlief wieder einmal sehr unruhig. Tatsächlich hatte ihn das Laster verlassen.

Auch in dieser Nacht war offensichtlich Nachbars Katze wieder in Renates Schlafzimmer gewesen. Ludwig begrüßte Renate mit den Worten:

»Dein Hausfreund war wieder da, heute Nacht.«

»Wundert's dich, bei deinen Leistungen?«

Auch Renate war nicht bester Stimmung. Auch sie war enttäuscht. Möglicherweise zweifelte sie an ihrer Weiblichkeit. Womöglich befürchtete sie, nicht anziehend genug für Ludwig zu sein, was aber überhaupt nicht der Fall war. Ludwig hätte sich ohrfeigen können. Zu gerne hätte er mit ihr geschlafen.

Irgendwie verstand Ludwig Renate. Fast 40 Jahre hatte sie keinen Mann gehabt. Und jetzt, da endlich einer kommt, geht nichts. Rein gar nichts. Trotzdem kränkte ihn ihre Offenheit. Noch mehr kränkte ihn allerdings seine eigene Schwäche. Er würde umgehend nach den Ursachen forschen müssen. Und er würde nicht mehr lange hier wohnen können. Und wollen. Also war es jetzt höchste Zeit, Herwig Hutter auf den Zahn zu fühlen. Wenn er ihm heute keinen Namen nannte, war es höchste Zeit, nach Biberach zurückzukehren und den Täter dort zu finden.

Als sich Ludwig zum vereinbarten Zeitpunkt vor dem Kindergarten einfand, kam ihm etwas verändert vor. Es war alles so ruhig. Viel ruhiger als die Tage zuvor.

»Ferien«, sagte Herwig traurig, »meine Kinder haben große Ferien. Sechs Wochen ohne sie. Ich weiß gar nicht, wie ich das überstehen soll.«

»Na ja, sechs Wochen gehen auch vorüber«, meinte Ludwig.

»Das ist es gar nicht!« Herwig war resigniert. »Viele von denen kommen jetzt in die Schule, ich werde sie vermissen. Ich habe eine schöne Beziehung zu diesen Kindern aufgebaut, als ob es die meinen wären.«

Die Verzweiflung war dem Mann anzusehen. Tiefe Falten machten sich auf seiner Stirn bemerkbar. Die Augen lagen tief und waren ausdruckslos. Sie erinnerten Ludwig an Gabis Augen, als man Bobby damals im Hundertguldenloch gefunden hatte, damals vor zehn Jahren.

»Also wird es höchste Zeit, dass Sie mit Ihrer eigenen Tochter wieder klarkommen. Wir sollten uns heute an die Aufarbeitung Ihrer Probleme mit Gudrun machen«, schlug Ludwig vor.

»Gabi, nicht Gudrun!«

Herwig Hutter wirkte abwesend.

»Was ist damals vorgefallen, als Ihre Tochter von heute auf morgen nicht mehr mit Ihnen geredet hat. Kam das überraschend? Hatte es einen direkten Auslöser gegeben? Wie habe ich mir das vorzustellen?«, fragte Ludwig.

»Als meine Elga so krank war«, Herwig Hutter sprach sehr leise, »ich meine, so einen oder zwei Tage, bevor sie gestorben ist, wollte sie mit meiner Gabi alleine sprechen. Gabi ging zu ihr ins Zimmer und kehrte nach wenigen Minuten wieder zurück. Sie weinte bitterlich. Ich glaubte zuerst, sie weint, weil ihre Mutter bald sterben wird, aber sie hat so fürchterlich geweint, weil ihr ihre Mutter etwas erzählt haben muss. Etwas, was sie mir bis heute nicht gesagt hat und von dem ich überhaupt nichts weiß. Sie hat das Krankenhaus in Backnang sofort verlassen, ohne sich von mir zu verabschieden. Sie hat sich geweigert, bei der Beerdigung von meiner Elga an meiner Seite zu gehen. Sie hat sich geweigert, mit mir zusammen am Grab zu stehen. Können Sie verstehen, was das für einen Vater bedeutet?«

»Oh ja, das kann ich verstehen«, meinte Ludwig, »sehr gut sogar. Und Sie haben keine Ahnung, was Ihre Frau Ihrer Tochter auf dem Sterbebett erzählt haben könnte? Ich meine, auf dem Sterbebett erzählt man ja keine Lügen, also müssten Sie ja wissen, über was die beiden Frauen gesprochen haben, denn es muss ja etwas gewesen sein.«

Wie zufällig begann Ludwig die Boccia-Partie. Immer wenn ihm gute Würfe gelangen, wurde Herwig lockerer. Eines war klar: Er musste Herwig zum Reden bringen. Sonst würde er die Wahrheit über Bobbys Tod nicht erfahren und seine Mission hier wäre beendet.

»Haben Sie Ihre Ehefrau vielleicht einmal betrogen? Ich meine, hatten Sie eine Affäre, von der Sie glaubten, sie bleibt geheim? Hat Ihre Frau womöglich von dieser Affäre erfahren?«

Ludwig musste alle Eventualitäten in Erwägung ziehen.

»Wo denken Sie hin?«, schimpfte Herwig Hutter. »Nie im Leben hätte ich meine Elga betrogen. Für nichts auf der Welt hätte ich sie verlassen. Eine Affäre! Ich und eine Affäre! So ein Blödsinn, so eine ausgemachte Dummheit!«

»Aber irgend etwas muss es gewesen sein, haben Sie Ihre Frau geschlagen, vergewaltigt, missbraucht?«

Ludwig wusste ja, dass das niemals der Fall gewesen war, aber als fremder Psychologe musste er ihm solche Fragen stellen.

»Auch nicht, ich habe meiner Elga nie etwas zuleide getan, habe sie niemals betrogen oder belogen. Vielleicht habe ich ihr etwas verschwiegen, ja. Aber das kann nicht der Grund dafür sein, dass sie mich bei unserer Tochter so schlecht gemacht hat.«

Herwig Hutter blockte ab. Er konnte es Ludwig nicht sagen. Er war dazu einfach nicht in der Lage. Was hatte er getan? Was war es? Es hatte immer mehr den Anschein, dass es doch mit dem Tod von Robert Maurer zu tun hatte. Herwig Hutter kannte den Mörder. Da war sich Ludwig jetzt absolut sicher.

Es blieb ihm nichts anderes übrig, als noch mindestens einen Tag anzuhängen. Er würde womöglich den Rest vom Schützenfest in Biberach verpassen. Egal, das hier war jetzt wichtiger. Das Schützenfest findet auch nächstes Jahr wieder statt, dachte Ludwig, aber die Chance hier habe ich nur einmal.

»Also Herwig, ich fordere eine Revanche. Morgen, gleiche Zeit, gleicher Ort?«

»Meinen Sie wirklich, wir sollten noch einmal ein Match spielen? Meinen Sie, das macht Sinn? Müssen Sie nicht mal wieder zurück nach Augsburg?«

Herwig Hutter schienen die Begegnungen plötzlich keine Lust mehr zu machen.

Ludwig erschrak. Woher kam der Stimmungswandel des Alten? Lag es an den Kindern? Er musste sehr behutsam vorgehen, sonst wäre die Chance vertan.

»Nein, ich muss noch nicht zurück nach Augsburg, ich bin noch mindestens zwei Tage hier. Lassen Sie uns morgen noch einmal ein Match spielen. Sehen Sie, Ihre Kinder sind in den Sommerferien, da wären Sie doch den ganzen Tag alleine ohne einen Dreikampf.«

»Also gut, noch einmal. Morgen Früh wie immer.«

Etwas schien dem Mann aber doch noch auf dem Herzen zu liegen. Nach einer kurzen Pause fuhr er fort:

»Wissen Sie, Martin, was es bedeutet, einsam zu sein? Das ist wie Isolationshaft. Wissen Sie, als wir noch in Biberach zusammengewohnt haben, meine Elga, meine Gabi und ich, da sind wir eine glückliche, rundum zufriedene Familie gewesen. Dann sind meine Elga und ich hierhergezogen. Meine Gabi hatte geheiratet und kam sowieso nur noch selten zu uns. Als dann mein Schwiegersohn gestorben ist, ist alles anders geworden: Unser Leben wurde völlig auf den Kopf gestellt. Meine Elga wurde kurz darauf krank. Sehr krank. Als sie starb, wollte ich eigentlich wieder zu meiner Gabi nach Biberach. Aber die kannte mich danach gar nicht mehr. Dann hatte ich hier nur noch einen Freund, Ewald. Auf Ewald habe ich mich verlassen können. Er war ein treuer Kamerad. Von ihm habe ich auch gelernt, mit den Kindern umzugehen. Vor einem halben Jahr haben mir seine Nachbarn gesagt, er sei mit dem Sanitätsauto am Abend ins Krankenhaus gebracht worden. Das Herz… Es konnte ihm nicht mehr geholfen werden. Seither bin ich allein. Außer mit meinen Kindern aus dem Kindergarten. Aber die haben ja jetzt Ferien.«

»Deshalb wird es höchste Zeit, dass wir die Sache mit Ihrer Tochter lösen, Herwig. Lassen Sie sich doch von mir helfen. Sie müssen sich mir öffnen. Sie verbergen mir doch etwas.«

Ludwig sprach mit Engelszungen.

»Sie können mir helfen? Nehmen Sie den Mund nicht so voll! Mir kann niemand mehr helfen, auch Sie nicht.«

Herwig Hutter trottete zu seinem Haus. Ein seltsamer, ein einsamer alter Mann, der seinem Leben verzweifelt einen Sinn zu geben versuchte.

Ein Gedanke schoss Ludwig durchs Gehirn: War es womöglich seine Frau?

Elga Hutter, war Elga Hutter die Mörderin von Bobby? Hatte sie ihren Schwiegersohn getötet?

Völlig unmöglich, sagte sich Ludwig. Erstens hatte sie dasselbe wasserdichte Alibi wie Herwig. Und wäre Elga Hutter körperlich in der Lage gewesen, in ihrem Alter noch so eine Tat zu begehen? Nie. Außerdem war auch sie viel zu klein. Allerdings wusste Ludwig über die Vergangenheit von Elga Hutter rein gar nichts. War sie das fehlende Puzzle in der Geheimdienst-Sache des BKA? Ludwig wusste, dass Elga Hutter aus der Tschechoslowakei nach Biberach gekommen war. War sie eine Schläferin gewesen?

Und dann war da noch die Sache mit dem Foto.

Hirngespinste, nichts als Hirngespinste, redete sich Ludwig ein. Elga Hutter eine Mörderin? Oder eine, die einen Killer engagierte? Niemals!

Also blieb eigentlich nur noch Gabi übrig. Hatte Gabi Bobby Maurer getötet, weil er sie verlassen wollte? Hatte sie es nicht mit ansehen können, dass ihr Bobby zu Vera ziehen wollte? Sie verlassen wollte?

»Vergiss es.«

Ludwig führte schon Selbstgespräche: Gabi? Gabi! Gabi eine Mörderin? Gabi beherrscht die Easy-Rip-Methode? Oder Gabi kennt jemanden, der diese Methode beherrscht? Bin ich emotional so verblendet, dass ich diese Möglichkeit einfach ausgeschlossen habe?

Ludwig war sich auch im Falle Gabi absolut sicher: Sie konnte nicht die Mörderin sein und sie hatte auch niemanden angestiftet. Außerdem war Gabi zum Zeitpunkt der Tat im Biberkeller gewesen. Mindestens 20 Menschen hätten dies bezeugen können.

Wenn er morgen nichts Weiteres in Erfahrung bringen würde, wäre die Spur hier in Murrhardt ausgeblutet. Sie wäre tot. Mit diesem Wissen ließ sich Ludwig zu Renate nach Fornsbach chauffieren. Und mit der Gewissheit, sie bald zu verlassen. Schließlich hatte er ihre Gastfreundschaft lange genug in Anspruch genommen.

Nachdem er bei Renate angekommen war, eröffnete er ihr, dass er bald nach Biberach zurückkehren werde.

»Schade. Ich hatte mich eigentlich daran gewöhnt, einen Mann im Hause zu haben«, meinte sie.

»Und was für einen! Einen tollen Hecht hast du dir da geangelt. Auf so einen kannst du leicht verzichten.«

Ludwig wusste, dass sie enttäuscht war. Und er war auch enttäuscht. Von sich selbst.

»Ach Gott, nicht deswegen. Es war einfach schön, morgens mit jemandem zu frühstücken. Abends gemeinsam zu essen, sich zu unterhalten, den Tag an sich vorbeiwandern zu lassen. Seine Erlebnisse zu teilen. Ich habe das alles nicht gekannt.«

»Aber für eine Beziehung? Würde das wirklich für eine Beziehung reichen? Renate, du hast lange alleine gelebt, ich die letzten zehn Jahre auch. Ich habe doch genau bemerkt, wie du dich verbiegen musst, um mir eine so tolle Gastgeberin zu sein. Aber du würdest diesen Ludi, der jetzt nach so langer Zeit wieder bei dir aufgetaucht ist, sicher keine vier Wochen aushalten.«

»Ja, du hast recht, Ludi. Bei aller Sympathie, die ich dir entgegenbringe: Für eine dauerhafte Beziehung wird's tatsächlich nicht reichen. Dazu sind wir beide zu verschieden. Du bist mir zu barock und ich bin dir zu asketisch.«

Wieder zeigte Renate ihre schonungslose Offenheit. Aber gerade die schätzte Ludwig so an ihr.

»Aber den Kontakt sollten wir trotzdem aufrechterhalten. Die Freundschaft mit dir ist mir schon sehr wertvoll. Und ich würde gerne wieder deine Gastfreundschaft in Anspruch nehmen, wenn ich wieder einmal nach Murrhardt kommen sollte.«

Renate lächelte.

»Ja, und außerdem hab ich noch was gut bei dir. Aber erst wenn du 15 Kilo abgenommen hast. Galileo Galilei, du weißt ja.«

Wie jeden Morgen wartete Ludwig auf den alten Mann. Die Boccia-Runde sollte auch heute wieder gespielt werden. Das schöne Wetter würde eine Dreier-Kombination zulassen. Doch es sollte anders kommen. Ganz anders.

»Guten Morgen Martin. Ich will mal mit Ihnen was besprechen«, begann Herwig Hutter.

»Nur zu«, sagte Ludwig und legte die Boccia-Kugeln beiseite.

»Sie sind doch als Psychologe in der Schweigepflicht wie ein Arzt, oder?«

»Ja natürlich.«

»Und Sie gehen nicht zur Polizei und zeigen mich an, wenn ich Ihnen etwas erzähle?«

»Warum sollte ich das?«

»Weil das, was ich Ihnen zu sagen habe, ziemlich furchtbar ist«, sagte Herwig Hutter mit aschfahlem Gesicht. Er sah heute Morgen noch viel schlechter aus als die vergangenen Tage.

»Na, es wird doch nicht so schlimm sein, dass sich die Polizei dafür interessiert.«

»Oh doch, brennend sogar – und noch andere Organisationen.«

»Jetzt spannen Sie mich aber auf die Folter, Herwig.«

»Also, was ist jetzt, verraten Sie mich oder nicht?«

Ludwigs Versuch, Herwig Hutter von dieser Frage abzulenken, war kläglich gescheitert.

»Schauen Sie, es gibt verschiedene Grenzen meiner Schweigepflicht. Wenn zum Beispiel Gefahr im Verzug ist oder wenn ein Mensch in Gefahr ist oder bei einer Entführung …«

»Nichts von dem.«

»Oder bei einem Mord!«

Ludwig musste ihm die Wahrheit sagen. Er konnte und wollte den alten Mann nicht belügen. Jetzt war klar, dass er viel mehr wusste. Sonnenklar. Jetzt, da er ganz offensichtlich zu seiner großen Lebensbeichte ansetzte.

»Wissen Sie, Martin, ich glaube nicht, dass uns das weiterführt. Wir sollten langsam mit unserer Partie beginnen. Übrigens, Sie machen auf mich heute einen etwas fahrigen Eindruck. Kann es sein, dass Sie nervös sind?«

»Ja, das stimmt. Mir ist einiges durch den Kopf gegangen, gestern. Sie haben mir einige Dinge erzählt, die mich nachdenklich gemacht haben.«

Immer klarer wurde Ludwig, dass heute der Tag der Entscheidung anstand. Ihm war aber auch klar, dass er so nicht weiterkommen würde. Er musste den alten Mann ködern. Aber das war nicht so einfach. Wie immer hatte Herwig Hutter seine Antennen auf ganz feinen Empfang eingestellt, jedes falsche Wort würde das Gespräch versiegen lassen. Womöglich für immer.

Andererseits war ihm klar, Herwig Hutter würde niemals glauben, dass er nicht zur Polizei gehe, auch wenn er es ihm felsenfest versprach. Dazu war Herwig Hutter viel zu intelligent und viel zu erfahren.

Ludwig begann, dann warf Herwig Hutter seine erste Kugel. Wie immer sah es etwas ungelenk aus, wenn er die Kugel mehr oder weniger aus der Hüfte heraus warf, aber sein Ballgefühl war noch immer unschlagbar. Sollte ihm seine Arthrose auch noch so zu schaffen machen, nie hätte Ludwig auch nur den Hauch einer Chance, Hutter zu schlagen, wenn dieser das nicht zulassen wollte. Schon bei der ersten Kugel wusste Ludwig, dass er es heute nicht zulassen würde.

»Puuuh, der Wurf war mal wieder ziemlich perfekt. Ich seh die Kleine gar nicht mehr«, lachte Ludwig den alten Mann an.

»Wegschießen, einfach wegschießen. Man kann im Leben alles wegschießen.«

»Meinen Sie das wörtlich?«

»Ich denke, wir sollten uns jetzt auf unsere Boccia-Partie konzentrieren, womöglich ist es sowieso unsere letzte.«

»Wieso, was ist denn los, habe ich Sie etwa beleidigt?«

Ludwig erschrak.

»Nein, durchaus nicht. Aber wenn Sie mir die Garantie nicht geben, macht es keinen Sinn, dass wir uns noch weiter treffen. Für Sie nicht und nicht für mich!«

Das war unmissverständlich. Wenn er ihm jetzt die Garantie nicht gab, war es aus. Er kannte Herwig Hutter gut genug, um zu wissen, dass dies keine leere Drohung war. Aus dieser Zwickmühle herauszukommen, war geradezu unmöglich.

»Sie glauben mir, wenn ich Ihnen diese Garantie gebe?«

Er war jetzt eindeutig in die Defensive geraten.

Unvermittelt wechselte Herwig Hutter ins Du.

»Es muss dir schon was wert sein, diese Garantie. Zum Beispiel das Leben deiner blonden Freundin.«

»Waas? Ich habe keine Freundin und schon gar keine Blondine.«

»Natürlich, sie wohnt in Fornsbach neben der Bahnlinie und du wohnst bei ihr, seit du die Ermittlungen gegen mich wieder aufgenommen hast. Halte mich bitte nicht für so blöd, Ludwig, und nimm endlich diese alberne Perücke und diesen albernen, aufgeklebten Bart ab. Meine Augen sind ja wirklich nicht mehr die besten, aber ein Mann mit meiner Erfahrung riecht so etwas.«

So war das also: Nicht er hatte mit Hutter gespielt, sondern Hutter hatte mit ihm gespielt. Dass ihm nichts, aber auch gar nichts mehr einfiel, hatte er noch nie erlebt. Ludwig setzte sich auf die Bank, ganz langsam nahm er seine Schiebermütze ab, legte die Perücke auf die Sitzbank und begann, sich den aufgeklebten Bart zu entfernen. Renate hatte recht behalten: Der Aufzug war nur lächerlich.

Apropos Renate, die durfte er natürlich nicht in Gefahr bringen. Andererseits: Was wollte dieser alte Mann ausrichten? Sicher, er war der drahtigste und flinkste Mann, den er jemals persönlich kennengelernt hatte, aber heute war Herwig Hutter 85 Jahre alt. Was konnte der noch anstellen?

Es könnte natürlich sein, dass der Hintermann oder die Hintermänner, die er so vehement decken wollte, Renate gefährlich werden konnten.

»Diese blöde Schiebermütze hat dir übrigens auch nicht gestanden. Dafür ist dein Kopf zu groß.«

Hutter begann lauthals zu lachen. Zum ersten Mal sah er ihn wieder lachen. Es war genau noch dasselbe Lachen wie damals in Biberach, wenn er Ludwig mal wieder beim Tischtennis besiegt hatte.

»Sie sind doch gar nicht mehr haftfähig, Herr Hutter, wen also wollen Sie decken?«

»Mich!«

Fast flüsterte Herwig Hutter.

»Mich, ich will nicht, dass meine Tochter sich sicher sein kann, dass ich es war, der ihren Mann umgebracht hat.«

Nackte Verzweiflung blickte aus dem Mann. Es ging ihm nur um Gabi. Sein Schwiegersohn, der bei der Tat, die Herwig Hutter soeben gestanden hatte, umgekommen war, interessierte ihn gar nicht. Ihn interessierte nur Gabi. Darauf hatte sich sein Leben fokussiert.

»Das ist völliger Blödsinn. Sie können das unmöglich gewesen sein. Wen also wollen Sie beschützen?«

»Hör mir mal gut zu, mein Junge, du bist mir immer sympathisch gewesen. Vom ersten Augenblick an, als dich Gabi mit ins Haus gebracht hat. Du bist ein offener und ehrlicher und sehr humorvoller junger Kerl gewesen und meine Frau und ich haben dich gemocht. Leider hat das mit Gabi nicht geklappt. Glaub mir, du wärst mir als Schwiegersohn hundertmal lieber gewesen als dieser Lackaffe Bobby. Aber der hat es ja unbedingt sein müssen, der musste her. Koste es, was es wolle, nur weil der damals Architektur und Bauwesen studiert hat. Und am Schluss hat sie die Rechnung bekommen.«

Wusste Herwig Hutter überhaupt noch, wenn er log?

»Und deshalb hat Ihre Frau ihn getötet?«

Herwig sah Ludwig in die Augen. Ganz lange und völlig fassungslos.

»Bist du jetzt völlig übergeschnappt? Hast du einen an der Waffel? Elga? Meine Elga soll Bobby umgebracht haben, meine Elga soll auf die Stadtmauer geklettert sein? Was rede ich noch mit dir! Dich hat man nicht umsonst in Frührente geschickt. Du bist ja nicht mehr Herr deiner Sinne! Ich hab den Kerl um die Ecke gebracht. Ich ganz alleine. Meine Elga war zu dem Zeitpunkt gar nicht in Biberach! Schreib dir das in dein Hirn, Mann!«

Herwig Hutter schrie diese Sätze geradezu hysterisch in die Luft.

»Es gibt aber einige Indizien, die für Ihre Frau als Täterin sprechen.«

Ludwig ließ sich durch den emotionalen Ausbruch Herwigs keineswegs beeindrucken. Aber was meinte er mit »auf die Stadtmauer geklettert«??

»Meine Elga.« Diese Worte dehnte Herwig Hutter extra lang. »Meine Elga wäre nie fähig gewesen zu einem Mord. Schon gar nicht an Bobby. Meine Elga hatte zu diesem Zeitpunkt schon eine ausgeprägte Arthrose in beiden Kniegelenken und sie hatte erhebliche Probleme mit ihren Hüftgelenken. Sie schluckte schon damals viel zu viel Voltaren gegen die Schmerzen, damit sie nachts überhaupt schlafen konnte. Diese meine Elga wäre weder physisch noch psychisch in der Lage gewesen, den Kerl zu richten! Das war mein Werk. Ganz alleine mein Werk. Dieser Kretin hat meine Tochter, meine Gabi zu einem menschlichen Wrack gemacht. Sie hat ihm überhaupt nichts getan. Sie ist ihm ein Leben lang treu gewesen! So haben wir sie erzogen! Und was macht dieser Kerl? Er betrügt sie. Er ist nicht mal fähig, uns zu Großeltern zu machen. Aber er betrügt meine Gabi.«

»Aber das hätte Ihnen niemals das Recht gegeben, ihn zu töten.«

»Den wollte ich ja gar nicht töten. Ich wollte Vera Meerbusch umbringen. Sie hat die Familie meiner Tochter zerstört und damit hat sie meine Familie zerstört, hat mich zerstört, hat meine Elga zerstört. Warum glaubst du, ist sie so kurz danach gestorben. Warum glaubst du, hat sie mich verlassen? Auf diese Art und Weise verlassen, warum hat sie mich alleine gelassen? Weil diese Frau unsere Familie zerstört hat.«

»Und wieso dann Bobby. Wieso nicht Vera?«

»Weil dieses Schwein zuerst aus der Stadthalle gekommen ist!«

»Wie jetzt?«

Ludwig war sich ziemlich sicher, dass ihm hier schon wieder ein Märchen aufgetischt wurde.

»Also, ich habe die beiden beobachtet, wie sie zum ersten Mal aus der Stadthalle herausgekommen sind. Sie ist zuerst gekommen und hat sich direkt hinter das Hundertguldenloch gestellt. Nach wenigen Augenblicken ist Bobby erschienen und sie haben sich liebkost und getuschelt. Dann sind sie wieder hineingegangen und diese Hure hat zu Bobby gesagt, dass sie es länger als eine Stunde ohne ihn nicht aushalte. Also gut in einer Stunde wieder hier, hat daraufhin Robert gesagt. Also wusste ich, dass sie sich eine Stunde später wieder hier treffen werden und habe meine Vorkehrungen getroffen.«

»Welche Vorkehrungen meinen Sie?«

»Du kannst mich duzen.«

»Welche Ehre.«

Ludwig war sehr gespannt, was dem Alten noch alles einfiel, um ihn zu täuschen.

»Quatsch, wir sind heute beide alte Männer, du bist ein alter Mann und ich bin ein steinalter Mann. Aber ich weiß noch ganz genau, was Sache ist. Glaube mir, Junge. Glaube mir.«

»Also, welche Vorkehrungen hast du treffen müssen?«

»Nun, zuerst musste ich eine Stelle suchen, von der ich das Hundertguldenloch völlig unter Kontrolle hatte, ohne selbst in Gefahr zu geraten, entdeckt zu werden.«

»Und wie haben Sie, Verzeihung, wie hast du das gemacht?«

»Ja also, ich habe festgestellt, dass die einzige Möglichkeit der vollkommenen Kontrolle auf der Stadtmauer genau über dem Hundertguldenloch ist. Nur von dort kann man beide Seiten kontrollieren. Ich habe ja nicht wissen können, auf welcher Seite die beiden ihre Knutscherei beginnen wollen. Dann habe ich noch zwei Lampen kurzschließen müssen, damit alles in Dunkelheit liegt.«

»Wie schließt man denn zwei einzelne Lampen der Stadtbeleuchtung kurz?«

Diese Details machten Ludwig jetzt endgültig neugierig. Dass die Lampen kurzgeschlossen worden waren, war nie publik gemacht worden. Herwig Hutter hatte Insiderkenntnisse!

»Ziemlich kompliziert, aber es geht. Erzähl ich dir später, das würde jetzt zu lange dauern.«

Einmal in Fahrt gekommen, sprudelte es aus Herwig nur so heraus.

»Als nächstes habe ich meine Schleife verlängern müssen.«

»Was denn für eine Schleife?«

»Na, die Beck-Schleife, die Tatwaffe! Die normale Schleife, mit der ich bei meinen früheren Einsätzen gearbeitet habe, war doch viel zu kurz, um sie von der Stadtmauer herunter zu schleifen.«

»Was meinst du mit schleifen?«

»So haben wir diese Tötungsart genannt. Schleifen. Und dazu benötigt man eine Beck-Schleife.«

»Wer ist wir?«

Herwig Hutter krempelte seinen Ärmel hoch und Ludwig sah das in seinen Arm tätowierte SS-Zeichen mit der Blutgruppe.

»Das sind wir. Das waren wir und das werden wir ewig bleiben. Merk dir das!«

»Du warst bei der SS?«

Ludwig wollte ihm jetzt noch nicht sagen, dass er seit seinem Besuch bei Waltraut Skorzeny wusste, dass Herwig Hutter ein SS-Mitglied war.

»Jawohl, und zwar in der Einheit von Otto Skorzeny«, erklärte er voller Stolz. »Otto Skorzeny aus Wien, aber das muss man ja wissen, wenn man Polizist in Wien war. Ich war dabei, als man Mussolini befreit hat. Ich war dazu auserwählt, Josef Stalin in Jalta zu töten, wären wir dort nur hingekommen. Ich sollte Adolf Eichmann 1961 in Tel Aviv vor seiner Hinrichtung befreien und bin kurz vorher zurückgepfiffen worden, weil die Sache aussichtslos war. Mir hätte das nichts ausgemacht. Ich hätte bis zu meinem Tod für die Sache gekämpft. Ich könnte noch weitere 100 Aktionen benennen, bei denen ich dabei war. Und Erwin Beck war der Erfinder der Beck-Schleife. Und deshalb hat man diese Tötungsart ›schleifen‹ genannt. Und nicht Easy-Rip, wie sie das BKA nennt. Die Schleife stammt nämlich weder vom Mossad, noch vom KGB oder der CIA, sondern von Ingenieur Erwin Beck aus Hallein, Mitglied der Abteilung Skorzeny wie ich. Gekupfert haben die Brüder die Schleife und haben ihr einen neuen Namen gegeben! Bis zum Jahr 1974, also bis kurz vor Otto Skorzenys Tod, war ich in seiner Abteilung. Sagt dir der Name ›Spinne‹ etwas, oder die Organisation ›Odessa‹? Und wenn du wüsstest, für wen wir alles gearbeitet haben nach dem Krieg, würde es dir die Fußnägel hochbiegen.«

Wieder dieses Tischtennis-Lachen wie nach einem Sieg.

Langsam aber sicher bekam Ludwig ein Bild von Herwig Hutter, durchschaute er diesen Mann, den er in seiner Jugend so grenzenlos ob seiner Fitness und seiner sportlichen Fähigkeiten bewundert hatte. Und langsam, aber sicher kam Licht ins Dunkel dieser Schützenfestnacht von vor zehn Jahren, bekam Ludwig ein Bild dessen, was sich wirklich abgespielt hatte. Aber allzu viele Fragen waren noch offen, viele Fragen hatte er seinem einstigen Idol noch zu stellen.

»Odessa heißt Organisation der ehemaligen SS-Angehörigen. Ich hatte mal in Wien mit ihr zu tun, als sie einen Anschlag auf Simon Wiesenthal geplant haben«, sagte Ludwig.

»Das kann nicht sein. Die Odessa hätte niemals einen Anschlag auf Simon Wiesenthal durchgeführt!«

Herwig verfiel wieder in einen mürrischen Ton.

»Und warum nicht?«

»Erstens, weil wir uns dadurch verraten hätten. Geoutet, wie man heute so schön sagt. Und zweitens gab es, soviel ich weiß, eine Übereinkunft mit der Regierung in Wien und unseren Oberen.«

»Ich glaube, jetzt geht die Fantasie mit dir durch, Herwig. Niemals hätte eine österreichische Bundesregierung, und schon gar keine sozialdemokratische, einen Pakt mit euch geschlossen. Niemals! Das ist ausgeschlossen.«

»Und wer hat dem Carlos die Hand gegeben, beim Opec-Überfall auf dem Wiener Flughafen? Waren das SS-Leute, waren das Nationalisten oder waren es die Sozis?«

»Das kann man doch nicht miteinander vergleichen.«

»Oh doch, das kann man vergleichen. Bruno Kreisky war ein absoluter Pazifist, richtig dogmatisch. Wenn man dem ein Blutbad angedroht hat, konnte man alles von ihm bekommen. Also gab es eine Übereinkunft: Ihr tut uns nichts und wir lassen euch in Ruhe. Was glaubst du, warum hat Golda Meir euren damaligen Bundeskanzler Bruno Kreisky so gehasst, warum haben die Palästinenser Wien ausgesucht? Warum war Wien Zentrum der Spionage? Warum waren die ganzen RAF-Leute in Österreich, bevor sie der Mielke bei sich aufgenommen hat?«

»Weil wir als Exekutive uns vom Staat nicht dreinreden lassen. Darum glaub ich nicht dran.«

»Dann glaub weiter an den Weihnachtsmann, Ludwig. Mein Gott, wie kann ein derart erfahrener Polizist nur so naiv sein!«

»Ich genieße meine Naivität, denn alle Menschen sind naiv. Allein schon die Annahme, man selbst sei es nicht, ist naiv!«

Damit konnte Herwig Hutter nun gar nichts anfangen. Philosophie war so gar nicht sein Thema.

»Weißt du übrigens, dass diese Renate eine sehr nette Frau ist? Aber ihr passt nicht zusammen. Ihr beiden. Geh weg von ihr. Geh wieder nach Biberach. Geh zu meiner Gabi. Werdet glücklich.«

»Das musst du schon uns überlassen, Herwig, nicht so, nicht in diesem Ton!«

»Ha, dreimal hätte ich euch umbringen können, hätte ich euch schleifen können. Sie hätte die Terrassentür schließen sollen. Dreimal war ich schon in ihrem Schlafzimmer. Mit der Beck-Schleife. Aber alle dreimal bist du nicht bei ihr im Bett gewesen, sondern hast in deinem Bett geschlafen. In einem anderen Zimmer. Da habe ich gewusst, dass du eines Tages zu Gabi gehen wirst und habe euch verschont.«

Ludwig gefror das Blut in den Adern. Dieser Mann war wahnsinnig. Sobald er alles aus ihm herausbekommen hatte, musste Hutter in Gewahrsam gebracht werden. Er war eine tickende Zeitbombe. Und eine brisante Zeitbombe, womöglich mit hoch qualifizierten Beziehungen. Ludwig musste jetzt aufs Ganze gehen.

»Meinst du denn, die Gabi würde mich überhaupt noch wollen? Vergiss nicht, sie war es, die Schluss gemacht hat, damals! Und sie ist es, die bis zum heutigen Tag kein Wort mit mir redet.«

»Ach was, die liebt dich noch immer. Hundertmal hat sie es schon bereut, dass sie damals nicht dich genommen hat, sondern diesen Lackaffen. Geh hin zu ihr, sag ihr, dass du sie noch immer lieb hast. Du hast sie doch noch immer lieb, oder?«

»Herwig, wir schreiben das Jahr 2009. Das letzte Mal, dass ich mit Gabi geschlafen habe, war 1968, also vor 41 Jahren. Zum letzten Mal habe ich sie vor zehn Jahren gesehen, an jenem Tag, als du ihren Mann umgebracht – geschleift – hast. Wir haben beide eine eigene Familie!«

»Die aber beide nicht mehr bestehen!!«

»Aus unterschiedlichen Gründen. Gabis Mann ist tot und meine Frau hat mich in die Wüste geschickt.«

»Hast du sie betrogen?«

Diese Frage schien ihm unheimlich wichtig zu sein. Treue, Tapferkeit, Vaterland. Das war seine Welt. Er konnte sie nur unheimlich gut verbergen.

»Nicht mit einer Frau.«

»Mit einem Mann, bist du schwul?«

Jetzt war es Ludwig, der lachte.

»Oh Gott, das zuletzt, aber sie meinte, ich sei nicht mit ihr, sondern mit der Wiener Polizei verheiratet.«

»Deswegen verlässt eine anständige Frau ihren Mann nicht. Da muss es noch etwas anderes gegeben haben.«

»Na ja, auseinandergelebt haben wir uns schon. Weißt du, dieser Ehe hat irgendwann der Spannungsbogen gefehlt.«

»Spannungsbogen! Wenn ich so was Blödsinniges schon höre. Spannungsbogen! Meine Elga und ich haben nie einen Spannungsbogen gebraucht. Unsere Ehe hat auch so funktioniert. Ohne Spannungsbogen. Sie hat gewusst, wie sich eine anständige Frau zu verhalten hat. Ich habe stets die Richtung vorgegeben und Elga ist stets gefolgt. Und es hat funktioniert.«

»Bis zu ihrem Tod.«

»Jawohl, bis zu ihrem Tod. Leider ist sie 2000 gestorben. Dass Robert unsere Familie zerstört hat, hat sie nie verkraftet.«

»Oder, dass du ihn umgebracht hast?«

»Den wollte ich doch gar nicht schleifen, ich wollt die Vera Meerbusch. Das weißt du doch. Aber was kann ich dafür, dass der Trottel zuerst gekommen ist?«

»Okay, jetzt mal der Reihe nach weiter.«

»Ich warte immer noch auf deine Garantie«, monierte Herwig.

»Zu spät, Herwig, viel zu spät, du hast dich doch schon geoutet.«

»Täusch dich mal nicht, mein Freund. In dem Augenblick, wenn ich verhaftet werde, ist deine Freundin tot. Dafür ist gesorgt, du kannst dir deine Garantie also sonst wo hinstecken!«

Verdammt, dieser alte, knöchrige, unscheinbare und ausgemergelte Greis war ihm immer mindestens um einen Schritt voraus. Kein Wunder, dass er alle an der Nase herumgeführt hatte!

»Alles klar, Herwig, du hast gewonnen, aber jetzt mach weiter.«

»Also, ich musste meine Schleife verlängern, mit einem Draht. Dazu bin ich auf den Gigelberg gegangen und habe einem Karussell-Betreiber ein Stück Draht geklaut, der den gleichen Durchmesser wie die Beck-Schleife hat. Ich habe zwar nur einen Kupferdraht bekommen, aber der Durchmesser hat gestimmt und als Verlängerung konnte man ihn zur Not gebrauchen. Danach war die Stunde fast um. Ich hatte so viel noch zu bewerkstelligen und die Zeit lief mir fast davon.«

»Wieso?«

»Ja, ich musste doch noch die beiden Lampen kurzschließen. Das ist nicht so einfach, wie man sich das vorstellt. Das braucht seine Zeit.«

»Wieso beide Lampen?«

»Ja stell dir mal vor, ich leg die ganze Lichterkette vom Stadtgarten und der Stadthallen-Umgebung lahm. Am Schützensamstag. Da kommen doch sofort Polizei, Feuerwehr, THW, städtische Bedienstete und so weiter. Aber bei zwei einzelnen, bei den entscheidenden Lampen, kommt kein Schwein. Und das dauerte halt ein bisschen länger. Schließlich ist es mir doch gelungen, rechtzeitig fertig zu werden, und ich bin unsichtbar mit meiner Schleife auf der Stadtmauer gelegen, direkt über dem Hundertguldenloch.«

»Unfassbar«, murmelte Ludwig. »Dass Bobby von der Stadtmauer herab erdrosselt oder geschleift wurde. Auf diese Idee ist damals keiner gekommen. Nicht die Kripo, nicht das LKA und nicht das BKA. Und ich gleich gar nicht.«

»Und niemand hat die Stadtmauer nach Spuren untersucht!«

Herwigs Lachen wirkte überlegen.

»Es ist meines Wissens auch noch niemand aus über zwei Meter Höhe erdrosselt worden. Wie bist du denn auf die Stadtmauer gekommen? Die ist doch viel zu hoch!«

Ludwig konnte es kaum glauben.

»Auf der Rückseite ist ein kleiner Anbau. Wie so ein Schrebergarten. Über diesen Anbau bin ich auf die Mauer hinauf- und auch wieder heruntergekommen. Das ist überhaupt kein Problem gewesen!«

»Wieso hat man keine Spuren gefunden?«, wollte Ludwig wissen.

»Na ja, das haben wir bei Otto Skorzeny bis zum Erbrechen geübt. Keinerlei Spuren zu hinterlassen, hat bei uns schon zum einfachen Handwerk gehört. Oben auf der Stadtmauer hat es mit Bestimmtheit eine Menge Spuren gegeben, aber, wie gesagt, niemand hat die Stadtmauer oben untersucht! Und dort oben in der Dunkelheit habe ich auf Vera Meerbusch gewartet. Ich war mir sicher, dass sie pünktlich kommen wird.«

»Warum warst du dir denn so sicher?«

»So wie die den Robert eine Stunde vorher abgeschleckt hat? Die hat doch schon eine halbe Stunde vorher getropft. Widerlich, einfach widerlich. Ich konnte es kaum erwarten, sie zu schleifen.«

Herwig sprach das Wort schleifen nicht so aus, wie man es eigentlich gewohnt war. Man schleift ein Messer, sagte sich Ludwig im Stillen. Herwig betonte das Wort aber immer wie »schlaifen«, offensichtlich leitete er die Aussprache von »Schleife« ab.

»Das Problem war, dass ich mich ganz flach auf die Stadtmauer legen musste, um möglichst unsichtbar zu bleiben. Das hat meinen Ausblick gewaltig erschwert. Zudem ist es durch meine Manipulation an den beiden Laternen zappenduster gewesen. Fünf Minuten waren schon vergangen und kein Mensch kam. Scheiße, sie tropft doch nicht, habe ich mir gedacht. Doch endlich ist sie gekommen. Zunächst einmal habe ich mich fast auf der anderen Seite der Stadtmauer einhaken und ein Stück hinunterhängen müssen, weil die Stadtmauer an dieser Stelle doch ziemlich hoch ist. Ich musste sie ja genau dann treffen, wenn sie aus dem Hundertguldenloch in die Weberbergstraße kam, sonst wäre meine verlängerte Schleife nicht mehr stabil genug gewesen. Ich habe perfekt getroffen. Sie ist sofort hingefallen und war, das wusste ich, schon tot. Das Einzige, was mich gewundert hat, war, dass das Aufprallgeräusch ziemlich heftig war, obwohl sie eine zierliche Frau war.«

Ludwig schüttelte den Kopf. Und es fror ihn trotz der herrschenden Hitze. Vieles hatte er schon erlebt. Aber dass ein Mann, den er seit seiner Kindheit kannte, einen derart brutalen Mord mit einer derartigen Eiseskälte ausführte, hätte er nie erwartet. Er musste sich aber zurücknehmen. Zu viele Fragen waren noch offen. Wenigstens wusste er jetzt schon, wieso alle davon ausgegangen waren, Bobby sei von einem Riesen getötet worden.

»Mir sind auf den Fotos von Bobbys Leiche kleine Risse hinter den Ohren aufgefallen, die völlig untypisch für einen Easy-Rip sind«, sprach Ludwig die Sache mit den Markierungen an.

»Keine Ahnung, vielleicht hat die Verbindung meiner Schleife mit der Verlängerung des Kupferdrahtes so eine Verletzung verursacht«, vermutete Hutter.

Ludwig wusste jetzt, woher diese kleinen Verletzungen kamen, die ihm auf den Fotos bei Karl-Heinz Joos aufgefallen waren. Und jetzt wusste er auch, warum DNA-Spuren des Mitarbeiters eines Ketten-Karussells bei der Leiche gefunden worden waren.

»Wann hast du mitbekommen, dass du gar nicht Vera, sondern Bobby umgebracht hast?«

»In der Nacht, als Gabi anrief und wir Gott sei Dank schon zu Hause waren!«

»Übrigens, zu Hause waren. Wie bist du zu einem solch lückenlosen Alibi gekommen?«

»Zufall, viel Glück und ein bisschen Raffinesse!«

»Du hast die Kripo Biberach, die Polizei in Murrhardt, die Kripo Backnang, das LKA und das BKA an der Nase herumgeführt. Du hast die Spur hinterrücks auf irgendwelche Geheimdienste gelegt, hast dich zum Saubermann und mich zum Deppen gemacht.«

»Das tut mir leid für dich, aber ich hatte wahnsinnig viel Glück.«

»Wieso Glück? Mit Glück geht so was nicht. Das kannst du mir nicht erzählen.«

»Doch, es war viel Glück dabei. Sehr viel Glück. Ich wusste, dass du mir ganz eng auf den Fersen gewesen bist. Ich dachte schon, jetzt hast du mich, und dann muss dich das BKA zurückgepfiffen haben.«

»Erzähl!«

»Und du denk immer an deine blonde Freundin. Und an meine Gabi.«

»Die seit fast zehn Jahren gar nicht mehr mit dir redet!«

Ludwig musste wieder aufs Tempo drücken.

»Also, was war jetzt mit dem Alibi?«

»Wir haben uns ja noch gesehen auf dem Viehmarktplatz. Und Elga und ich sind tatsächlich losgefahren. Richtung Murrhardt. Elga wollte an dem Tag unbedingt eine Sendung im Fernsehen ansehen. In Ulm hab ich dann getankt. Und erst während des Tankens ist mir die Idee gekommen, dieses Weib zu schleifen. Jetzt musste ich logistisch denken – wie bei der Mussolini-Befreiung. Das Wichtigste: Elga musste auf jeden Fall außen vor bleiben, für den Fall, dass ich doch erwischt werde. Also wohin mit ihr? Das Problem war sofort gelöst: Elga besucht ihre Tante im Pflegeheim in Neu-Ulm. Diese hat meine Elga zwar nicht mehr erkannt, aber es macht im Heim einen guten Eindruck, wenn man Verwandte mal besucht. Außerdem hatte die Tante, die inzwischen ebenfalls gestorben ist, einen Fernseher auf ihrem Zimmer. Ich habe zu Elga gesagt, sie solle ganz genau aufpassen, was im Fernsehen läuft. Und so ist es dann auch gekommen. Ich habe meine Elga im Altenpflegeheim zurückgelassen und bin mit dem Wagen zum Ulmer Hauptbahnhof gefahren, habe auf dem Parkplatz zwischen Hauptpost und den Bahngleisen geparkt und bin mit der Bahn nach Biberach gefahren.«

»Mit dem Zug? Hast du keine Angst gehabt, dass man dich vielleicht erkennen könnte?«

»I wo. Der Zug war komplett überfüllt, die jungen Fahrgäste wollten alle aufs Schützenfest. Sie haben gejohlt und gegrölt und sich auf einen netten Abend auf dem Schützenfest vorbereitet. Von dem alten Mann haben sie keine Notiz genommen. Auf der Rückfahrt dasselbe. Lauter Besoffene! Ekelhaft. Besonders die besoffenen Weiber fand ich zum Kotzen. Du weißt ja, dass ich nie einen Tropfen Alkohol trinke. Hier unauffällig zu bleiben, hat mich schon ein gutes Stück Überwindung gekostet. Ich war mir aber sicher, dass sich von denen keiner an mich erinnern kann. Nachdem ich – vermeintlich – Vera Meerbusch getötet habe, bin ich wieder über den Vorbau die Stadtmauer hinunter und habe das Hundertguldenloch zum Weberberg hin verlassen. Und dann bin über die Gymnasiumstraße, den alten Postplatz und die Bahnhofstraße zum Bahnhof gegangen. Ganz ruhig, ganz gemütlich, als ob ich wie viele andere von einem lauen Schützenfestabend wieder zurück zum Bahnhof will. Die einzige Angst, die ich hatte, war, dass die Polizei gleich den Bahnhof kontrolliert.«

»Na ja«, meinte Ludwig, »die hatten in dieser Zeit was anderes zu tun. Da ist keiner auf die Idee gekommen, auf den Bahnhof zu gehen. Die hatten genügend Arbeit damit, mir den Mord anzuhängen!«

»Ja, du hast recht. Aber das konnte ich zu dem Zeitpunkt nicht wissen. Ich musste ja noch ein paar Minuten auf dem Bahnsteig warten, bis der Zug gekommen ist. Es ist ja dann auf dem Bahnsteig auch alles gut gegangen. Bloß die alte Zielinski ist mir dauernd in die Quere gekommen.«

»Wieso die alte Zielinski?«

»Die stand auf dem Bahnhof und hat ihren Sohn gesucht. Mitsamt seiner Frau und den Enkeln. Die war vielleicht lästig. Irgendwann ist dann jemand gekommen, der sie offenbar kannte, und ist mit ihr in den Zug Richtung Ravensburg gestiegen. Mann, war ich froh! Ich hatte nämlich eine Riesenangst, sie könnte mich erkennen.«

»Die erkennt niemanden mehr, glaube ich!«

»Ja, aber stell dir vor, gerade als ich von der Stadtmauer heruntergeklettert war, kam sie auch durchs Hundertguldenloch spaziert. Die hat sogar noch was zum Bobby gesagt, ich hab's bloß nicht verstanden!«

Ludwig erinnerte sich noch ganz genau an den Satz, den Zita Zielinski zu Bobby gesagt hatte: »Sie sollten nicht so viel trinken, junger Mann.«

»Wusstest du, dass ich wegen dieser Frau Zielinski so lange verdächtigt wurde?«, fragte Ludwig.

»Wieso wegen der?«

Herwig Hutter kapierte nicht.

»Die hatte ein psychisches Problem. Ihr Sohn war seit 20 Jahren verschollen, war aber auch ein Jahrgänger von uns. Da hat sie sich eingebildet, er komme, und hat in der Stadthalle nach ihm gesucht. Mich hat sie erwischt und aufgehalten. Ich habe sie auf den Bahnhof geschickt und ihr aufgetragen, dort nach ihm zu suchen. Zuerst ist sie Richtung Krankenhaus gelaufen. Da habe ich sie am Arm genommen, um ihr den richtigen Weg zu weisen. Kurz vor dem Hundertguldenloch bin ich dann umgekehrt, sonst hätte ich ja Bobby gleich entdeckt. Und dich vielleicht mit! Als ich zurück in den Saal ging, bin ich Vera begegnet. Ihre Aussage hat mich dann schwer belastet. Frau Zielinski wollte nach einer Stunde zurückkommen und mir sagen, ob sie ihren Sohn gefunden hat oder nicht. Ich konnte den Polizistinnen nicht erklären, wo ich so lange war, habe ihnen gesagt, dass die alte Dame aber nach einer Stunde zurückkommen wollte. Als die nicht kam, ist mein Alibi geplatzt und ich war tief drin in der Sch…«

»Oh, du Ärmster. Plötzlich war der Profiler der Wiener Kripo unter Verdacht. Da hatte ich natürlich viel mehr Glück!«

»Wieso?«

»Jetzt – und das war das Entscheidende, das war der ganz große Fehler, den alle Polizisten gemacht haben …«

»Da bin ich aber gespannt!«

»Ja, jetzt kommt die Bildstörung im ZDF.«

»Ja klar! Die war doch nur ab einer Linie Aalen-Stuttgart nordwärts. Die hätte deine Frau in Ulm doch gar nicht sehen können!«

»Ja, lieber Ludwig, das war richtig viel Glück. Neu-Ulm liegt nämlich in Bayern, wie du weißt. Die Bildstörung hat es aber in ganz Bayern gegeben. In Württemberg hingegen nur nördlich der Linie Aalen-Stuttgart. Und ihr habt sofort – zugegeben, mit Ausnahme von dir – an unser wasserdichtes Alibi geglaubt. Wir hatten ja gar keine Ahnung, wo diese Bildstörung überhaupt überall war. Stell dir mal vor, die wäre nur in Bayern gewesen, da wären wir doch ganz schön aufgeschmissen gewesen!«

Sein Tischtennis-Lachen kam sehr breit herüber.

»Auf dem Bahnhof habe ich mein Auto wieder geholt und bin zum Altenheim gefahren, um meine Elga abzuholen. Wir sind dann schnurstracks losgefahren. Die Nachtfahrt war ganz schön anstrengend für meine Augen, aber das größte Problem für uns war, in Murrhardt unerkannt in unsere Wohnung zu kommen, denn es war schon fast halb zwei und da ist es in der Gerhart-Hauptmann-Straße zappenduster!«

»Immer noch?«

»Wieso immer noch?«

»Ach, Herwig, ich hab dir ja noch gar nicht erzählt, dass die Renate 1973 in dieser Straße gewohnt hat. Genau zwei Häuser von deiner Wohnung entfernt.«

»Jedenfalls, genau dann, als wir die Haustür geöffnet haben, hat das Telefon geklingelt und Gabi hat uns erklärt, dass ihr Bobby tot ist. Mein großer Schreck war echt.«

»Das war natürlich ein Schock. Wie hat Elga reagiert?«

»Schlimm, ganz schlimm. Zum ersten Mal in unserer Beziehung ist sie gewalttätig gegen mich geworden. Hat eine Vase nach mir geworfen und hat mich einen Volltrottel geschimpft. Zum Glück habe ich sie davon überzeugen können, dass sie jetzt ruhig sein muss, weil sonst die ganzen Nachbarn aufwachen könnten und so unsere Tarnung auffliegen würde. Am nächsten Morgen sind wir zusammen in den Wald gegangen und haben uns dort heftig weiter gestritten. So habe ich meine Elga gar nicht gekannt! Es war unmöglich, Sie davon zu überzeugen, dass ich gar nicht den

Robert erwischen wollte, sondern diese Meerbusch. Alles war umsonst, Elga hat mir gesagt, dass sie mich verlassen will.«

»Sie ist ja dann aber doch geblieben.«

»Ja, als wir nach Biberach zur Beerdigung von Robert gefahren sind, habe ich ihr abends einmal die Stelle im Hundertguldenloch zeigen können. Zum Glück waren die Lampen noch nicht repariert, sodass es dort noch immer stockfinster war, und so konnte ich sie langsam davon überzeugen, dass es nur eine grausame Verwechslung gewesen war.«

»Hat damals übrigens keiner mitbekommen, dass du das warst mit den Lichtern, bis das BKA kam. Dass du die Meerbusch schleifen wolltest, hat deine Frau aber schon gewusst?«

»Explizit habe ich ihr natürlich nichts gesagt, aber sie hat es gewusst. Sie hat es immer gewusst, auch wenn ich einen heiklen Auftrag hatte für Skorzeny oder die Spinne oder die Odessa.«

Jetzt war es endgültig heraus. Was Ludwig von Anfang an vermutete, wurde Gewissheit. Herwig Hutter hatte seinen Schwiegersohn getötet. Es war kein Hüne eines fremden Geheimdienstes gewesen, wie das BKA vermutet hatte. Nein. Ludwig hatte recht. Von Anfang an. Herwig Hutter hatte seinen Schwiegersohn geschleift. Aus Versehen. Er hatte den Falschen erwischt. Vera Meerbusch hätte das Opfer sein sollen. Das wirklich Schlimme daran war, dass es ihm offenbar gar nicht leidtat, seinen Schwiegersohn getötet zu haben. Es störte ihn vielmehr, dass es nicht Vera Meerbusch getroffen hatte. So viel Zynismus hätte er bei Herwig Hutter nicht erwartet.

»Und wie viele solcher heiklen Aufträge hattest du so im Leben?«

»Es waren bestimmt mehr als 100.«

Ludwig konnte nichts mehr sagen. Er saß hier neben einem Massenmörder, nein noch schlimmer. Dieser Mann war schon ein Massenmörder gewesen, als Gabi seine Jugendliebe war, als er bei Hutters im Haus verkehrte, mit Herwig Hutter Tischtennis spielte, Wettläufe veranstaltete. So vieles hatte er im Laufe seiner Tätigkeit bei der Polizei in einer Metropole erlebt. Und jetzt erlebte er seinen schlimmsten Fall nach seiner Pensionierung in seiner Heimat, die er immer als die heile Welt betrachtet hatte.

»Dann hast du also über einhundert Menschen getötet, du bist ein richtiger Massenmörder, Herwig Hutter!«

Ludwig war so entsetzt, dass es einfach so aus ihm heraussprudelte.

»Stimmt nicht, mein Freund. Ich habe nur einen einzigen Menschen ermordet, nämlich Robert Maurer. Und den aus Versehen. All die anderen habe ich getötet, aber nicht ermordet. Ich habe sie auf Befehl getötet, weil es mein Beruf war, für unser Vaterland zu kämpfen. Da hat es Menschen geben müssen, die Feinde töten. Ich bin so ein Mensch. Aber das macht mich noch lange nicht zum Massenmörder. Merk dir das!«

Herwig reagierte wütend. Er schnaubte regelrecht.

Nach einer langen Pause fuhr er fort:

»Ich habe es damals schon gewusst, dass du mir draufkommen wirst. Ludwig, ich war mir ganz sicher.«

»Wie kommst du denn darauf?«

Ludwig konnte nicht allzu viel damit anfangen.

»Als du mir bei Bobbys Beerdigung die Hand gegeben hast und sie mir dabei beinahe gebrochen hast. Und mir in die Augen gesehen hast, als ob du darin die Wahrheit entdeckt hättest, war mir klar, dass du niemals aufhören wirst, mich zu verfolgen. Das Einzige, was mich wirklich gewundert hat, war, warum du so lange gebraucht hast.«

Herwig schien wieder die Ruhe selbst.

»Na ja, ohne das Bild von dir bei der Wiener Staatspolizei wäre ich dir niemals auf die Schliche gekommen, Herwig. Weißt du, dazu war einfach dein Alibi zu perfekt. Und die Annahme aller Kriminalisten, Bobby sei von einem Menschen ermordet worden, der zwei Meter groß sein müsse. Das hat mich immer an deiner Täterschaft zweifeln lassen. Erst eine Fotografie hat mir die Augen geöffnet.«

Ludwig musste sehr vorsichtig formulieren.

»Wann hast du dieses Bild gesehen?«, wollte Herwig wissen.

»Ich glaube, es war im Mai.«

Ludwig hätte auch Februar oder April sagen können, es hätte keine Rolle gespielt.

»Dann habe ich alles diesem blöden Bild zu verdanken. Dabei hat uns der Otto Skorzeny versprochen, alle Bilder zu vernichten.«

Das war die Gelegenheit, Waltraut Skorzeny aus der Schusslinie zu bringen.

»Hat er auch, Herwig. Das Bild stammt nicht von Skorzeny. Soweit ich weiß, haben es die Inhaber eines österreichischen Heurigen-Lokals der österreichischen Staatspolizei übergeben.«

Irgendwie schien das Herwig Hutter zu beruhigen. Es war ihm jetzt klar, dass er nicht von seinem früheren Idol verraten worden war, sondern das Ganze einem Zufall zu verdanken hatte.

»Wärst du Idiot nicht nach Wien gegangen, sondern in Biberach geblieben, säßen wir jetzt nicht hier.«

»Hätte, wäre, wenn.«

Ludwig wollte das Gespräch in eine andere Richtung lenken.

»Wenn ich dir jetzt sage, dass Robert viel mehr Affären hatte als die mit Vera Meerbusch, wenn ich dir die Namen der Damen gebe, würdest du die etwa auch alle umbringen, Herwig Hutter?«, bohrte Ludwig nach.

»Ach, von denen habe ich doch gar nichts gewusst«, gestand Hutter. »Ich habe von Vera Meerbusch auch nur zufällig erfahren. Unsere frühere Nachbarin hat eine Tochter in Aßmannshardt. Die hat Bobby des Öfteren bei Vera gesehen. Als wir unser altes Haus in Biberach ansehen wollten, hat sie uns gesehen, uns herzlich begrüßt. Und natürlich hat uns diese alte Ratsch-Kachel sofort die Affäre von Bobby unter die Nase reiben müssen.«

»Und das war dann der Grund, warum ihr alle so zerknirscht gewirkt habt auf dem Viehmarktplatz damals?«

Er ging gar nicht auf Ludwig ein.

»Weißt du was, Ludwig. Ich hätte da eine Idee«, wollte Hutter ablenken, »die Gabi, du und ich, wir könnten doch zusammen nach Mährisch-Ostrau fahren, im Tschechischen heißt das heute glaube ich Ostrawa. Das ist meine Geburtsstadt. Das wäre ein großer Wunsch von mir!«

Herwig Hutter erkannte die Situation offensichtlich nicht richtig. Oder aber er schätzte sie völlig falsch ein. Er würde nie mehr nach Mährisch-Ostrau fahren. Er würde trotz seines vorgerückten Alters schon sehr bald in Haft kommen.

»Ich glaube nicht, dass das gehen wird.«

Jegliche Eloquenz war aus Ludwig gewichen. Er musste aufpassen. Herwig Hutter war der gefährlichste Mensch, mit dem er es jemals zu tun bekommen hatte. Nicht der Grausamste. Nein, da hatte er viel Schlimmeres erlebt. Aber gefährlich. Und man wusste nicht, inwieweit es der Odessa oder der Spinne heute noch ernst war mit Vergeltung für den Verrat an einem ihrer Mitglieder.

»Du wirst jetzt meine Gabi anrufen und sie fragen, ob sie mit uns geht!«

Streng, fast befehlerisch war jetzt der Tonfall von Herwig.

»Soll ich ihr sagen, was du mir gestanden hast?«

Ludwig wollte nichts falsch machen.

»Ich glaube, du hast sie nicht mehr alle. Nichts wirst du ihr erzählen. Niemandem wirst du auch nur einen Ton sagen. Denk an deine Renate. Und denk an deinen Sohn!«

Ludwig stockte der Atem. Noch nie hatte Hutter von Marco gesprochen. Bis vor einer Sekunde hätte Ludwig nie geglaubt, dass er überhaupt Kenntnis von seinem Sohn hatte. Wusste Herwigs Organisation tatsächlich über alles Bescheid?

»Du glaubst nicht, dass ich genau weiß, was dein Sohn macht? Du hast keine Ahnung, über welches Wissen wir verfügen! Er ist gestern Abend mit seiner Frau und seiner Tochter in der Columbus Avenue in Manhattan auf der Upper West Side Pizza essen gewesen. Bei einem echten Italiener übrigens. Richtig schön teuer soll es gewesen sein, wie mir mein Kontaktmann bestätigt hat.«

Das genügte. Ludwig wusste nur zu gut: Herwig Hutter war kein Bluffer.

»Gib mir Gabis Nummer, ich rufe sie von hier aus an!«

Ludwig war es nun sehr mulmig und er wollte Herwig nicht weiter reizen. Wer wusste, wozu der alte Mann noch im Stande war? Nachdem Hutter ihm die Nummer gegeben hatte, rief er von seinem Handy aus an.

»Gabi Maurer, hallo«, konnte Ludwig klar und deutlich hören.

»Hallo Gabi, ich bin's, der Ludwig. Du wirst dich sicher wundern, dass ausgerechnet ich dich anrufe. Und leg bitte nicht gleich wieder auf. Es ist sehr wichtig, sonst würde ich dich sicher nicht belästigen«, sprach Ludwig flehentlich.

»Was willst du? Um was Wichtiges soll es gehen?«

Gabi Maurer war sehr unfreundlich und ungehalten über die Störung.

»Also, ich sitze hier in Murrhardt mit deinem Vater zusammen. Wir haben uns über alles und jedes unterhalten. Jetzt ist ihm folgender Gedanke gekommen: Wir drei könnten nach Mährisch-Ostrau fahren. Dein Vater würde dir gerne seine Geburtsstadt zeigen und ich soll den Chauffeur spielen.«

Ludwig tat möglichst unverfänglich, um Gabi wenigstens die Chance zu geben, einigermaßen frei zu entscheiden.

»Jetzt hör mir mal gut zu, Ludwig Hirschberger. Ich weiß ja nicht, warum du dich immer wieder in mein Leben einmischst. Ich habe mit dir vor über 40 Jahren abgeschlossen. Und ich werde es dabei bewenden lassen. Mit meinem Vater habe ich ebenfalls abgeschlossen. Und zwar seit meine Mutter tot ist. Ich werde also weder mit dir noch mit meinem Vater noch mit euch beiden irgendwohin fahren.«

Da Ludwig sein Handy auf laut gestellt hatte, konnte Herwig Hutter genau hören, was Gabi sagte.

Er riss Ludwig das Handy aus der Hand.

»Gabi, liebe Gabi. Bitte einen Satz: Was ich dir damals über Ludwig erzählt habe, war alles gelogen. Du darfst ihm heute nicht mehr böse sein!«, flehte Herwig in das Telefon.

Was sagte er da? Er habe Gabi damals angelogen? Es stimme nicht, was er ihr über Ludwig erzählt habe? Ludwigs Verwirrung wurde immer größer.

»Nein, er ist nicht bei uns eingebrochen, er hat nicht unseren Familienschmuck gestohlen, er hat nicht mein

Erspartes an sich gerissen und sich damit einen VW-Käfer gekauft. Er hat mir ehrlich gesagt überhaupt nichts getan.« Und nach einer kurzen Pause: »Warum ich das getan habe? Ganz einfach. Er hat gegen den Bundeskanzler Kiesinger demonstriert damals. Ich hatte gehofft, mit dem Kiesinger wird alles wieder gut in diesem Lande. Aber nix war's! Und als Ludwig dann gegen den demonstriert hat und dich auch noch mitgenommen hat, da wusste ich, dass ich euch beide auseinanderbringen muss. Und deswegen habe ich dich belogen. Es war das einzige Mal, dass ich dich belogen habe. In meinem ganzen Leben!«

Ludwig wusste, dass auch das nicht der Wahrheit entsprach. Nichts anderes als belogen hatte er sein Kind. Nur um sich selber in ein besseres Licht zu rücken, hatte er sie belogen. Und er hatte sie um ihr Glück betrogen. Ludwig dachte dabei nicht an sich selbst, sondern an Bobby. Plötzlich gab ihm Herwig Hutter das Handy. Dicke Tränen rannen dem alten Mann die Wangen herunter. Zum ersten Mal in seinem Leben sah er Herwig Hutter weinen.

»Ludwig, hast du das eben mitbekommen?«

Gabi schrie fast ins Telefon. Sie wirkte fast so verwirrt wie vor zehn Jahren, als ihr Bobby ermordet worden war.

»Ja«, sagte Ludwig, »endlich weiß ich, warum du damals mit mir Schluss gemacht hast. Ist leider ein bisschen spät. Und rehabilitiert bin ich wohl auch bei dir, obwohl mir das nichts mehr nützt!«

Ludwig lachte dabei, er wollte diese Situation deeskalieren.

»Ich möchte mich auf jeden Fall bei dir entschuldigen. Wenn du wieder einmal in Biberach bist, ruf mich an. Ich will das wieder gutmachen, was dieses Scheusal angerichtet hat. Mein Vater ist dieser Kerl schon lange nicht mehr. Deswegen fahre ich nirgendwohin mit euch!«

Gabi war jetzt höflicher zu ihm, aber weiterhin sehr bestimmt.

»Du weißt es also?«, fragte Ludwig.

Und beide wussten, was er mit »es« meinte.

»Meine Mutter hat es mir auf dem Totenbett gestanden. Seitdem bin ich mit diesem Menschen fertig, diesem Mörder. Aber reden wir in Biberach in Ruhe darüber. Bis dahin wünsche ich dir alles Gute. Und tu mir einen Gefallen: Liefere diesen Mann bei der Polizei ab!«

Den Schluss des Gespräches hatte Herwig Hutter gar nicht mehr mitbekommen.

»Sie weiß, wer Bobby getötet hat«, sagte Ludwig trocken. »Deine Frau hat es ihr auf dem Totenbett erzählt.«

Plötzlich wurde Ludwig eines klar. Das war also der Grund, warum ihn Bobby Maurer kurz vor seinem Tod einen Kriminellen, einen Dieb, einen Räuber und einen Einbrecher genannt hatte. Gabi hatte es ihm erzählt. Aber warum hatte es Gabi nicht Kommissarin Wesel erzählt?

Herwig Hutter weinte jetzt laut. Er schluchzte so, dass die Passanten in der Umgebung auf die beiden aufmerksam wurden. Ludwig machte dem alten Mann einen Vorschlag:

»Komm, Herwig, dann fahren wir beide alleine. Machen wir einen Männerausflug nach Mährisch-Ostrau.«

Ludwig war sich darüber im Klaren, dass das gesetzwidrig war, was er da vorhatte. Er wusste aber auch, dass er nicht belangt werden konnte, weil er einen Verwandten ersten Grades damit schützte.

Abrupt hörte Hutter mit dem Weinen auf. Von einer Sekunde auf die andere war er wieder der Alte.

»Sie hat mich einen Mörder genannt. Meine eigene Tochter hat mich einen Mörder genannt.«

»Was hast du erwartet? Hast du geglaubt, sie vergibt dir? Hast du gedacht, sie sagt: Papa, ich verzeih dir? Komm wieder zu mir zurück nach Biberach? Obwohl sie seit neun Jahren weiß, dass du es warst? Denk mal darüber nach! Versetze dich doch mal in ihre Lage. Nicht nur ich, auch Gabi ist beschuldigt worden, Bobby ermordet zu haben. Und du sitzt hier in Murrhardt und lässt dir die Sonne auf den Bauch brennen. Glaubst du, so einem Menschen kann man verzeihen? Einem Menschen, der nicht einmal in der Lage ist, seine Tat einzugestehen, der im letzten Krieg Hunderte von Menschen getötet hat? Einem Menschen, der nach diesem Krieg weiter auf der Seite der Verbrecher steht? Der niemals eingesehen hat, dass er zeitlebens auf das falsche Pferd gesetzt hat? Der ihr eine heile Welt vorgegaukelt hat, der ihr weiß Gott was vorgemacht hat? Der seiner Frau verboten hat, die Wahrheit zu sagen? Der nachts in fremde Schlafzimmer einsteigt, um diejenigen zu bedrohen, die ihm auf die Schliche kommen könnten? Der eine völlig unschuldige und ahnungslose Familie in New York beschatten lässt, nur weil der Vater des Mannes dein Geheimnis aufgedeckt hat? Wie dumm – oder wie arrogant bis du eigentlich?«

Ludwig war aufs Ganze gegangen. Entweder der alte Mann oder ich, dachte er. Herwig Hutter hatte seine Waffen, Ludwig Hirschberger andere. Und die schlugen offensichtlich eine Breitseite in die Psyche des unerschütterlichen SS-Mannes. Als Ludwig fortfahren wollte, sagte Herwig Hutter:

»Mörder hat sie mich genannt. Mörder. Meine Gabi, meine Tochter.«

Es lag viel Resignation in diesen Worten. Dann aber fuhr er nahezu ungeniert fort:

»Also fahren wir morgen nach Mährisch-Ostrau. Aber lass uns über Wien fahren. Ich will wissen, wo Otto Skorzeny gelebt hat, wo er gewirkt hat. Während des Krieges hat er uns oft von Wien erzählt. Er hat uns versprochen, nach dem Endsieg lade er uns alle nach Wien ein zum Heurigen. Ich kenne sogar noch den Namen des Lokals. Wahrscheinlich gibt es das heute gar nicht mehr.«

»Wie hieß es?«, fragte Ludwig.

»Fuhrgassl-Huber«, bekam er zur Antwort.

»Oh doch, das gibt es noch. Ich kenne es sogar sehr genau. Es ist einer meiner Lieblings-Heurigen. Der Fuhrgassl-Huber in Neustift. Das ist ein toller Vorschlag. Da werden wir hingehen. Ich freu mich schon drauf.«

Ludwig musste den alten Mann in Sicherheit wiegen. Die Angst um seinen Sohn mit seiner Familie, der sich arglos in New York bewegte und keine Ahnung hatte, dass und von wem er beschattet wurde, nagte an Ludwig. Und die Angst um Renate. Komisch, dachte sich Ludwig, Lea hat er nie erwähnt.

»Also 6 Uhr 20. Morgen Früh.«

Herwig Hutter ließ keinen Zweifel aufkommen, wer hier das Sagen hatte.

»Wieso ausgerechnet 6 Uhr 20?«, wollte Ludwig wissen.

»Weil wir bei Skorzeny immer um 6 Uhr 20 Einsatzbesprechung hatten.«

»Aber wir haben morgen keine Einsatzbesprechung und schon gar keinen Einsatz, wir machen lediglich einen Ausflug«, meinte Ludwig.

»Ich wache bis zum heutigen Tag immer so auf, dass ich um 6 Uhr 20 einsatzbereit bin. Also bleibt es bei 6 Uhr 20. Bis dann!«

Ludwig wusste nicht, was er machen sollte. Sollte er gleich beim LKA diesen Karl-Heinz Joos anrufen oder sollte er den nächsten Tag abwarten? Dass er mit Herwig

Hutter nicht nach Wien und nicht nach Mährisch-Ostrau fahren würde, war ihm allerdings jetzt schon klar. Vorsicht war geboten bei dem ehemaligen SS-Mann. Er würde sich eine ausklügelte Strategie ausdenken müssen. Da er sich nicht sicher sein konnte, ob sein Handy und das Telefon bei Renate abgehört wurden, konnte er keine Telefonate führen. Außerdem glaubte er sich von nun an beobachtet.

Es war jetzt an der Zeit, ihm die ganze Wahrheit zu sagen. Möglich, dass ihn das zur Räson brachte.

»Ich kenne deinen richtigen Namen, lieber Willibald Zeller.«

Wie vom Donner gerührt erschrak der Mann. Wie zu einer Salzsäule erstarrt sprach er leise und nur durch die Zähne:

»Wenn meine Gabi das erfährt, ist es aus. Aus mit deinem Sohn in New York, aus mit deiner Renate und aus mit dir. Wie um Gottes willen hast du das herausgefunden, du Teufel?!«

Herwig Hutter alias Willibald Zeller war völlig außer sich.

»Also, zum Ersten: Ich werde deiner Gabi zu deinen Lebzeiten nichts über deine wahre Identität erzählen, das verspreche ich dir.«

Ludwig wusste nur zu genau, dass das nur zum Teil stimmte. Er selbst würde es Gabi ja auch gar nicht erzählen, aber sicher die Polizei.

»Und zum Zweiten: In Wien wurde ein Nachlass von Otto Skorzeny entdeckt. Bei einem ehemaligen SS-Mann. Viele Bilder waren darunter. Ein Bekannter bei der Staatspolizei in Wien hat mir diese Bilder einmal gezeigt und darauf habe ich dich erkannt. Deswegen habe ich dich hier die ganze Zeit beobachtet.«

Ludwig wollte keinesfalls Waltraut Skorzeny als die wirkliche Informantin preisgeben.

»Wie hieß dieser SS-Mann?«, wollte Herwig wissen.

»Keine Ahnung, Herwig, ich hatte mit dem Fall ja überhaupt nichts zu tun.«

Ludwig hoffte, dass der alte Mann ihm glauben würde.

»Du nimmst jetzt dein Handy und rufst den Mann in Wien an und fragst, wie der SS-Mann hieß«, befahl Hutter.

»Das halte ich für keine gute Idee, Herwig. Das ist sogar eine sehr schlechte Idee. Der Mitarbeiter der Staatspolizei darf mir zum einen den Namen gar nicht sagen, schon gar nicht am Telefon. Und zum anderen würde er, da er ein sehr vorsichtiger Mensch ist, sofort eine Handyortung vornehmen und hier eine Hundertschaft an Polizisten aufmarschieren lassen. Das willst du nicht und das will ich nicht.«

Ludwig versuchte, Willibald Zeller oder Herwig Hutter klarzumachen, dass er aus dieser Klemme nicht mehr herauskam. Dennoch hatte er ein sehr flaues Gefühl in der Magengegend.

»Hast du die Bahnfahrkarten?«, wollte Herwig Hutter wissen.

Wie immer wechselte er schnell das Thema, wenn er sich in die Enge getrieben fühlte.

»Die lösen wir erst morgen bei der Abfahrt. Da bekommen wir den besten Preis.«

Ludwig belog den Mann nach Strich und Faden. Aber das belastete ihn jetzt nicht mehr.

»Noch etwas Herwig: Den Fuhrgassl-Huber kennst du sehr wohl, du warst mit Otto Skorzeny nicht nur einmal dort.«

Ludwig zeigte dem Mann das Bild, das er von Waltraut Skorzeny bekommen hatte.

»Dieses Bild war auch in dem Nachlass. Warum waren deine Frau und Gabi mit dir in Wien damals?«

»Ganz einfach. Das war, als wir zur Befreiung Eichmanns nach Israel fahren sollten. Wäre etwas schiefgelaufen, hätte sich Skorzeny um die Familien gekümmert. Deshalb sind alle mit nach Wien gekommen. Die Elga und die Gabi!«

»Und wer ist dieser Riese neben dir? Den kenne ich auch irgendwoher. Ich weiß nur nicht mehr, wo ich ihm begegnet bin.«

Ludwig zeigte auf den Mann, den er schon in Waltraut Skorzenys Haus zu erkennen glaubte.

»Das ist Heinz Zielinski. Den müsstest du auch kennen. Durch den bin ich nach dem Krieg nach Biberach gekommen. Er hat mir eine Wohnung und Arbeit besorgt.«

»Und er ist der Vater von Gerhard Zielinski?«

»Er hat ja seine Familie kurz nach meiner Ankunft in Biberach verlassen, deshalb sind seine Frau und sein Sohn nicht mehr mit dabei gewesen. Außerdem: Wir mussten ja so tun, als ob wir uns gar nicht kennen würden. Heinz Zielinski hat für uns die Drecksarbeit erledigt.«

Herwig Hutter hatte nicht viel Respekt vor dem Mann, der ihm nach dem Krieg Wohnung und Arbeit besorgt hatte.

»Ganz ehrlich, Herwig: Wegen diesem Mann bin ich hierhergekommen. Den hielt ich für den wahren Mörder von Bobby. Ich dachte, du hättest ihn beauftragt, Bobby umzubringen.«

Völlig verdattert blickte Herwig Ludwig an.

»Bist du wahnsinnig? Ich war der mit Abstand beste Schleifer in der gesamten SS. Ein Willibald Zeller beauftragt niemanden mit dem Schleifen. Ein Willibald Zeller erledigt das selbst. Das ist eine Frage der Ehre.«

Er nannte jetzt seinen richtigen Namen selbst.

Ludwig war immer noch um Beruhigung bemüht.

»Überleg doch mal: Alle erzählen von einem Riesen, der den Bobby geschleift hat. Doch weder das LKA noch das BKA haben die geringste Spur von dem riesenhaften Mörder entdecken können. Kein Mensch hat damit gerechnet, dass Bobby aus einer Höhe von über zwei Metern erdrosselt worden ist. Und ganz ehrlich: Kein Mensch konnte auch damit rechnen. Das war das wirklich Geniale an dieser Tat. Meine eigenen Analysen haben komplett ins Leere geführt. Und dann entdecke ich Heinz Zielinski auf dem Foto mit dir gemeinsam. Da liegt der Verdacht doch verdammt nahe, dass er es war, oder?«

»Mein lieber Ludwig...« Herwig oder Willibald wurde jetzt ganz ruhig im Ton. »...Heinz Zielinski lebt seit über 20 Jahren nicht mehr. Er hat sich schlicht und ergreifend die Gurgel abgesoffen.«

»Und was ist aus seinem Sohn geworden? Hast du eine Ahnung?«

Jetzt wollte Ludwig auch dieses Rätsel noch lösen.

»Auch der lebt schon einige Zeit nicht mehr. Die Verbrecher vom Mossad haben ihn umgebracht. Gerhard Zielinski ist ein bedeutender Soldat von Oberst Gaddafi gewesen. Mitte 1995 ist er vom Mossad geschnappt worden, als er einen Anschlag in der Negev-Wüste vorbereitet hat. Sie haben versucht, ihn umzudrehen. Zum Schein ist Gerhard Zielinski darauf eingegangen. Aber den Sohn eines SS-Mannes dreht man nicht um!«

Herwig wurde wieder bedenklich laut.

»Und als der Mossad das bemerkt hat, haben sie ihn exekutiert?«, fragte Ludwig nach.

»Erschossen, verbrannt und seine Asche im Mittelmeer versenkt, diese Schweine.«

Herwig dachte kurze Zeit nach.

»Und du hast dieses Foto ganz sicher von eurer Staatspolizei erhalten?«

»Definitiv.«

Ludwig machte sich Gewissensbisse. Hatte er Waltraut Skorzeny jetzt doch in Gefahr gebracht, weil er Herwig das Bild gezeigt hatte? War Hutter aufgrund dieses Bildes in der Lage, seine Quelle zu identifizieren? Immerhin war diese Fotografie erst 1961 aufgenommen worden.

»Ich habe noch eine Frage, Herwig.«

Ludwig sprach ihn immer noch mit Herwig an.

»Nur zu.«

»Wie kam es, dass von deiner Schleife keinerlei DNA-Spuren aufgetaucht sind?«

»Keine Ahnung«, antwortete Herwig Hutter alias Willibald Zeller. »Ich könnte mir aber vorstellen, dass es am Magnesium liegt.«

»Was bitte, Magnesium. Wieso Magnesium?«

Ludwig war ahnungslos.

»Weißt du, bei Skorzeny haben wir gelernt, dass die Beck-Schleife immer in Magnesium liegen muss, damit sie schön griffig ist. Auch die Gewichtheber und die Speerwerfer reiben ihre Hände ja mit Magnesium ein. Das könnte die DNA-Spuren verhindern.«

»Ach, deshalb wurden bei Bobby feinste Spuren von Magnesium entdeckt!«

Also war auch dieses Rätsel gelöst.

»Ich werde jetzt nach Hause gehen«, sagte Herwig. »Wir treffen uns also morgen Früh um 6 Uhr und 20 Minuten hier! Und mach keine Dummheiten, Ludwig!«

Das war unverkennbar eine Drohung. Ludwig würde bis zum Morgen keinem Menschen etwas berichten. Zu sehr hatte er Angst vor dem Mann bekommen. Nicht um sein Leben fürchtete er, sondern in erster Linie um das seines Sohnes und dessen Familie. Und um das von Renate. Das bereitete ihm schon ein sehr ängstliches Gefühl.

Er ging in eine Telefonzelle und rief Kommissarin Linde Schwegler an.

»Hallo Frau Schwegler, hier ist Ludwig Hirschberger. Ich wollte Ihnen nur sagen, dass ich den Fall auf jeden Fall bis morgen gelöst habe. Ich hatte recht: Herwig Hutter kennt den Mörder von Robert Maurer. Er kennt ihn sogar sehr gut. Mehr kann ich Ihnen im Augenblick leider noch nicht sagen.«

»Na, das ist doch mal eine gute Nachricht«, entgegnete die Kommissarin. »Mich würde natürlich brennend interessieren, wer Herrn Maurer getötet hat. Ich werd's ja noch rechtzeitig erfahren.«

»Ich würde mich und andere in große Gefahr bringen, wenn jetzt ein Zugriff erfolgt. Das ist der einzige Grund, warum ich im Augenblick noch zurückhaltend bin. Bitte haben Sie Verständnis dafür.«

Ludwig hoffte, dass die Kommissarin ihn verstand.

»Herr Hirschberger, Sie bestimmen das Tempo, Sie sagen, wann der Zugriff erfolgt. Außerdem wäre es mir lieb, Sie würden den Zugriff mit Karl-Heinz Joos vom Landeskriminalamt abstimmen. Der hat in Murrhardt mehr Zugriffsmöglichkeiten als ich. In dem Fall alles Gute und viel Erfolg!«

Sie war eine sehr feinfühlige Person, diese Linde Schwegler. Sie hatte ganz genau mitbekommen, dass sich Ludwig im Augenblick alles andere als wohlfühlte in seiner Haut.

Noch etwas lag Ludwig im Magen. Er musste sich von Renate verabschieden. Die Tage hatten gezeigt, dass sie zwar sehr viel Sympathie füreinander hatten. Für eine Liebesbeziehung reichte es aber bei Weitem nicht. Auch Renate empfand so, das hatte sie ihm ja versichert. Trotzdem würde er noch eine Nacht in ihrem Gästezimmer verbringen. Neben ihr, nicht bei ihr. Wie in den vergangenen Tagen auch. Und er würde persönlich dafür sorgen, dass die Balkontüre zublieb.

Trotz alledem würde er ihren Duft vermissen. Jenen Duft, der ihn schon 1973 so betört hatte. Und er würde sie besuchen kommen, wenn er wieder einmal in Murrhardt war.

Wenn es dazu kommen sollte ... Denn er hatte einen der gefährlichsten Einsätze seines Lebens vor sich. Da war sich Ludwig sicher. Und das nach seiner Pensionierung!

Wie hatte Herwig Hutter alias Willibald Zeller gesagt? 6 Uhr 20. Ludwig wusste, dass er pünktlich zu sein hatte.

Gegen 6 Uhr Früh machte sich Ludwig zu dem Treffpunkt auf. Er verabschiedete sich von Renate, die ihn nach so langer Zeit bei sich aufgenommen hatte und die ihn bei sich hatte wohnen lassen. Er bedankte sich für alles, was sie für ihn in den vergangenen Tagen getan hatte, und versprach ihr, den Kontakt auf keinen Fall wieder abreißen zu lassen.

Als er am Treffpunkt ankam, es war genau 6 Uhr und 20, wunderte er sich, warum Herwig Hutter noch nicht dastand. Er war doch sonst die Pünktlichkeit in Person. Heute war Sonntag, vielleicht war es heute ein bisschen anders.

Aber ausgerechnet heute, wenn sie ihre Reise antreten wollten? Das war komisch. Sehr komisch sogar. Es musste ja ganz genau 6 Uhr 20 sein. Keine Minute vorher und keine Minute danach. Der exakte Zeitpunkt seiner früheren Einsatzbesprechung. Als ob sie heute einen Einsatz hätten. Oder hatte er etwa doch einen Einsatz?

Für Überraschungen war Herwig immer gut, das hatte er ihm eindrücklich bewiesen. Und gefährlich war er auch. Immer noch!

Ludwig machte sich auf zum Haus des Mannes. Die Sonne lachte wieder einmal an diesem Morgen vom Himmel. Sie schien über die Wälder in dieses idyllische Tal.

Er passte sehr genau auf, ob er Herwig Hutter alias Willibald Zeller irgendwo erspähen konnte. Es war zwar helllichter Tag, aber Ludwig befand sich trotzdem in großer Gefahr. Schließlich war er der Einzige, der das schreckliche Geheimnis dieses Mannes kannte.

Er konnte sich zudem sicher sein, dass Ludwig seiner Gastgeberin kein Sterbenswörtchen davon erzählt hatte, so gut kannte er ihn. Hoffentlich war sie nicht in Gefahr. Und auch nicht Marco, sein Sohn, und dessen Familie. Wenn es für jemanden gefährlich werden konnte, dann für ihn.

Er bog in jene Straße ein, die er nur zu gut kannte. Weil sie sich immer in Sichtweite auf der grünen Wiese getroffen hatten, wusste Ludwig ganz genau, wo er wohnte. Zu sehr war ihm die Gegend von früher bekannt und zu oft hatte er sie in den letzten Tagen ausgekundschaftet. Schließlich war die Wohnung des Mannes nur einen Katzensprung vom Treffpunkt entfernt. Wahrscheinlich konnte er Ludwig sogar von seiner Wohnung aus beobachten.

Er sah hinüber zu der Wohnung, entdeckte aber nichts Auffälliges. Im Gegenteil, Ludwig wunderte sich, dass die Rollläden noch heruntergelassen waren. Das bedeutete im harmlosesten Fall, dass er einfach verschlafen hatte. Hatte ihn ihr Gespräch gestern so aufgewühlt, dass er keinen Schlaf finden konnte und erst in den Morgenstunden eingeschlafen war? Die zweite Möglichkeit war, dass ihm etwas zugestoßen war. Womöglich hatte seine Organisation herausgefunden, dass er Ludwig zu viel anvertraut hatte, weshalb die ihn liquidieren ließ. Oder er wollte Ludwig in seine Wohnung locken, um sich jenes Mannes zu entledigen, der ihm sein sorgsam gehütetes Geheimnis entlockt hatte.

Hier stimmte etwas nicht. Hatte er die Lust an der Reise plötzlich verloren? War ihm etwas zugestoßen? Oder wollte er Ludwig ganz einfach eine Falle stellen? Zuzutrauen wäre es ihm allemal.

Ludwig betätigte die Glocke, aber niemand öffnete die Tür. Er läutete nochmals, aber nichts tat sich in der Wohnung des Mannes. Er klopfte, aber es war kein Laut zu hören.

Er durfte kein Risiko eingehen, dieser Mann war zu gefährlich. Ludwig nahm sein Handy und wählte die Nummer von Karl-Heinz Joos, Kriminal-Hauptkommissar beim LKA Stuttgart, diesem sehr kleinen, rundlichen Mann, der ihn an eine Mischung aus Danny de Vito und Dirk Bach erinnerte.

»Hier schläft Karl-Heinz Joos«, meldete sich eine offenbar gerade aus dem Schlaf gerissene und etwas unwirsche Stimme.

»Sorry, Herr Joos, dass ich Sie schon so früh und auch noch an einem Sonntag störe. Mein Name ist Ludwig Hirschberger, ich nehme an, Sie wissen, warum ich Sie anrufe?«

»Und ob. Was kann ich in aller Herrgottsfrühe für Sie tun?«, fragte der LKA-Mann im Halbschlaf.

»Es ist Gefahr im Verzug und ich bräuchte ihre Mithilfe. Schicken Sie mir bitte dringend eine Streife vorbei!«

»Soll es vielleicht ein SEK sein?«

Joos war plötzlich hellwach, so interessierte ihn das, was ihm Ludwig gerade vermittelte. Er kannte Ludwig zwar nicht sehr genau, aber gut genug, um zu wissen, dass wirklich Gefahr im Verzug war, wenn er um Hilfe bat.

»Nein, das ist nicht nötig, Herr Joos, ich glaube, es genügt wirklich, wenn mich ein paar Beamte begleiten«, antwortete Ludwig.

Keine fünf Minuten später hörte Ludwig das Martinshorn. Joos hatte gleich eine ganze Menagerie aufgeboten. Zwei Streifenwagen, ein Sanka und ein Notarzt-Team trafen vor der Wohnung Herwig Hutters ein.

Ludwig winkte dem Hauptwachtmeister zu und stellte sich vor.

»Haben Sie mit dem LKA gesprochen?«, wollte der Uniformierte wissen.

»Ja – und wir müssen hier hinein.«

Ludwig zeigte auf die Wohnung mit den heruntergelassenen Rollläden.

Der Polizist klingelte und klopfte. Allein, es tat sich nichts.

»Wenn Sie nicht sofort öffnen, treten wir die Türe ein!«, rief er.

Als sich wieder nichts tat und er gerade gegen die Tür anrennen wollte, kam plötzlich der Hausmeister dazu.

»Stopp, stopp, stopp, habe ich Schlüssel«, polterte der Mann mit offensichtlich türkischen Wurzeln und schloss die Türe auf. »Dieser Mann nix Verbrecher, dieser Mann gute Deitsche!«

Es war fast rührend, wie sich der Hausmeister bemühte, seinen »deitsche Mann« vor der Polizei zu verteidigen.

Ludwig dachte sich: Wenn du wüsstest! Außerdem spielte die Herkunft der Delinquenten gerade in Fällen wie diesem überhaupt keine Rolle.

Kurz nachdem der Hausmeister aufgesperrt hatte, fand man die Leiche. Herwig Hutter hatte sich erhängt.

Einen Abschiedsbrief konnte man nicht finden.

»Haben Sie eine Ahnung, warum sich der Mann umgebracht hat?«, fragte der Polizist in Richtung Ludwig gewandt.

»Ausweglosigkeit, Zerrüttung, Verzweiflung«, sagte Ludwig langsam und machte eine kurze Pause »... und ein tragischer Irrtum, aber der liegt zehn Jahre zurück.«

Epilog

Sofort nach dem Fund von Herwig Hutters alias Willibald Zellers Leiche rief Ludwig bei Gabi Maurer an, um ihr die Nachricht vom Tode ihres Vaters zu überbringen. Sie war sogar im Angesicht seines Todes unversöhnlich mit ihrem Vater:

»Nicht einmal den Mut hat er gefunden, sich einem Gericht zu stellen, sich zu seiner Tat zu bekennen. Keine Träne werde ich für dieses Scheusal vergießen. Wenn du wieder in Biberach bist, komme bitte unbedingt bei mir vorbei. Ich möchte mich wirklich bei dir entschuldigen für die letzten 40 Jahre.«

Nachdem alle Formalitäten erledigt waren, setzte sich Ludwig in den Zug und fuhr zurück nach Biberach. Jetzt, nachdem er seine Mission erfüllt hatte, nachdem er den Mörder von Robert Maurer entlarvt und dieser sich selbst gerichtet hatte, wich langsam die Anspannung von ihm.

Lothar hatte ihm ja das Angebot gemacht, so lange bei ihm zu wohnen, wie er wollte. Dieses Angebot würde er jetzt wahrnehmen. Er freute sich auch auf Jelena. Sie war ihm irgendwie ans Herz gewachsen.

Er war Linde Schwegler noch einen ausführlichen Bericht schuldig. Dass er recht behalten hatte mit seiner Behauptung, es handele sich um eine Beziehungstat, machte ihn ein bisschen stolz.

Und das Treffen mit Gabi Maurer lag ihm auch am Herzen. Endlich würden die Missverständnisse ausgeräumt, die vor rund 40 Jahren zu ihrer Trennung geführt hatten.

Und er würde Vera Meerbusch treffen. Sie wusste nämlich immer noch nicht, wie knapp sie dem Tod vor zehn Jahren von der Schippe gesprungen war.

Als er in Biberach auf dem Bahnhof aus dem Zug stieg, sah er Jelena. Sie holte ihn ab und sah sehr glücklich aus. Sie hatte gehört, Ludwig habe den Mordfall Robert Maurer aufgeklärt. Aber das war nicht der einzige Grund, warum sie so strahlte: Lothar hatte ihr einen Heiratsantrag gemacht. Sie wollten im September heiraten. Ludwig freute sich für Jelena, war aber selber auch ein bisschen traurig.

Ein großes Hallo gab es auf dem Polizeikommissariat Biberach. Man war froh, den Mordfall endlich zu den Akten legen zu können. Nur seiner Hartnäckigkeit, manche nannten es auch Sturheit, war es zu verdanken, dass der Mörder entlarvt werden konnte. Dass dieser sich danach selbst richtete, war ein sogenannter Kollateralschaden, ein nicht zu vermeidender.

Die Obduktion seiner Leiche ergab, dass Herwig Hutter bzw. Willibald Zeller das nächste halbe Jahr sowieso nicht überlebt hätte. Eine Arterie im Herzmuskel war praktisch zu und vollkommen porös.

»Eigentlich schade, dass Sie den Fall so schnell gelöst haben, Herr Hirschberger«, sagte Linde Schwegler, »ich hätte nur zu gerne noch eine Weile mit Ihnen zusammengearbeitet!«

Die Kommissarin ging auf Ludwig zu und umarmte ihn herzlich.

»Sogar Inge Wesel hat heute bei mir angerufen und Ihre Arbeit gelobt.«

»Auf dieses Lob verzichte ich gerne. Aber wenn Sie mal wieder einen Fall haben, bei dem Sie nicht weiterkommen, scheuen Sie sich nicht, mich anzurufen. Ich werde jetzt, nachdem ich pensioniert bin, wieder öfter nach Biberach kommen. Jetzt, da mich keine Inge Wesel mehr piesackt, sondern mich ganz im Gegenteil eine sympathische Kommissarin erwartet, kann ich doch nicht umhin, wieder öfter hier vorbeizuschauen.«

Als sich Ludwig mit Gabi im Café »Wien« traf, dauerte es eine ganze Weile, bis es zu einem normalen Gespräch kam. Zu aufgeregt waren beide, zu viel wollte jeder dem anderen erzählen.

»Ich weiß, dass es ein großer Fehler war, dich nicht mit den Vorwürfen zu konfrontieren, dir keine Gelegenheit zu geben, dich zu rechtfertigen. Aber für mich ist eine Welt zusammengebrochen. Ich konnte doch nicht ahnen, dass mich dieser Kerl schon damals so schamlos belogen hat.«

Gabi vermied es, das Wort Vater in den Mund zu nehmen.

»Er hat dich ein ganzes Leben lang belogen. Hast du gewusst, dass du eigentlich keine geborene Hutter, sondern eine geborene Zeller bist?«

Ludwig musste ihr die ganze Wahrheit sagen.

»Was? Ich hieß gar nie Hutter?«

Ludwig konnte ihre Überraschung sehen. Allerdings trug sie es wesentlich gefasster, als er befürchtet hatte.

»Hat das meine Mutter gewusst?«, wollte sie wissen.

»Das kann ich dir nicht mit Sicherheit sagen. Weißt du, wann deine Eltern sich kennengelernt haben?«

»Ich glaube, das muss 1946 oder 1947 gewesen sein«, vermutete Gabi Maurer.

»Dann ist es gut möglich, dass sie davon nichts mitbekommen hat, dass sie im guten Glauben den Namen eines Vollwaisen angenommen hat, der im Krieg gefallen ist und dessen Identität sich dein Vater bemächtigt hat.«

Gabi war sichtlich erleichtert. Ludwig war sich allerdings ziemlich sicher, dass Gabis Mutter den wirklichen Namen ihres Mannes gekannt hatte. Als sie mit ihm und Gabi in den frühen 60er-Jahren bei Skorzeny in Wien gewesen war, hatte man ihren Mann sicher nicht mit Herwig Hutter, sondern mit Willibald Zeller angesprochen.

»Was glaubst du, wie schwer es mir gefallen ist, dich nicht mehr sehen zu können – nach der Sache mit dem Diebstahl. Ich hatte wochenlang Weinkrämpfe, konnte nicht mehr schlafen und essen. Aber ich muss ganz ehrlich sagen, ich war mit Bobby glücklich. Trotz seiner Affären, trotz seiner Borniertheit, die er manchmal an den Tag legen konnte. Bloß, dass er immer schwieriger und unzugänglicher wurde, nachdem sein Architekturbüro immer schlechter gelaufen ist, das war schon schwer zu ertragen. Und als er dann noch die Affäre mit Vera angefangen hat, sind wir in eine echte Ehekrise geraten.«

Gabi hatte einiges mitgemacht.

»Glaubst du, er wollte dich wegen Vera verlassen?«

Ludwig musste sie das fragen.

»Nein. Ganz ehrlich, nein. Dazu war Bobby einfach zu bequem. Er wollte immer das Angenehme mit dem Nützlichen verbinden, wobei ich mir schon darüber im Klaren war, das ich das Nützliche war.«

Gabi war schonungslos gegen sich selbst in ihrer Analyse.

»Was mich aber viel brennender interessiert, wie hat dieser Kerl, der sich mein Vater nannte, von Vera erfahren?«

»Von eurer früheren Nachbarin. Die war zufällig in Aßmannshardt und hat Bobby mit Vera gesehen«, berichtete Ludwig.

»Aha, die Schellinger, diese alte Ratsch-Kachel. Die hat mit ihrer dummen Klatscherei die ganze Katastrophe ausgelöst?«

»Sieht so aus. Übrigens, auch dein Vater hat sie eine Ratsch-Kachel genannt.« Und dann fragte Ludwig:

»Kannst du dich noch an den Juli 1961 erinnern?«

Gabi schien mit dieser Frage völlig überfordert.

»Wieso soll ich mich an den Juli 1961 erinnern?«

»Du warst damals in Wien.«

Ludwig zeigte ihr die Fotografie mit ihrem Vater, ihrer Mutter und Gabi selbst als Kind. Es waren jene drei Personen, die er in Graz auf dem Foto erkannt hatte und weshalb er den Fall überraschend lösen konnte.

»Richtig, wir waren damals in Wien. Sogar noch vor den Sommerferien. Ich bin frühzeitig aus der Schule genommen worden. Mir haben meine Eltern gesagt, dass wir vielleicht umziehen, was dann aber doch nicht geschehen ist. Weißt du, jetzt so im Nachhinein betrachtet, kommt mir das schon komisch vor, aber damals war ich elf Jahre alt. Wie kommst du zu dem Foto, hat er dir das gegeben?«, wollte Gabi wissen.

»Nein, das habe ich in Wien anlässlich meiner Ermittlungen gefunden. Durch dieses Bild habe ich mit kleinen Umwegen deinen Vater als den Mörder von Bobby entlarven können.«

»Bitte erspare mir weitere Einzelheiten. Ich will von diesem grausamen Despoten nichts mehr hören.«

Gabi war erschüttert. Dass er mindestens weitere 100 Menschen auf dem Gewissen hatte, wollte er Gabi ersparen. Monika Müller-Biel würde es zwar sicher in Erfahrung bringen und in einer Serie ausbreiten, aber das war dann nicht seine Baustelle.

»Eines würde mich schon noch interessieren, Gabi«, hakte Ludwig ein, »Bobby hat mich kurz vor seinem Tod noch als einen Kriminellen beschimpft. Einen Dieb, Räuber und Einbrecher hatte er mich genannt. Hast du ihm das gesagt?«

»Ja, er wollte unbedingt, dass du zu unserer Hochzeit kommst. Da musste ich es ihm schweren Herzens erzählen«, versuchte sich Gabi zu rechtfertigen.

»Nein, du brauchst dich nicht rechtfertigen, mich interessiert das in einem anderen Zusammenhang: Warum hast du das Kommissarin Wesel damals nicht erklärt?«

»Was soll ich nicht erklärt haben?«

Gabi schien nicht ganz zu begreifen.

»Die Frau Wesel muss dich doch damals gefragt haben, ob etwas dran sei an den Beschuldigungen Bobbys mir gegenüber«, sagte Ludwig.

»Ach so. Jaja. Weißt du, ich habe es bewusst verschwiegen, du hattest ja Probleme genug. Und da mir von Anfang an klar war, dass du Bobby nicht umgebracht hast, habe ich so getan, als sei mir das schleierhaft. Ich wollte dich einfach nicht noch mehr in Schwierigkeiten bringen. Ist das so schwer zu verstehen?«

»Ich verstehe dich schon, aber mir fehlte der Zugang zu deiner Logik. Immerhin hat mir das schon irgendwie geholfen. Vermutlich hätte mich die Wesel tatsächlich verhaftet, wenn du ihr das gesagt hättest.«

Damit war das Thema erledigt.

Sie redeten und redeten und vergaßen völlig die Zeit. Irgendwann stellten sie fest, dass es draußen schon dunkel geworden war. Plötzlich fragte Gabi:

»Sag mal Ludwig, wohnst du noch beim Lothar und seiner blonden Kroatin?«

»Slowenin, Jelena kommt aus Slowenien. Ja, ich wohne vorläufig noch bei den beiden. Und ich glaube, dass es dieses Mal was Ernstes ist zwischen den beiden.«

Ludwig wunderte sich über Gabis Interesse.

»Ich meine, wenn du willst, wenn du den beiden nicht mehr auf der Pelle liegen willst und noch ein paar Tage in Biberach bleiben willst…«

Sie druckste ein bisschen herum.

»Na, sag schon!«

»Ja, dann könntest du auch bei mir wohnen. Natürlich nur, wenn du willst. Ich habe ein wunderbares Gästezimmer für dich. Schließlich bin ich dir ja einiges schuldig, nach allem, was ich dir angetan habe. Und außerdem. Diese Jelena, die ist was für den Lothar. Die passt nicht zu dir!«

Hatte ihr womöglich jemand zugeflüstert, dass sich Jelena und Ludwig nicht unsympathisch waren? Wenn es so war, dann musste es Richard gewesen sein.

»Hm, das ist ein sehr verlockendes Angebot, Gabi. Aber es kommt sehr überraschend für mich. Bis vorgestern hast du über 40 Jahre kein Wort mit mir geredet…«

»Und jetzt kommst du mit zu mir und ich mache alles wieder gut«, fiel ihm Gabi energisch ins Wort.

»Na ja, es ist wirklich sehr nett und großzügig von dir, mir dieses Angebot zu machen. Aber ich glaube nicht, dass das jetzt der richtige Augenblick ist. Lass ein bisschen Gras über die Sache wachsen, ich bin ja jetzt öfter in Biberach.«

Wie kann ich nur so naiv sein, machte sich Gabi Vorwürfe. 41 Jahre rede ich mit ihm kein Wort, dachte sie, und dann will ich, dass er zu mir zieht. Mein Vater, dieser elende Lügner, beschuldigt ihn vollkommen ungerechtfertigt und ich glaube ihm unbesehen. Ich habe ihm nicht einmal die Chance gegeben, sich zu rechtfertigen. Als ich von Bobbys Tod erfahren habe und in einer fürchterlichen Situation war, wollte er mir helfen, sich um mich kümmern. Und was habe ich gemacht? Ich habe ihn zur Seite gestoßen, habe ihn behandelt wie einen räudigen Köter. Er wird mir nie verzeihen. Davon war sie in diesem Moment überzeugt.

Womit sie aber völlig falsch lag. Natürlich hatte ihr Ludwig verziehen und zu gerne wäre er mit ihr gegangen. Er hatte nur einen fürchterlichen Bammel davor, dass ihm bei Gabi dieselbe Pleite passierte wie bei Renate. Wenn er seine Probleme behoben hatte, wollte er gerne auf ihr Angebot wieder eingehen.

Überhaupt: Ludwig musste beginnen, sein Leben als Ruheständler zu lernen. Er musste akzeptieren, dass er nicht mehr der Profiler war, sondern ein ganz einfacher Pensionist, wie man in Österreich zu sagen pflegte. Ein Mann mit vielen Schwächen, die es zu akzeptieren galt. Nur wer seine Schwächen als Teil seiner selbst sieht und anerkennt, besitzt wirkliche Stärke, machte sich Ludwig in Gedanken Mut. Zuerst aber plante er, morgen Früh auf ein Reisebüro zu gehen und einen Flug nach New York zu buchen. Er hatte das unwiderstehliche Verlangen, seinen Sohn, seine Schwiegertochter und sein Enkelkind in die Arme zu nehmen. Zuvor musste er noch seine Kleider in eine Wäscherei bringen. Ob er nach Wien zurückkehren oder in Biberach bleiben würde, wollte er erst nach seiner Rückkehr aus New York entscheiden.

»Aber zu einer Tasse Kaffee kommst du schon einmal bei mir vorbei?«

Gabi holte ihn wieder in die Realität zurück.

»Ja gerne. Selbstverständlich. Aber zuerst muss ich zu Vera Meerbusch. Dienstlich!«

»Wieso das denn?«

Gabi schien das nicht zu verstehen.

»Also, ich finde, sie sollte schon wissen, dass Herwig Hutter eigentlich sie als Mordopfer auserkoren hatte und sie es nur einem Zufall zu verdanken hat, dass sie noch am

Leben ist. Wenn ich genau darüber nachdenke, hat sie es sogar mir zu verdanken. Hätte ich nicht mit Bobby im Foyer gestritten, wäre sie wie vereinbart zuerst ins Hundertguldenloch gegangen!«

Und sie erfuhr es. Am nächsten Morgen direkt von Ludwig. Er hatte sich Lothars Auto geborgt und war direkt nach Aßmannshardt gefahren. Vera Meerbusch fiel aus allen Wolken, als sie die Wahrheit erfuhr. Ihre blasses Gesicht, ihre Fahrigkeit und ihre Unfähigkeit, einen vernünftigen Satz zustande zu bringen, erinnerten Ludwig stark an jenen Samstagabend vor zehn Jahren, als alles begonnen hatte.

Ludwig kehrte erst im September nach Wien zurück. Sofort lud er Hofrat Jelinek zum Essen in den »Alten Heller« im dritten Wiener Gemeindebezirk ein. Beide aßen einen köstlichen Tafelspitz, während er ihn ins Bild setzte.

Anschließend fuhr er nach Graz, um Waltraut Skorzeny persönlich über die Auflösung des Falls zu informieren. Die Dame zeigte sich froh, zur Aufklärung beigetragen zu haben, war aber auch etwas überrascht, weil sie dem Willibald Zeller diese Tat nicht in ihren kühnsten Albträumen zugetraut hätte.

Bei den Aufräumarbeiten zum Orkan »Lothar«, der am 26. Dezember 1999 auch über Biberach gewütet hatte, fanden die Mitarbeiter des Bauhofes in unmittelbarer Nähe des Hundertguldenlochs auch zwei Kupferdrahtstücke von etwa 1,5 Meter Länge, die jeweils an einem Ende seltsame Verwindungen hatten wie bei einem Draht, den man um einen Luftballon wickelte. Die Mitarbeiter, die nach dem schweren Orkan jede Menge Unrat zu beseitigen hatten, warfen auch die beiden Kupferdrahtstücke achtlos zum übrigen Müll.

Anmerkungen

Hundertguldenloch – woher kommt dieser Name?

Mein Vater, Otto Herzog, ein profunder Kenner der Biberacher Stadtgeschichte, teilte mir hierzu folgende Überlieferung mit:

Als 1864 das Stadttheater neu erbaut wurde – in den 1970er-Jahren wurde es abgerissen und durch die Stadthalle ersetzt – wollte die Stadtverwaltung die Weberbergstraße durch die Stadtmauer zum neu erbauten Theater weiterführen. Dazu musste die Stadtmauer durchbrochen werden. Die Stadt Biberach, durch den Neubau an ihre finanziellen Grenzen gestoßen, veranschlagte für das Gewerk 100 Gulden. Mehr Geld war nicht mehr im Stadtsäckel. Die mit dem Durchbruch beauftragten Handwerker arbeiteten so lange, bis die 100 Gulden verbraucht waren. Für eine Straße war das dadurch entstandene Loch aber viel zu klein, weshalb man einen Fußgänger-Durchgang daraus machte. Seither heißt dieser das »Hundertguldenloch«. Später sah man nie mehr eine Veranlassung, das Werk zu vollenden.

Anderen Quellen zufolge musste die Stadt ein Grundstück erwerben, um das Loch in die Stadtmauer schlagen zu können. Dieses Grundstück soll 100 Gulden gekostet haben.

PS: Das Stadttheater in den 1970er-Jahren abzureißen und durch die höchst unattraktive Stadthalle zu ersetzen, halte ich nach dem Abbruch der Stadttore für die größte Bau-Sünde, die die Stadt Biberach jemals begangen hat.

Otto Skorzeny – wer war das?
Skorzeny war während des Zweiten Weltkriegs Befehlshaber einer SS-Sondereinheit und ein Günstling Adolf Hitlers. Er stammte aus Wien. Berühmt wurde Skorzeny, als er den italienischen Faschisten und Diktator Benito Mussolini am Gran Sasso im Auftrag Hitlers in einer abenteuerlichen Aktion befreite.

Auch sonst war dieser Haudegen an verschiedenen Aktionen beteiligt. Nicht immer gingen diese Aktionen so glimpflich aus wie die am Gran Sasso. Sollten Sie weiteres Interesse an ihm haben, empfehle ich Ihnen folgende Internet-Seite:

https://www.youtube.com/watch?v=thjBERONNOQ

Waltraut Riess, geb. Skorzeny
Es gibt eine Tochter von Otto Skorzeny, Waltraut. Wer dem Link oben folgt, stößt auf ein Interview mit ihr. Ich selbst kenne diese Frau nicht persönlich, habe sie auch nie kontaktiert. Sollte sie zufällig oder gewollt einmal mein Buch in Händen halten, so hoffe ich, dass sie es mir nicht verübelt, dass ich sie in meinem Buch vorkommen ließ und sie auch noch nach ihrem Geburtsnamen benannt habe. Ich habe mich bemüht, sie möglichst neutral darzustellen, und wer den Film gesehen hat, konnte sich ein Bild davon machen, dass sie ihrem Vater sehr differenziert gegenübersteht. Ich weiß auch nicht, wo die Dame jetzt wohnt. Graz ist ein willkürlich von mir ausgesuchter Ort.

Die Beck-Schleife, was ist das?
Diese Beck-Schleife gibt es gar nicht. Sie ist von mir frei erfunden. Der Grund dafür: Es gibt genügend Bücher und

Fernseh-Sendungen mit Taten, die als Vorbild für wirkliche Verbrechen gedient haben. Das soll durch mein Buch nicht geschehen. Deshalb habe ich eine Methode gewählt, die nach bestem Wissen und Gewissen niemals funktionieren kann.

Diese erfundene Schleife ist ein kräftiger Draht von ca. 0,5 Millimeter Durchmesser, ca. 1 Meter 50 lang. Der Draht wird mit einem Hammer in der Mitte auf ungefähr 2 Millimeter plattgeschlagen. Dies bewirkt, dass die platte Stelle genau am Kehlkopf einrastet und die Luftröhre durchtrennt. Das führt innerhalb von Sekundenbruchteilen zum Tode, ohne am Hals Würgemale zu produzieren. Diese Tötungsart kann nur durch Gerichtsmediziner erkannt werden.

Die Jahrgänger-Feiern am Schützenfest

Diese gibt es tatsächlich und sie sind sensationell. Wer jemals selbst an so einem Umzug teilgenommen hat, wird dies bestätigen. Zigtausende von Menschen säumen die Straßen der Stadt, wenn die Jahrgänger der 40er, der 50er, der 60er, der 65er, der 70er, der 75er, der 80er, der 85er, der 90er und, sofern es welche gibt, auch der 100er von Musikkapellen, Spielmannszügen und Trommlerkorps begleitet durch die Stadt marschieren.

Verwandte, Freunde und Bekannte behängen die Jubilare mit buntem Allerlei, bzw. überreichen ihnen Blumen. Oftmals wird auch einer früheren Liebschaft aus der Jugendzeit ein »Schützen-Rösle« überreicht. Teilnehmer aus nah und fern lassen es sich nicht nehmen, an diesem Jahrgänger-Umzug teilzunehmen. Teilweise kommen die Jahrgänger extra aus Übersee nach Biberach, so wichtig ist das Fest für einen gebürtigen Biberacher.

Überhaupt ist das Schützenfest, das mit dem Schießen gar nichts zu tun hat, sondern seinen Namen von Schützen gleich Schutz ableitet, das wichtigste Ereignis in der Stadt. Es dauert sage und schreibe zehn Tage, es gibt während dieser Zeit vier Umzüge durch die Stadt – einer davon ist der Jahrgänger-Umzug. Am Schützenmontag zieht der »Bunte Zug« durch die Stadt. Am Schützendienstag folgt der historische Festzug, der am Sonntag darauf, an »Bauernschützen«, wiederholt wird. Auf dem Gigelberg findet der Hauptteil der Feierlichkeiten statt. Hier ist der Rummelplatz, hier gibt es das Lagerleben mit verschiedenen historischen Gruppen. Der Biberacher teilt das Jahr in »vor der Schütza« und »nach der Schütza«.

Diese Feste sind besonders im südlichen Württemberg und im Allgäu bedeutend. Neben dem Schützenfest gibt es noch das Rutenfest in Ravensburg und das Bächtlefest in Bad Saulgau. Weitere Feste finden in Memmingen, Kempten, Landsberg am Lech oder Dinkelsbühl statt. (Diese Aufzählung erhebt keinen Anspruch auf Vollständigkeit!)

Oberland-Kurier

Dass ich diese fiktive Zeitung in meinem Buch so negativ dargestellt habe, entspricht keinesfalls der journalistischen Sorgfalt renommierter Tageszeitungen, sondern war vielmehr der Handlung geschuldet. Artikel, wie ich sie der Asphalt-Journalistin Monika Müller-Biel unterlegt habe, würden in dieser Infamie nie erscheinen.

Handelnde Personen

Nahezu alle handelnden Personen sind frei erfunden. Ähnlichkeiten mit lebenden oder verstorbenen Personen sind rein zufällig und vom Autor nicht beabsichtigt. Insbesondere die Protagonisten – Opfer, Mörder oder Polizisten – sind reine Fantasiegebilde. Lediglich zeitgeschichtlich relevante Personen sind real.

Sendeausfall im ZDF

Bitte beachten Sie, dass im Jahre 1999 in Deutschland noch weitgehend Antennen zum Empfang von Fernsehsendern verwendet wurden, weil man damals noch überwiegend terrestrisch sendete. Es wäre an diesem Abend normalerweise der gesamte süddeutsche Raum betroffen gewesen, weil in der Nähe von Ansbach ein Blitzeinschlag einen kompletten Umsetzer ausgeschaltet hatte. Doch im südlichen Teil Baden-Württembergs konnte der Sendebetrieb über eine Umleitung auf den schweizerischen Umsetzer Säntis aufrechterhalten werden.

Zum Schluss

Die Idee für dieses Buch kam mir tatsächlich bei meiner eigenen 50er-Feier im Jahr 1999 auf dem Schützenfest in Biberach. Seinerzeit noch aus Wien angereist, hatte ich ganz andere Erwartungen an mein Biberach, hatte es so erwartet, wie ich es 1967 verlassen hatte. Natürlich hatte sich auch diese Stadt verändert, hatte Entwicklungssprünge gemacht, von denen ich noch nicht einmal geträumt habe.

Als ich dann feststellen musste, dass sich Biberach in puncto Neid und Eifersüchteleien in nichts von Wien unterschied, kam mir die Idee, einen Krimi über einen Mord bei so einer Jahrgänger-Feier zu schreiben. Alleine die Zeit dazu fehlte mir.

Erst nach Beendigung meiner beruflichen Laufbahn im Jahr 2012 machte ich mich an die Arbeit. Deshalb sind die Jahreszahlen, in denen der Krimi spielt, auch nicht aktuell. Weil aber die zeitgeschichtlichen Hintergründe nur auf Jahrgänger des Jahrgangs 1949 passen, habe ich die Jahreszahlen so belassen.

Dank an:

Lore und Herbert Bopp, Montreal
Christian Schwarz, Levertsweiler
Dr. Stefan Fischer, Freinsheim
Rose Bienia, Tübinger Literatur-Agentur
Elga Lehari-Reichling, Krefeld, Lektorat
Gabriele Schäfer-Lehari
und den Oertel+Spörer-Verlag, Reutlingen